KB045940

"이걸로 끝이다아아아아아아!
《아가레스 블레이드》!!!"

닛타 리사

뚱땡이의 반 친구이자
지적인 안경 미인.
어딘가 종잡을 수 없는 성격.

오오미야 사츠키

뚱땡이의 동급생.
반장 기질이 있으며 모두에게 상냥하다.

하야세 카오루

뚱땡이의 소꿉친구&약혼자이며
씩씩한 미소녀.
뚱뚱하고 나태한 그에게
완전히 정이 떨어졌었지만……?

나루미 카노

뚱땡이의 동생이며 오빠와는
전혀 닮지 않은 미소녀.
천재적인 자질을 가지고 있는데……?

나루미 소타

이야기의 주인공 '나'의
게임 속 전이 캐릭터.
모험가 학교의 학생이며
평범한 가정 출신.

뚱땡이
(나루미 소타)

나루미 소타의 비만 상태의 모습.
주인공이 전이하기 전에는
성격이 비뚤어진
미움받는 동료였다.

"나, 두근거리기 시작했어!"

재악의 아발론

~게임에서 가장 약한 악역 뚱보로 전이했지만
나만 '살을 빼면 세지고 새 게임'이 되는 세계라서
최속 레벨 업&파멸 플래그 회피로
그림자 영웅을 목표로 합니다~

Author
나루사와 아키토

Illustrator
KeG

FINDING
AVALON
── The Quest of a Chaosbringer ──

CONTENTS

세상의 소리가 한순간 없어졌다.

주위는 잔해와 검댕에 뒤덮여 일렁이는 불길에 비춰지고 있었다.

그리고.

(……비가, 내리고 있다)

시리도록 차가운 재가 섞인 검은 비.

그리고 아픔. 이것은 아픔인가.

이 정도는 내가 기원하면——.

하지만 회복 마법의 효과는 나타나지 않았다.

《사타나키아의 줄기세포》도 무효화 되고 있다.

《시간소항》은 발동조차 되지 않았다.

자기 회복 수단 사용이 모조리 실패했다…… 어째서냐.

모르는 것투성이지만, 그래도 지금 이 상태가 '이상하다'는 것만은 알았다.

"소용없어…… 아무리 너라도 이 마봉검으로부터는 도망칠 수 없어."

방울이 울리는 듯한 맑은 목소리.
문득 시선을 내리니, 거기에 보이는 것은 두상이 예쁜 머리.
아름다운 얼굴.
눈에는 희미하게 눈물을 글썽이는 소녀가 그 눈물을 덮듯이
미소 짓고 있었다.
그 얼굴은 본 적이 있는 것 같기도 하고, 없는 것 같기도 했다.

시야가 희미해지고 의식이 몽롱해지기 시작했다.
소녀는 뭔가를…… 말하고 있었다.
잘 들을 수가 없었다.
가슴팍에서는 피가 끊임없이 흘러넘쳐 열기를 띠기 시작했다.

(……아아.)

겨우 사고가 이상해진 원인을 깨달았다.
소녀가 든 칼에 가슴을 깊숙이 꿰뚫려 있었던 것이다.

기침을 한 번 하자 핏덩어리가 튀어나왔다.
올려다본 어두운 밤하늘에서는 더욱 사정없이 비가 쏟아졌다.
여긴 굉장히 추운 곳인 것 같다.
"안녕…… 나의, 사랑스러운……■■■……."

부드럽게 끌어안고 귓가에 속삭이듯이 말하는 소녀.
나 같은 걸 위해 눈물을 흘려 주다니, 엄청 좋은 사람이네.

하지만 왜 이렇게 돼버린 걸까.
혼탁한 의식 속에서 얼마 안 남은 시간을 써서 생각해 봤다.
소녀의 팔에 안겨있으니 사랑해야 하는 사람들이 있었던 때의
따뜻한 기억이 되살아났다.

(그랬지. 시작은 분명──.)

"——신입생 여러분, 입학 축하한다."

어깨가 굉장히 넓고 눈매가 날카로운 아저씨가 단상에서 이쪽을 노려보면서 마이크 너머로 이야기했다. 이 학교의 교장이라고 하는데, 정장을 입고 있어도 딱히 건실해 보이지는 않았다.

"우리 나라가 자랑하는 국립 모험가 고등학교. 이곳에는 최신 지식과 최고의 환경이 있다."

그렇다, 이곳은 모험가 학교의 입학식, 인 것 같다. 추측성으로 말하는 이유는——.

"정진하여 엄선된 제군들의 재능을 더욱 갈고닦아 국민의 기대에 부응할 수 있기를 기대한다."

정신을 차리고 보니 부채꼴로 자리가 늘어선 강당에 있었기 때문이다.

어쩌면 거창한 몰래카메라일지도 모른다며 의심하기도 했지만, 거물도 아니고 소시민인 나에게 그런 짓을 해도 대단한 반응 같은 것을 찍을 수 있을 리가 없고 시청률 측면에서도 의미가 없다. 그렇다고는 해도 여긴——.

"모험가 대학 진학, 특수임무부대, 고위 모험가가 재적한 공략 클랜. 각자가 희망하는 진로와 목표가 있겠지만, 동료들과 절차탁마하여."

이 거대한 강당도, 저 우락부락한 교장도 본 적이 있다. 앞쪽에 있는 새빨간 머리카락을 짧게 깎은 남학생에, 가볍게 웨이브가 진 분홍색 세미롱 머리카락을 지닌 여학생도 알고 있다.

주위에는 양날도끼나 창 같은 것을 가지고 입학식에 임하고 있는 학생도 드문드문 보였다. 중앙의 맨 앞에는 화려한 색깔의 기모노를 입은 여자아이가 있었고, 그 옆에 풀 플레이트 메일도 보였다.

틀림없다. 이건 그 게임의 오프닝 장면이다.

"귀중한 학교생활을 후회 없이 충실하게 보냈으면 한다."

설마 진짜로 게임 속에 오게 될 줄이야.

▰/////////////////////////

더욱 강력하고 희귀한 무기와 방어구를 찾아서 모으고 흉악하고 강대한 적과의 사투를 벌이면서 던전 심층을 목표로 공략하는 본격 액션 게임이기도 하며 여러 예쁜 여자아이들―이후에 업데이트된 무료 DLC에서 여성 플레이어를 위해 미남도 여러 명 준비!―과 연애를 즐길 수 있는 연애 학원 어드벤처를 섞은 던전 연애 VRMMO, 던전 익스플로러 크로니클. 통칭 '던익'.

요약하자면 '가슴이 두근거리는 연애를 하면서 던전에 가지 않을래?'라는 게임이다.

TIPS ▰ **DLC** : 다운로드 컨텐츠. 제조사가 인터넷을 통해 배포하며 유저가 다운로드해서 이용할 수 있는 컨텐츠의 약칭. 던익에서는 무료로 정기적으로 받을 수 있다.

플레이하려면 VR용 헤드 마운티드 디스플레이와 손에 끼는 장갑 형태의 컨트롤러, 그리고 모션캡쳐 카메라가 필요하다는 높은 초기 비용. 게임을 만든 제작사도 무명이다. 발매 초기에는 전혀 팔리지 않았고, 아는 사람만 아는 게임이었다.

하지만 미려한 그래픽과 완성도 높은 액션, 심오한 게임 시스템이 조금씩 입소문을 탔고, 나중에 추가된 공략 캐릭터와 커스텀 모드, pvp와 수백 명 규모로 참가할 수 있는 전쟁 모드로 인기에 불이 붙어 게이머라면 누구나 알 정도의 게임이 되기까지 시간은 그리 오래 걸리지 않았다.

난 학생 시절에 빠져든 후로 사회인이 되어서도 이 게임을 계속하고 있었다. 처음엔 조작이 형편 없었지만 지금은 보스 공략과 대인전을 오랜 시간 몇 번이나 반복해서 상당히 능숙해졌다고 자부하고 있다. 흔히들 말하는 헤비 게이머라는 것이다.

집에 돌아오면 바로 샤워를 하고 전자레인지로 데운 냉동식품을 입에 쑤셔 넣고 컨트롤러인 글러브를 장착. 팔을 휘둘러야 하니 벽이나 물건에 부딪치지 않도록 자리를 잡고 게임을 켠다.

손바닥으로 공중을 훑어 생체인증 로그인. 메일 착신 마크가 달려있었다. 던익 운영에서 온 것이다.

"좋아, 업데이트 메일이 제대로 왔군."

며칠 전에 '차기 대규모 업데이트 테스터 참가권을 받을 수 있다!'라며 운영이 게임 이벤트를 주최해서 그 미끼에 홀랑 넘어가 참가했는데, 그 이벤트 내용은 정말 지옥이었다.

게임 이벤트 회장에는 수만 명의 플레이어가 집결하여 기대감으로 가슴을 부풀리고 퀘스트를 기다리고 있었다. '여어, 너도 왔냐' '기대되네' '팔이 근질근질하군' '클리어하면 결혼할 거야'라며 화기애애한 분위기를 만들려고 했지만, 경품인 테스터 참가권을 호시탐탐 노리고 있다는 것은 다 티가 났다. 이놈이고 저놈이고 앞질러 주겠다는 번뜩이는 눈빛을 숨기지 못했다.

무심한 대화로 은근히 견제를 하고 있으니 갑자기 하늘에서 칠흑의 초거대 드래곤이 떨어져 수만 톤의 거구에 깔린 참가자 1할이 바로 증발. 혼란한 가운데 톱 플레이어들이 어떻게든 태세를 정비해 공격에 나섰으나 두꺼운 표피에 튕겨서 전혀 통하지 않았다. 숨 돌릴 틈도 없이 쏟아지는 즉사급 대미지의 극대 레이저에 플레이어들은 차례로 먼지가 되어 스러졌다.

그렇다 해도 모인 것은 모두 역전의 플레이어들. 어떻게든 괴멸을 피해 태세를 정비하는 것에 성공했다. 약 2시간에 걸친 사투 끝에 참가자의 반 이상이 희생되면서도 공략법을 고안해 밸런스 붕괴 드래곤을 쓰러뜨렸다…… 하지만 그것은 서장에 불과했다.

드래곤이 떨군 아이템을 찾아 시체에 모여든 플레이어들을 아랑곳하지 않고 이벤트 회장이 붕괴. 그때부터 죽음의 탈출 게임이 시작되었다. 루트를 틀리면 즉사, 탐지가 안 되는 즉사 트랩의 대행진. 도중에도 보스급 몬스터가 집단으로, 게다가 연계하며 덤벼들었다. 게다가 탈출 제한 시간 있음.

결과적으로 클리어할 수 있었지만 운 요소가 대부분인 쓰레기 밸런스. 이런 걸 나 외에 누가 클리어할 수 있겠냐는 생각이 들

정도의 난이도였다. 그렇다고는 해도 운도 실력이다. 쟁취했으니 솔직하게 기뻐하자. 보상인 대규모 업데이트 테스터 참가권이 첨부된 메일을 열어서 확인. 나도 모르게 표정이 풀어졌다.

바로 인스톨을 시작했다. 약관에 적혀있는 것을 훑어 보니.

"어디 보자~, 이 패치를 인스톨하고 플레이를 시작하면 게임 속으로 전이합니다⋯⋯ 어? 전이?"

전이라니 무슨 뜻이지? 그런 게임 설정이나 표현일 뿐인 건가. 운영진도 상당히 머리가 돌아있으니 깊이 생각할 필요는 없을 것이다.

"테스터니까 기존 캐릭터는 못 쓰고 완전히 새로운 상태로 스타트인가."

캐릭터는 '랜덤 캐릭터'로 하느냐, 스스로 캐릭터를 만드는 '커스텀 캐릭터'를 선택하느냐인데, 귀찮으니 '랜덤 캐릭터'로 하기로 했다. 어느 정도 플레이하고 마음에 안 들면 다시 캐릭터를 만들면 될 것이다.

"좋아. 인스톨은 무사히 완료. 그럼 바로 시작하자!"

그리고 난 게임 스타트 버튼을 힘차게 눌렀다.

▶/////////////////////

흠, 내가 여기에 있는 경위를 떠올려 봤는데 역시 업데이트 프로그램 때문인가. 그런 일이 있을 수 있는 건가.

확실히 평소부터 '던익'의 세계로 가서 압도하고 싶다! 인기 많아지고 싶다! 그 히로인이랑 뽀뽀하고 싶다! 라는 망상은 했지만……. 나이가 몇인데 부끄럽지 않냐고? 남자는 몇 살을 먹든 모험심이 넘치는 법이라고.

——그런고로 잠깐 정리를 해두자.

Q1, 여긴 현실인가. 아니면 게임?

'던익'에서는 교장의 연설, 안내 등은 어드벤처 게임처럼 대화 창 안에 대사가 표시되어 있었다. 하지만 지금 그런 창은 어디에도 보이지 않았다. 그리고 어딜 봐도 게임이라고 생각할 수 없는, 차원이 다른 그래픽 해상도. 정보량이 일목요연하다.

던익도 그래픽은 미려했지만, 잘 보면 CG라고 바로 알 수 있는 수준이긴 했다. 하지만 지금 내 시야는 —거대한 무기나 방어구 등의 판타지 요소를 무시하면— 눈여겨봐도 현실로밖에 안 보이는 리얼리티가 있었다. 가까이에 앉아있는 학생의 옷이 스치는 소리와 의자가 삐걱대는 미세한 소리 같은 건 게임엔 없었다.

따라서 이곳은 게임이 아니라 게임이 현실이 된 세상이라 생각하는 것이 자연스러울 것이다. 원래 던익은 현실세계의 가상화, 소위 '메타버스'를 의식하고 만들어져서 압도적인 정보량을 보유한 게임이긴 하지만 솔직히 게임의 완성도가 이 정도면 도를 넘었다. 그렇다고는 해도 정보가 좀 더 있었으면 좋겠다.

Q2, 이곳이 게임 속이라면 로그아웃하는 것은 가능한가?

게임을 할 때는 항상 표시되어 있던 인터페이스를 통해 로그아웃 항목을 선택할 수 있었지만, 현시점에 시야 안에는 그럴듯한 것은 아무것도 보이지 않았다. 그 이전에 지금까지는 로그아웃 같은 걸 하지 않아도 헤드 마운티드 디스플레이를 직접 벗으면 게임에서 벗어날 수 있었지만…… 지금 난 머리에 그런 걸 뒤집어쓰지 않았다.

그러고 보니 대화창은 어찌 됐든, 인터페이스는 학교에서 단말기가 분배된 뒤부터 보이게 된 것 같기도 하다. 로그아웃을 할 수 있는지 아닌지에 대한 판단은 그때까지 보류해야 하나.

Q3. 원래의 나는 어떻게 되었는가?

알 수 없다. 의식만 이쪽에 있고 몸은 원래 세계에 있는 경우도 생각할 수 있다. 업데이트 프로그램 설명에 적혀있던 '전이'라는 것이 진실이라면 원래 세계에 몸은 없는 것일까. 그걸 확인하기 위해서라도 실제로 로그아웃하는 수밖에 없다.

Q4. 나는 과연 돌아가고 싶은 것인가?

원래 세계에 돌아가야만 하는 이유는, 있다.

아직 입사하고 몇 년 안 지났다고는 해도 내가 없어지면 관여하고 있는 안건이 멈추게 되고 많은 사람에게 폐도 끼치게 된다. 그리고 혼자 산다고는 해도 집세와 공과금도 내고 있다. 내버려 두는 건 좋지 않을지도 모른다.

하지만. 저쪽에 내 몸이 없고 이게 완전한 전이라면……

그렇다면 깨끗이 받아들이고 이 세상을 즐겨 버릴까. 어쩔 도리가 없을 때는 어쩔 도리가 없으니까. 다행인지 불행인지 지금 나에겐 가족이 없고, 내가 없어져도 슬퍼할 사람도 없다. 돌아가는 게 가능해지면 그때 생각하면 된다.

여러 생각과 의문이 샘솟았지만 확실한 것은 아무것도 모른다. 은밀한 흥분과 혼란이 몸을 휘감아 주위 학생들에게 질문 공세를 하고 싶다는 충동에 사로잡혔다. 하지만 지금은 냉정해져야 한다. 진정해라, 나.

입학식을 진행하는 단상에서 여러 교직원이 '열심히 해라'로 요약 가능한 긴 인사를 끝내자, 겨우 입학식이 끝나는 듯했다.

"──이상으로 모험가 고등학교 입학식을 종료합니다. 이후에는 각 반에서 홈룸을 진행합니다. A반부터 퇴장해 주십시오."

A반.

'던익'의 스토리에서는 나중에 학생회장이 되는 사람이나 유명 모험가와 유명 회사의 자제 등, 쟁쟁한 실력자가 다수 재적해 있었다. 이어서 퇴장하는 B반과 C반에서도 주인공의 라이벌이나 이벤트에서 중요 인물이 되는 캐릭터도 살짝 보였다.

메인 스토리의 등장인물을 떠올리면서 학생들의 얼굴을 보고 있으니.

"그럼 마지막으로 E반 여러분, 가시죠."

주위 사람들이 일제히 일어나 출구를 향해 이동하기 시작했다. 앞으로 내가 있을 반은 아무래도 E반인 것 같다. 게임에서도 '주인공'으로 플레이하거나 커스텀 캐릭터를 만들면 E반으로 시작한다. 난 '랜덤 캐릭터'를 선택했는데 커스텀 캐릭터 취급을 받는 걸까.

강당에서 밖으로 나온 학생들은 조심스럽게 주위를 보거나 긴장한 분위기를 자아내면서 교실까지 말없이 걸었다. 창문으로 보이는 경치는 압권이었다. 거대한 훈련 시설과 대형 임대 매점, 공방 등에 상당한 돈을 들였다는 걸 한눈에 알 수 있었다.

(이렇게 굉장한 학교에서 배울 수 있는 학생은 행복하겠지.)

내가 원래 세계에서 다녔던 고등학교는 아무 특별할 것 없는 낡은 학교라서 확실히 시설 차이가 났다. 이 국립 모험가 학교는 자원 확보 등의 상업적, 정치적 이유 때문에 거국적으로 운영되며 국고에서 막대한 돈이 투입되고 있다는 설정을 떠올렸다.

두 번째 고등학교 생활을 하게 될지도 모른다는 사실에 그리움과 복잡한 감정을 품으며 계단을 올라 '1—E'라 적혀있는 교실에 도착.

(하아하아⋯⋯ 이상하다. 묘하게 숨이 차네⋯⋯ 하아.)

계단을 오르는 것이 아무튼 힘들었다. 그러고 보니 묘하게 배가 나와 있네. 손발도 통통, 하다기보다는 부풀어서 터질 것 같다. 혹시 나, 뚱보 캐릭터?

어떤 캐릭터가 되었는지 궁금해서 화장실에 가서 거울 앞에 서니──.

돼지로 착각할 만한 남자가 비치고 있었다!

심하게 지방이 낀 얼굴에 살찐 몸. 점보 사이즈의 교복. 그리고 이 얼굴은…… 히로인 한 명에게 들러붙어서 못된 짓과 성희롱을 하는 악역 캐릭터. 통칭──.

"뚱땡이잖아~!!!"

'랜덤 캐릭터'를 선택했더니 '뚱땡이'가 되어있었다.

방금 전까지 '모처럼 게임 세계에 왔으니까 히로인이랑 꽁냥대면서 일당백으로 싸울 수 있지 않을까'라는 생각을 하며 학교생활에 대한 어렴풋한 기대를 품고 있었는데, 그 기대가 지금 산산이 박살 난 것이다.

거울에 비치고 있는 것은 등이 굽어 있고 부스스한 머리를 한 남자 고등학생. 게다가 체중이 100kg은 여유롭게 넘길 것 같은 아주 비만한 몸에 목도 지방에 묻혀서 보이지 않았다. 그다지 덥지도 않은 날에 계단을 오르기만 했는데도 땀이 줄줄. 숨도 깔딱깔딱.

"이거…… 진짜로 나인가?"

거울 속의 남자도 놀란 것처럼 이쪽을 들여다보고 있었다. 마치 내 움직임과 동조한 것처럼. 그 모습을 보니 의식이 끊어질 것만 같고 현실도피도 하고 싶어졌다.

원래 세계에서는 한 번도 살이 찐 적이 없어서 계단을 오르고 조금 이동했을 뿐인데 이 정도로 숨이 찬 경험은 없었다. 몰래카메라일지도 모르니 ─몰래카메라일 리가 없지만─ 시험 삼아 이상한 표정을 짓거나 다른 것을 흉내 내 봤지만 거울 앞의 남자는 어떻게 봐도 나였다…….

"으어어…… 랜덤 캐릭터 같은 걸 고르지 말 걸 그랬어……."

머리를 싸매고 쭈그리고 앉았지만 튀어나와 있는 배가 걸렸다.

'랜덤 캐릭터'라는 게 능력과 외모가 무작위하게 자동적으로 만들어지는 캐릭터인 줄 알았는데, 설마 기존 캐릭터 중 하나였을 줄은 몰랐다. E반에는 멋있는 캐릭터가 얼마든지 있는데 하필이면 뚱땡이가 걸리는 걸 보니 운이 없다.

뚱땡이는 어떤 히로인 공략 루트에 들어가면 등장하는 악역 캐릭터다.

몇 번이고 음담패설을 해서 히로인을 곤란하게 만들고 그 히로인과 사이가 좋아지는 주인공에게도 잔뜩 심술을 부린다. 그리고 마지막에는 주인공에게 숙청당해 퇴학당하는 처지에 내몰리고 주인공은 히로인과 맺어져 해피엔딩, 이라는 스토리가 있었다는 게 생각났다.

그렇다고는 해도 뚱땡이는 주인공의 라이벌 같은 게 아니다. 게임에서도 '뚱땡이'라 불려서 본명 같은 건 기억나지 않는다.

"그러고 보니 뚱땡이랑 그 히로인…… 하야세 카오루가 아마 소꿉친구에 약혼한 사이였지."

하야세 카오루에 대한 정보를 떠올렸다.

매끈하게 뻗은 팔다리에 긴 속눈썹과 긴 눈매, 허리까지 오는 긴 머리카락을 뒤로 한 다발로 묶은 정통 일본 미인. 검도는 중학교 때 전국대회에서 우승한 경험이 있을 정도로 실력이 있으며, 공부도 잘하는 그야말로 문무양도, 재색겸비다. 대쪽 같은 성격에 누구도 차별하지 않고 대한다— 단, 뚱땡이 제외.

게임을 진행하면 하야세 카오루는 주인공의 강력한 파트너가 되고 연인도 되는데, 뚱땡이 입장에서는 호의를 품고 있던 소꿉친구이자 약혼자를 산뜻한 미남 주인공에게 쉽게 빼앗기니 참을 수가 없었을 것이다. 반격 수단이 성희롱이라 구제할 길이 없지만.

문제는 입학 시점에 뚱땡이—슬프게도 지금은 나이지만—와 그녀는 사이가 험악해져 있다는 것. 이쪽 세계에서도 게임과 마찬가지로 미움받고 있는지는 모르겠지만, 문제의 근원이 될지도 모르니 되도록 접근하지 말아야 하려나.

하지만 왜일까. 하야세 카오루를 떠올릴수록 초조함 같은 게 느껴졌다. 혹시 머리 어딘가에 뚱땡이의 기억과 감정이 남아있는 걸까. 뭔가 떠올릴 수 있을 것 같은 느낌도 들었지만, 어딘가에 걸린 것처럼 기억을 끄집어내지 못해 아른거렸다.

이대로 여기서 생각해도 스트레스 때문에 이상해질 것 같으니 교실로 돌아가도록 하자.

몇 번째인지 모를 깊은 한숨을 쉬면서 교실로 들어가자 그 히로인의 찌르는 듯한 시선이 느껴졌다. 지금은 눈치 못 챈 척 하자.

(이 시점부터 상당히 미움받고 있구나.)

뚱땡이의 기억에서 아무것도 끌어낼 수 없으니 이 정도로 관계가 틀어진 원인도 해결 방법도 알 수 없다. 시간이 해결해 주기를 기대하자.

마음을 다잡고 내 자리를 찾았다. 앞부터 성적순으로 배열된 자리라고 하는데, 놀랍게도 내 자리는 가장 뒤쪽 끄트머리인 '학년 최하위' 자리였다……. 근데. 입학시험이 어떤 거였지.

이곳 모험가 학교 고등부의 A반부터 D반까지는 모험가 중등부부터 진학한 소위 에스컬레이터 반이다. 던전 탐색 능력이 있는 자를 국가가 특별히 선발한 학생들이다.

한편, E반만은 외부 수험반. 수험 경쟁률은 100대1 이상은 족히 되고, 그 경쟁을 이겨낸 상당한 엘리트라는 설정이었을 것이다.

뚱땡이가 이 학교에 들어왔다는 것은 그런 괴물 같은 경쟁률을 뚫고 들어왔다는 뜻일 것이다. 뭔가 특별한 스킬이 있는 건가? 최하위라고 해도 붙은 것만으로도 대단하니 자신감을 가지자.

반 안에 있는 몇 명은 서로 아는 사이인지 이야기를 하고 있는 사람도 있었지만, 역시 긴장 때문인지 교실에 날카로운 분위기가 감돌았다. 주인공과 히로인도 아직 얌전하고 어색하네.

그런 반 친구들을 멍하니 바라보고 있으니 아직 20대로 보이는 정장 차림의 젊은 남자가 교실에 들어왔다.

"다들 자리에 앉아라. 지금부터 홈룸을 시작한다. 우선 나에 대한 것과 이 학교, 그리고 성적과 진로에 대해서도 설명하겠다."

자기소개에 따르면 반의 담임. 무라이 하지메 선생님이라고 한다. 모험가 대학 출신. 그곳을 나왔다는 것은 이곳 모험가 고등학교도 우수한 성적으로 졸업한 선배일 것이다. 날씬하긴 하지만 동작과 몸놀림 하나하나를 보면 보통 사람이 아닌 것 같았다. 학교의 교사라기보다는 군인 같았다. 이번 1년 동안은 이 선생님이 지도한다고 한다.

자신에 대한 설명을 끝내자 다음으로 화이트보드에 학교에 대한 것을 항목별로 써나갔다.

"이 학교에서 좋은 성적을 거두면 국립 모험가 대학에 진학할 때 추천을 받을 수 있고, 모험가가 될 때 우대를 받을 수 있다. 일류 클랜이나 민간 기업에서도 스카우트가 올 것이다. 이러한 인기 있는 진로는 기본적으로 성적순으로 배정된다."

국립 모험가 대학은 던전 관련으로 특화된 특수부대, 또는 던전성의 관료 후보가 될 인재 육성을 목적으로 한 대학이다. 원래 있던 세계로 치면 방위대학이나 기상대학 같은 이미지에 가깝다. 선생님의 말에 따르면 모험가 대학 진학이 가장 인기 있는 진로이니 성적순으로 배정된다고 한다.

다음으로 우대.

이 학교의 학생에게는 공무원처럼 다양한 특전이 있으며 모험가 길드에 있는 던전 시설을 반값, 또는 일부 무료로 이용할 수 있다. 일본의 국공립 대학의 학생이 받는 것과 같은 약간 이득이 되는 대우와 비슷하다. 이용할 때는 신청이 필요한 경우가 있으니 주의하라고 한다.

그리고 모험가 학교의 학생은 모험가 랭크(1~10급이 있으며 1급이 가장 높고 10급이 가장 낮다) 중 9급부터 시작할 수 있으며 간단한 절차를 거치고 바로 던전에 들어갈 수 있는 특전이 있다. 일반인은 절차를 거친 뒤에 신원 증명, 필기 시험, 강습, 실습 훈련을 받은 뒤에 10급부터 시작해서 상당히 성가시다고 한다.

모험가 길드에서 퀘스트를 받을 때는 모험가 랭크에 따른 제한이 부과되나 일정 이상의 등급은 국가로부터 우대를 받을 수 있다. 모험가 랭크를 올리는 것은 기본적으로 메리트밖에 없으니, 평소부터 의식해서 퀘스트를 해내고 승급 시험을 쳐봤으면 한다고 한다.

그리고 이 학교는 졸업 후의 진로도 다양하다고 한다.

던전 관련 분야는 인기가 많은 분야라서 시장 규모가 크고 연구 개발도 활발하다. 예를 들자면 이 세계의 발전소 과반수가 마석을 쓰고 있으며, 많은 에너지 산업이 던전 자원에 의해 유지되고 있다고 할 수 있다. 이 마석 발전은 이산화탄소를 배출하지 않는 데다가 비용도 화력발전보다 싸며, 게다가 소형화할 수 있어 많이 보급되어 있다고 한다.

그 외에도 던전에서 채취할 수 있는 재료를 이용한 소재 기술 혁신도 상당해서 군수산업과 IT산업도 많은 혜택을 받고 있다. 이러한 산업은 아무튼 부를 창출해서 전 세계가 앞다투어 투자하고 연구와 개발을 하고 있다. 때문에 우수한 던전 탐색원은 민관 불문하고 많은 기관이 눈독을 들이고 있어서 모험가 학교에는 졸업 전에 좋은 조건으로 학생을 데려가기 위해 스카우터가 온다고 한다.

물론 보통 대학에 진학하는 것도 가능하다. 모험가 학교의 표준점수는 상당히 높아서 작년 졸업생이 진학한 곳도 쟁쟁한 대학이 즐비했다.

그리고 성적에 대해서.

"여기서 말하는 성적이란 주로 공부와 던전 공략 성적 두 가지. 교내에서의 시합과 이벤트, 대회 등도 성적에 가산되는데 그건 다음 기회에 설명하겠다."

단순히 던전 안에서만 활약하면 되는 게 아니라 학업도 성적에 고려된다. 학력은 던전이라는 미지의 환경에 대한 적응력을 높이고 스탯인 INT 상승에도 영향을 끼쳐서 중시되고 있다고 한다. 일단 난 원래 세계에서 이류이긴 해도 대학은 나왔으니 학력 승부라면 조금은 유리하려나.

"던전 공략은 동료와 협력해서 진행하는 것이다. 동시에 너희는 성적을 경쟁하는 라이벌이기도 하다. 꼭 정진했으면 한다."

던전 공략은 게임을 할 때도 기본적으로 솔로보다 전위와 후위 직업의 밸런스를 맞춰 팀을 짜서 가는 게 효율이 좋았다. 예외적으로 얕은 층에서는 솔로가 좋은 경우도 있다. 파티 멤버를 찾아서 팀을 짜느냐, 솔로로 조용히 가느냐. 그건 나중에 생각하면 되려나.

"그럼 지금부터 단말기를 나눠 줄 테니 이름을 불리면 여기로 와라."

팔에 차고 버튼을 누르면 눈앞에 영상이 떠오르는 기능이 있는 하이테크 웨어러블 단말기다. 공중에 글자 등을 표시하는 기술은 원래 있던 세계에도 있었지만, 웨어러블 단말기로 이걸 실현한 적은 없을 것이다. 이 또한 던전의 혜택을 받은 기술의 일부분일 것이다. 기계 장치를 좋아해서 두근거림이 멈추지 않는군.

바로 단말기에 있는 버튼을 눌러 열어보니, 눈앞에 15인치 정도 크기의 화면이 열렸다. 다른 사람이 연 화면도 보이니 망막에 비추는 것이 아닌 공중에 투영하는 타입이다.

　홈 화면에는 이름과 스탯이 적혀있었다.

　〈이름〉나루미 소타

　〈레벨〉1

　〈직업&직업 레벨〉뉴비 레벨1

　〈모험가 계급〉: ―미등록―

　〈스탯〉

　최대HP : 7

　최대MP : 9

　STR : 3

　INT : 9

　VIT : 4

　AGI : 5

　MND : 11

　〈스킬 1/2〉

　　· 대식가

　　· 〈비어있음〉

　흠. 뚱땡이의 이름은 나루미 소타인가…… 듣고 보니 그런 이

TIPS **레벨과 직업 레벨** : 레벨이 올라가면 스탯도 올라가 혜택을 받을 수 있다. '던익' 에서 최대 레벨은 90이었다. 직업 레벨은 최대 10까지. 직업 레벨을 올리면 스킬을 배울 수 있다. 전직하면 직업 레벨은 1부터 시작하게 된다. 직업에 따라서는 스탯에 보너스가 붙는 것도 있다.

름이었던 것 같다. 어쨌든 원래 있던 세계의 나는 아저씨라 불리는 나이에 한발을 들여놓고 있었는데 고등학교 생활을 함에 있어서 젊어진 것은 긍정적인 면이다.

레벨과 직업 레벨은 둘 다 1이다. 싸운 적이 없으니 1일 것이다. 참고로 [뉴비]라는 것은 '초보자'나 '신참'이라는 뜻으로 초기 상태라면 예외를 제외하고 첫 직업은 [뉴비]가 된다. 경험치를 쌓아 직업 레벨을 올려나가면 특정 스킬을 배우거나 다른 직업으로 전직도 할 수 있다.

모험가 계급이 미등록인 상태인 건 현시점에 모험가 길드에 등록을 하지 않았기 때문일 것이다. 던전에 들어갈 것이라면 일찌감치 모험가 길드에 가는 게 좋다고 마음속에 메모해 뒀다.

(능력치는…… 솔직히 상당히 낮네.)

게임에서는 이 초기 능력을 정할 때, 몇 번이나 리셋 마라톤을 해서 ALL 10 이상의 스탯과 레어 스킬을 노렸다. 키우고 나면 초기 스탯 같은 건 오차 같은 것이나 마찬가지지만…… 뭐, 불평해도 달라지는 건 없으니 신경 쓰지 말자.

이 수치들은 입학시험 때 측정한 수치라고 한다. 그 수치가 모험가 학교의 데이터베이스에 보내져서 이 단말기에 전송된 것이니, 실시간으로 스탯이 반영되고 있는 게 아니라는 점은 주의

TIPS **리셋 마라톤** : 게임을 리셋하여 새 게임부터 다시 시작해 캐릭터를 다시 만들어서 좋은 보너스치가 붙은 스탯이나 특전을 노리는 방법. 줄여서 '리세마라' 라고도 한다.

해야만 한다.

　──그리고.

　(……어? 《대식가》라는 스킬은 처음 보는데, 이것 때문에 살찐 거 아냐?)

　이 세계에서는 던전에서 레벨이나 직업 레벨을 올리지 않았더라도 초기 상태부터 스킬을 가지고 있는 사람도 있다. 공격 스킬이나 회복 마법 같은 것이 있으면 초반 던전 다이브가 수월해져서 나도 리셋 마라톤을 해서 좋은 스킬을 노렸는데…… 《대식가》라는 스킬이 과연 무슨 도움이 되는 것인가.

　글을 보면 대량으로 먹을 것 같은 스킬인데…… 만약 이 몸으로 살아가는 것을 강요당한다면 빨리 다른 스킬로 덮어쓰고 다이어트에 힘쓰는 편이 나을지도 모른다. 계단을 오르기만 해도 숨을 헐떡거릴 상황이 아니다.

　그 외에는 전화와 메일, 카메라, SNS 기능이 있다. 던전 안에서 동료와 통신할 때도 쓸 수 있고 작전 지시나 지휘도 가능한 모양이다. 리포트 제출 등에도 쓰는 기능도 설치되어 있었다.

　(제일 중요한 로그아웃 항목은…… 없어. 역시 없어. 로그아웃 할 수 없는 건가?)

　역시 의식만 게임 세계에 있는 게 아니라 완전한 전이를 한 걸까. 단말기의 인터페이스에 로그아웃 항목이 없는 이상, 그 외에 돌아갈 수단은 생각나지 않았다. 꼭 돌아가고 싶은 건 아니지만, 뚱땡이가 돼버린 건 마음에 안 든다. 기분이 우울하다. 모처럼 꿈꿔 왔던 '던익' 세상인데…….

제03장 ✦ 미남 주인공

홈룸 시간에 진행하는 연락사항 전달과 설명을 끝으로 오늘 학교 일정은 끝났다. 수업은 다음 주 월요일다.

바로 던전에 가고 싶어 하는 반 친구 몇 명이 모여 파티 구성에 대해 이야기하고 있었다. 아직 아무도 던전 경험이 없고 직업도 [뉴비]일 것이라 다 같이 포위해서 때리는 작전으로 가는 듯했다. 초보자라도 갈 수 있는 얕은 층은 적도 약하고 회복 역할이나 서포트 역할이 들어간 구성을 생각하기보다 다 같이 치는 편이 쉬우니 틀리진 않았다.

난 이해가 안 되는 스킬밖에 없고, 체형도 이 모양이다. 참가하고 싶다고 말을 걸어도 받아줄지 말지 주저하기만 할 것이다. 한동안은 솔로로 갈까, 아니, 가는 건 좋지만 이 군살을 빼는 것도 생각해야 한다…… 그런 생각을 하고 있으니, 갑자기 교실에 깍두기 머리에 근육이 우락부락한 남자와 그 추종자로 보이는 남자들이 찾아왔다.

"E반 낙오자 놈들아! 이 분은 D반을 책임지는 카리야 이사무라는 분이시다. 지금부터 너희를 선발해서 우리 부하로 삼아 주마. 스탯과 스킬을 말해라."

입학 첫날에 낙오자고 뭐고 없을 텐데 옷을 흐트려 입은 날씬한 측근A가 멋대로 말하기 시작했다. 그가 소개한 카리야 본인은 교단 위에서 팔짱을 끼고 조용히 눈을 감고 버티고 서있었다.

그러고 보니 게임 초반에 그런 이벤트가 있었지. 분명 이 녀석들한테 찍힌 여자애를 지키기 위해 주인공이 감싸주고 한 달 뒤에 결투 이벤트를 하는 흐름이었나.

"어이, 카리야 씨를 기다리게 하지 마라. 우선은 너, 스탯을 보여라."

추종자가 가까이에 있던 남학생을 가리켰다. 하지만 남학생은 갑자기 찾아와서 거만하게 내리는 지시에 불복하는 것 같았다.

"왜 불쑥 나타난 너희한테 보여줘야 하는데."

그러자 통통하고 장발이 절망적으로 어울리지 않는 추종자B의 눈빛이 변했고, 숨막히는 정체된 분위기가 지배했다.

"……야. 부탁이 아니라 명령이라고, 어?"

이게 레벨 차이에 따른 강자의 《오라》인가. 지근거리에서 맹수가 숨을 내뿜는 듯한 위압감이 느껴졌다.

레벨은 던전에서 몬스터를 쓰러뜨려 일정량의 경험치를 모으면 오르는데, 그와 동시에 HP나 STR 등 육체적으로도 크게 강화되어 초인적인 일을 할 수 있게 된다.

이렇게 육체가 강화되는 조건은 던전에 떠도는 '마소'가 가득 차있는 것인데, 던전 내부나 던전 입구에서 150m 정도의 범위까지밖에 효과가 없다. 이 마소가 차있는 곳을 '매직 필드'라 부른다.

반대로 매직 필드 바깥이라면 육체는 강화되지 않지만, 모험가 학교의 교사는 던전 입구를 덮듯이 세워져서 이 교실도 매직 필드 안이다. 즉, 레벨을 올림으로써 일어난 육체 강화 효과가 아주 잘 드러나는 것이다.

그렇게 육체가 강화된 상태로 《오라》를 흘리면 위압을 당하게 되는데…… 불쌍하게 위압당한 남학생은 추종자 앞에서 움츠러들고 말았다.

"아…… 으으, 이, 이겁니다……."

"빨리 보여주면 약자는 안 괴롭힌다고. 역시 E반은 레벨1 [뉴비]인가."

A~D반은 중등부에서부터 올라온 진학반. 그들은 일반적으로 15세 이상만 들어갈 수 있는 던전에 3년이나 일찍 들어가 레벨 업을 경험했다. 그런 녀석들과 레벨 업을 한 번도 한 적이 없는 우리가 싸워도 제대로 싸울 수 있을 리가 없으며 한 방에 가볍게 날려질 정도의 실력 차이가 있을 것이다.

"다음, 거기 돼지! 빨리 보여라!"

통통한 장발 추종자B가 나를 보고 돼지라며 가리켰…… 는데, 너도 어지간히 돼지거든. 말싸움 할 생각은 딱히 없어서 단말기로 내 스탯을 보여줬다.

"카~, 뭐냐, 이 낮은 스탯과 못 써먹을 것 같은 스킬은. 심하게 허접이네! 다음, 너."

네, 허접 인정 왔습니다…… 뭐, 상관없지만. 앞으로 레벨 업해서 다 쓸고 다닐 거거든! 안 분하거든!

마음속으로 추종자B를 상대로 섀도복싱을 하고 있으니, 다음으로 포근하고 귀여운 핑크색 머리카락을 가진 여자아이가 지명당했다. 그래 그래, 이 아이가 찍혔었나.

그녀는 던익의 히로인이며 여자 주인공으로도 고를 수 있는 중요 캐릭터. 산죠 사쿠라코. 통칭 '핑크'다. 친근하며 애교가 느껴지는 크고 처진 눈에 커다란 가슴. 온순한 분위기가 남자의 보호본능을 불러일으킨다.

여자 주인공인 만큼 수많은 남자를 마음대로 농락하는 시나리오도 준비되어 있는데, 반대로 생각해 보면 그녀를 적으로 돌리면 무서울 것 같으니 거리를 둬야 하는 캐릭터 중 한 명이라고 할 수 있겠다.

"너 귀엽잖아. 능력은…… 레벨1이라 미묘하지만, 특별히 우리 파티에 넣어 주지."

"저, 저기……."

쭈뼛거리는 핑크의 얼굴을 멋대로 들여다보는 추종자A. 상스러운 표정을 지은 추종자C가 멋대로 그녀의 어깨를 잡으려고 했지만—.

"싫어하잖아."

근처에서는 좀처럼 볼 수 없을 정도로 반반한 얼굴의 남학생이 소녀에게 뻗힌 팔을 제지했다.

불타오르는 듯이 선명한 빨간 머리카락에 금색 눈동자. 다른 사람에게 호감을 주는 미소를 짓고 있을 텐데 추종자들은 알 수 없는 압박을 느낀 것처럼 기가 죽었다.

"무슨…… 넌 뭐야."

"난 아카기. 지금은 레벨1이지만 언젠가 학원 최강이 될 생각이야."

추종자들이 갑작스러운 최강이 되겠다는 발언에 시끄럽게 웃음을 터뜨리기 시작했다. 그래도 상당한 자신감이 있는지 아카기의 얼굴에는 분노나 동요는 전혀 보이지 않았고, 미소도 잃지 않는 게 대단한 멘탈이다.

　그렇다, 그가 바로 던익의 주인공, 아카기 유우마. 레벨1의 초기 능력치조차 이상하게 높으며 퀘스트를 진행해 나가면 [용사]라는 강력한 직업을 가질 수 있다. 감미로운 얼굴로 10명이 넘는 히로인도 동시 공략 가능. 여러 의미로 초인 그 자체.

　게임에서 그를 메인 캐릭터로 쓸 때는 산뜻하고 금욕적이고 향상심 있는 모습에 호감을 가질 수 있었지만, 뚱땡이가 된 지금은 왠지 마음에 안 드는 지조 없는 놈이라는 생각밖에 안 들었다. 그보다 난 이 녀석한테 숙청당할 가능성이 있는 건가……

　깔보던 E반 학생이 최강이 되겠다고 해서 아니꼬웠는지 카리야가 감고 있던 눈을 뜨고 아카기를 째려봤다.

　"모험가가 어떤 것인지 아무것도 모르는 무지한 놈이…… 까불고 자빠졌어."

　"카, 카리야 씨. 어쩔 수 없어요. 이 녀석은 어차피 E반 허접이니까요."

　관자놀이에 핏대를 세우면서 노발대발하는 카리야. 당황한 추종자들이 달래려고 했다. 이 녀석은 D반 사람 중에서도 특히 강하다.

　"진짜 최강이 될 수 있는지 아닌지는 내가 직접 시험해 주지. 그렇지…… 한 달 뒤면 되겠나."

“…….”

스케줄을 확인하고 있는지 단말기의 화면을 보면서 카리야가 조용한 말투로 도발했다. 분노에 몸을 맡기고 날뛸 줄 알았던 추종자들은 카리야의 냉정한 태도를 보고 안심했다.

(여기까진 게임이랑 똑같이 흘러가네.)

이 카리야 이벤트는 메인 스토리상의 시나리오가 아니라 어디까지나 서브 이벤트 취급이다. 강제 수락 이벤트가 아니다.

만약 이 도발을 받아들인 경우에는 한 달 뒤에 투기장에서 결투 이벤트를 하게 된다. 거기서 주인공이 이기면 이 반의 히로인들의 호감도가 조금 오르고, 배후에 있는 B반의 지배자 이벤트로 발전한다. 받아들이지 않는 경우에는 그 시점에 이벤트는 실패 처리되고, 받아들였는데 지면 히로인의 호감도가 약간 내려간다.

그렇다면 받아들이면 될 것 같지만 카리야에게 이기는 것은 게임을 잘 알고 있는 베테랑 플레이어가 아니면 어렵다는 큰 문제가 있다. 단적으로 말하자면 이 이벤트는 ‘2회차용’인 것이다.

한 달이라는 짧은 기간 안에 효율적으로 레벨을 올리고 장비를 갖추고 상대의 무기 특성과 스킬을 판별해 내면서 급소와 카운터를 노리는 전투 스타일 확립. 그 정도는 해야 겨우 이길 수 있는 상대인데──.

그리고 보니 난 지금 게임의 주인공이 아니라 뚱땡이다.

딱히 아카기의 이후의 선택에 관심이 없는 건 아니다. 하지만 이 이벤트가 진행된다고 해도 뚱땡이에게 영향을 주는 일은 일어나지 않을 테고, 미남 주인공인 아카기의 하렘이 잘 구축되느냐 안 되느냐 하는 문제밖에 없다.

다시 말해서 '배고프다'거나 '역시 핑크의 가슴은 크다'와 같이 크게 달라지지 않는 사항이며, 카리야 이벤트 같은 건 코를 후비면서 마음 편하게 지켜볼 수 있는 상황에 불과하다.

그런 내 심정과는 반대로 아카기와 카리야는 계속해서 서로를 노려봤다.

"이 학교에는 괴물이 무더기로 있지. 한 달의 유예가 있다 하더라도 나 정도 되는 사람을 쓰러뜨리지도 못하면서 최강이 된다는 건…… 전혀 말도 안 되는 이야기지. 아닌가?"

"……틀린 말이 아냐. 받아들이지."

허리를 펴고 카리야의 눈을 똑바로 바라보면서 선언하는 아카기. 그 대답에 시끄럽게 떠들어 대는 추종자들과 술렁이는 반 친구들. 반 친구들도 3년 일찍 던전에 뛰어들었다는 어드밴티지를 겨우 한 달 안에 뒤집으라는 난제를 받아들일 줄은 몰랐던 모양이다.

"결투는 세이프티 룰, 투기장에서 시행한다. 아마 죽지는 않겠지만…… 그래도 팔 하나나 두 개쯤은 각오해 두라고."

"……그래."

역시 주인공. 카리야의 《오라》를 정면으로 받아도 여유로운 듯했다. 한편 나는 어떤가 하니, 심장을 움켜잡힌 듯한 공포를 느껴 쫄고 말았다…… 앗, 살짝 지렸을지도 모르겠다. 위압 진짜 무서워.

카리야 일행이 떠나면서 '네 얼굴과 이름은 기억했다고'라는 말을 내뱉으면서 교실에서 나가자 아카기는 윙크로 불안에 떨고 있는 핑크를 챙겨줬다. 반 친구들도 걱정됐는지 달려가서 힘내라며 격려했다.

이성을 잘 배려할 수 있는 데다가 넘쳐흐르는 자신감과 불안한 분위기를 한 번에 변화시키는 무드메이커. 순식간에 반의 중심이 되다니, 이것이 카리스마인가. 악역이자 좀스러운 악당인 뚱땡이와는 대척점에 있는 존재라 할 수 있겠다.

하지만 어떻게 생각해도 카리야 이벤트 수락은 메리트보다 디메리트가 더 크다. 최강이라는 것은 선언하는 것이 아니라 주위의 인정을 받아야 하는 것이라 생각하는 내가 보기에는 위험 부담이 큰 도발에 응한 것으로밖에 보이지 않았다. 뭐, 그게 이야기의 주인공과 잔챙이의 차이일지도 모르겠지만.

자 그럼. 이래저래 생각하고 싶은 것도, 하고 싶은 것도 있으니 오늘은 이만 집에 가자. 짐을 정리해서 교실에서 나가려고 하자──.

"잠깐만."

등 뒤에서 누가 언짢은 목소리로 말을 걸었다. 돌아보니 뚱땡이의 소꿉친구이자 약혼자인 하야세 카오루가 팔짱을 끼고 서 있었다.

그저 우뚝 서있을 뿐인데 긴 눈매와 콧날이 똑바로 선 아름다운 얼굴, 모델 같은 몸매 때문에 주위의 눈을 끌었다. 옅은 하늘색 머리카락을 한 다발로 높이 묶은 사이드테일이 청결한 느낌을 더욱 살려줘서 정말 잘 어울렸다.

　게임을 할 때 본 그래픽보다 훨씬 미인이 된 그녀가 말을 걸어서 아무런 마음의 준비를 하지 않았던 나는 들뜰 뻔했다.

　"오늘은…… 어떡할 거야?"

　"……."

　어떡할 거야, 라니. 뭔가 약속이라도 한 건가.

　게임에선 뚱땡이가 일방적으로 그녀에게 쓸데없이 말을 걸었던 것 같은데, 소꿉친구이기도 하니 이면에서는 게임에선 묘사되지 않은 대화가 있었을지도 모르겠다.

　"무슨 말이라도…… 하지 그래."

　팔짱을 끼고 검지를 통통 튕기고 있는 걸 보니, 아무래도 상당히 짜증이 나있는 것 같다.

　게임을 시작했더니 갑자기 전이당해 뚱땡이가 된 나에겐 게임 정보 이외에 판단할 수 있는 재료가 없다. 애초에 갑자기 다른 사람이 돼버리다니 난이도가 너무 높잖아.

　이 상황에 불합리하다고 말해도 뭔가 해결되는 것도 아니니 적당히 말을 흐리고 철저하게 도망치는 편이 좋을 것이다. 우선은 여러 정보를 모으기 위해 시간이 필요했다.

　"오늘은 할 일이 좀 있어서. 미안해."

　"……그래. 그럼."

　나에게 그다지 관심이 없는지 바로 시선을 거두고 아카기가 있는 집단으로 돌아가는 소꿉친구. 일단 이 상황을 극복한 것 같으니 여길 떠나자.

(그보다 이 초조함 같은 건 뭐지…… 뚱땡이의 감정인가?)

미남 주인공에게 소꿉친구를 빼앗기는 걸 걱정하고 있는 걸까. 저 정도의 미인이라면 다른 남자도 가만히 놔두지 않을 테니, 그 걱정이 이해가 안 되는 것도 아니었다.

하지만 게임의 스토리대로 가면 무리하게 그녀와 엮이려고 하면 할수록 뚱땡이의 처지는 안 좋아지고 그 끝에는 숙청과 퇴학이 기다리고 있다. 학교를 그만둘지 말지는 제쳐두더라도, 장애물이 될 수 있는 이 감정은 억눌러야 한다.

◢//////////////////////////

—— 하야세 카오루 시점 ——

"하야세, 멍하니 있는데, 무슨 일 있어?"

오늘 알게 된 반 친구가 말을 걸어서 퍼뜩 놀라 웃음을 지어냈다.

아무래도 안 되겠다. 어떻게 된 일인지 맥이 풀려있었다. 당황해서 두 세 마디 말을 나눈 후에 모두와 같이 집에 갈 준비를 하기 시작했다.

고개를 들어보니 둥글둥글하게 살찐 남학생의 모습이 다시 눈에 들어와 자연스럽게 한숨이 나오고 말았다.

(모처럼…… 떨어질 수 있을 줄 알았는데.)

무사히 입학식이 끝나 안심하고 있는 반면, 내 소꿉친구이자 본의 아니게 약혼자가 돼버린 나루미 소타도 최하위라고는 해도 모험가 학교에 합격했다는 사실에 새삼스럽게도 떨떠름한 감정을 품지 않을 수 없었다.

모험가 학교에 들어온 이유는, 나도 동경하는 모험가처럼 되고 싶어서. 하지만 다다음 정도 되는 이유로 소타와 거리를 두고 싶다는 마음도 있었다.

어릴 적에는 괜찮았다. 성격은 비뚤어져 있었어도 지금보다 순진하고…… 나에게 부드러운 미소를 지어 줬다. 남자아이에게 괴롭힘당했을 때는 사이에 들어와 지켜 주는 주변머리도 있었다.

하지만 중학교에 들어간 무렵부터 추잡하고 끈적끈적한 눈으로 ―특히 가슴을― 보게 되었고, 요 1~2년 사이에는 마치 나를 자기 소유물인 것처럼 주변에 떠들어 대고 때때로 성희롱 비슷한 짓으로 창피를 당해서 중학교 때는 항상 주눅이 들어 있었다.

태도를 고쳐 줬으면 좋겠다고 간절히 부탁한 적도 있었지만, 소타는 부탁을 들어주기는커녕 나에 대한 집착이 더더욱 강해졌다. 그래서 모험가 학교 수험을 기회로 삼아 거리를 벌리려고 했는데…… 결국 같이 모험가 학교에 합격하고 같은 반이 되고 말았다.

요전에는 나루미 집안의 부모님께 '카오루의 특기인 검술을 소타에게도 가르쳐 줄 수 없을까'라며 부탁을 받았다. 사실은 거절하고 싶었지만 어릴 때부터 신세를 진 분들의 부탁이라 받아들일 수밖에 없었다.

어쩔 수 없으니 같이 연습해 봤지만 완전히 글렀다. 소타 같은 경우에, 그렇게나 살찐 몸으로 제대로 움직이지도 못하고 인내심도 없어서 금방 포기해 버린다. 연습 이전의 문제다.

그래서 우선 당분과 지방을 제한한 균형 잡힌 식사 메뉴를 짜서 식생활 개선을 시도해 봤지만, 그것도 헛수고로 끝났다. 뒤에서 몰래 대량으로 과자를 먹거나 이른 아침에 러닝을 하자고 불러도 뛸 생각은 전혀 없었고, 놀랍게도 소타는 데이트라 착각하기까지 해서 그를 무시하고 달리니 성질을 냈다.

오늘은 같이 휘두르기 연습을 하자고 약속했는데 예상대로 의욕을 보이지 않았다.

2주 동안 나름대로 노력해 봤지만 성과는 제로.

나루미 집안의 부모님에게 부탁받아서 하고 있었을 뿐이지, 사랑 같은 건…… 더 이상 어디에도 없다. 그리고 이 정도 했으면 이제 충분할 것이다. 소타는 내가 곁에 있어도 응석 부리기만 해서 도움이 안 되고, 앞으로는 나도 스스로를 필사적으로 단련해야 하니 여유도 없어질 것이다.

──그러니 최대의 난제를 한시라도 빨리 해결해야만 한다.

지금까지 날 쫓아온 집념에는 놀랐지만, 지금의 소타와 결혼하는 건 무리다. 물론 나루미 집안의 부모님께는 죄송한 마음은 있다. 하지만 나도 여자이고 자유로운 연애를 통해 이상적인 남자와 맺어지고 싶다는 소원이 있다.

소타의 외모는 ─어릴 적의 모습을 떠올리면─ 개선의 여지는 있으니 눈을 감아준다 해도, 그 향상심 없는 나태하고 비굴한 성격은 허용할 수 없다.

어떻게든 약혼을 파기해야만 한다……. 하지만 파기하려고 해도 '결혼 계약 마법서'가 있는 곳을 파악할 필요가 있다. 요 몇 년 동안이나 나루미 집안의 집에 들어가 조사하고는 있지만 소타는 얼빠진 것처럼 보이지만 좀처럼 꼬리를 드러내지 않았다. 단서도 없고 진전도 없다.

그게 있는 한 난 거스를 수 없다. 이대로 가면 고등학교 생활을 하면서 또 내 곁에서 떨어지지 않아 중학교 시절의 실패를 반복하게 될 것이다. 머지않아 내 몸을 탐하려고 추잡한 명령을 내릴지도 모른다. 그 생각을 하면 초조함과 짜증이 쌓이기만 했다.

(아아, 소타가 적어도…… 그래, 개처럼 용감하고 기개가 있는 남자였다면.)

아까 전에 불량한 D반 학생을 쫓아내고 반의 중심이 된 남학생이 눈에 들어왔다. 이름은 아카기라고 했던가.

자신감이 넘쳐흐르는 저 눈, 기품 있는 저 행동거지. 강해지려는 적극적인 자세를 보고 있으면 내 험악해지고 거칠어진 마음도 진정되어 갔다. 그리고 소타와의 크나큰 차이를 인식하고 다시금 깊은 한숨을 쉬었다.

입학 첫날이 끝나고 귀로에 올랐다.

아무런 마음의 준비도 없이 갑자기 게임 속으로 전이해서 대체 뭐가 어떻게 되고 있는 건지 차분하게 앉아서 생각하고 싶었다. 그래서 내 방이 있을 학생 기숙사를 향해 걷고 있었다.

이 모험가 학교에는 전국에서 학생이 모여든다. 그래서 대부분의 학생은 이 학교에 인접한 기숙사에 살며 학교를 다니고 있다. 나도 똑같이 기숙사에 사는 줄 알았는데——.

"얼레…… 나루미 군이었나. 넌 기숙사에 등록 안 돼 있는데? 집에서 통학하는 거 아냐?"

"네…… 저기, 여긴 어딜까요. 주소를 가르쳐 줄 수 없나요?"

기숙사 입구에 있는 방 배정표를 봐도 나루미라는 이름이 없어서 기숙사 관리인에게 물어보니, 아무래도 집에서 통학하는 듯했다.

원래 있던 세계에서 이 부근에 놀러 온 적이 있는데, 산과 바다를 볼 수 있는 공원과 한적한 주택지가 있었을 것이다. 그런데 교내에서 보이는 주위의 경치는 빌딩과 맨션뿐이었다. 이 부분은 지금 깊이 생각해도 답이 나올 것 같지 않으니 관리인에게 감사 인사를 하고, 조사한 자신의 집으로 가보기로 했다.

유난히 엄중하고 완강해 보이는 정문을 통해 밖으로 나오니 학교 앞은 호텔과 백화점, 복합 상업시설이 늘어선 번화가였다. 얼핏 보면 원래 있던 세계의 거리와 똑같아 보이지만, 통행인을 보면 갑옷을 입고 있거나 큰 무기를 짊어지고 있는 사람이 있기도 해서 틀림없는 던익의 세계라는 걸 알 수 있었다.

그런 거리를 보면서 몇 분 정도 걸으니 목적지인 주소에 도착했다.

집의 1층 부분은 점포였고, 입구 윗부분에는 '잡화점 나루미'라고 크게 적혀있는 간판이 있었다. 잡화점인가. 집의 표찰도 뚱땡이의 성인 '나루미'라고 제대로 적혀있으니 틀림없다. 하지만 차도 세워져 있는 걸 보니, 어떻게 봐도 나 혼자 사는 집은 아니다.

(이거 들어가도 되나? 하지만 모르는 집에 들어가는 건 저항감이…… 아니, 난 여길 알고 있나?)

겨우 기억을 끄집어냈는지, 눈앞의 건물을 보니 기시감과 자신의 집과 같은 안심감이 샘솟았다. 그렇다기보다는 실제로 여기가 뚱땡이의 집이겠지만.

한동안 가게 앞에서 서성이고 있으니 가게 안에서 앞치마를 두른 40세 정도의 여자가 말을 걸었다.

"어머, 소타였구나. 수상한 사람인줄 알았잖아."

"그…… 다녀왔습니다……."

온화한 얼굴과 호리호리하고 날씬한 몸매. 뚱땡이의 살찐 이미지와는 동떨어져 있어서 어머니가 아닐 줄 알았는데…… 놀랍게도 뚱땡이의 기억이 이 40세 미인이 어머니라고 말하고 있다!

"오빠. 어서 와~."

안쪽에서 초등학교 고학년에서 중학생 정도로 보이고 큰 후드
티를 입은 동안에 머리가 긴 여자아이가 머리끈을 하면서 나왔
다. 참 귀여운 아이인데…… 날 '오빠'라 부른다는 것은 설마 이
아이가 뚱땡이의 여동생인 건가!

"그렇게 눈을 휘둥그레 뜨고…… 무슨 일이야?"

"아, 아냐. 아무것도."

아름다운 서러브레드 혈통에서 당나귀…… 아니, 돼지가 태어
날 줄이야. 이 세상의 신비를 접했다는 기분이 들었다.

그런 이상한 감개에 잠기면서 비틀비틀 집으로 들어갔다. 모
녀는 냉장고 앞에서 오늘 밥은 어떻게 할지 이야기를 나누고 있
었고, 딱히 날 신경 쓰지 않는 모양이었다.

내 방은…… 계단을 올라가서 2층 안쪽인가.

조금씩 뚱땡이의 기억을 끄집어내는 요령 같은 것이 이해되기
시작했다. 아무래도 기억을 떠올리는 프로세스가 평소에 떠올
리는 법과는 다른 듯했다. 다른 인격을 의식해서 들여다보는 듯
한 느낌이라 지금까지 방법을 알 수 없었다.

평상시의 사고의 주체는 나고, 바로 떠올릴 수 있는 기억도 원
래 있던 세계의 내 기억과 별반 다르지 않았다. 하지만 하야세
카오루나 가족 등, 특별한 감정이 있는 인물과 이야기할 때 무
의식적으로 뚱땡이의 감정이 플래시백 되는 경우가 있다. 그런
것들은 내 심정과는 명확하게 달라서 알기 쉬웠다.

예를 들자면 하야세 카오루를 떠올렸을 때의 초조감이나 아까

전에 모녀를 봤을 때의 안도하는 감정 등. 나에겐 예쁜 연인 같은 건 없고 가족도 없어서 갑자기 흘러넘치는 겪은 적 없는 감정에 당혹감을 느꼈다.

이러한 것들을 고려하면 난 단순히 전이해서 뚱땡이의 몸에 들어간 것이 아니라, 나라는 인간에 뚱땡이의 기억과 감정이 추가되고 섞여 동화되었다는 게 정답일지도 모르겠다.

갑자기 이세계에서 온 모르는 사람에게 몸을 빼앗긴 뚱땡이에게는 미안하게 생각하고, 나도 빨리 나가주고 싶지만 ─그보다 전부 던익 운영이 잘못했지만─ 애초에 나가는 방법을 모른다.

이후에 나간다고 해도, 혹은 이 세상에서 뚱땡이로서 살아간다고 해도 다양한 정보를 모아서 잘 헤쳐 나가야만 한다. 그럼, 뭐부터 손을 대볼까.

뚱땡이의 방은 북동쪽에 있어서 볕이 그리 잘 들지 않아 어둑어둑하다. 안에 들어가니 바닥이 오래 돼서인지, 아니면 무거운 체중 때문인지 약간 삐걱거렸다.

기억을 끄집어내면서 바라보니 아무런 위화감도 안 느껴졌고, 오히려 굉장히 안정됐다. 갑작스럽게 전이돼서 영문을 몰라 지금까지 은근 긴장하고 있었다는 것을 처음으로 알아차렸다. 침대 위에 짐을 내던지고 휴우 하고 한숨을…… 그보다.

(방 한번 더럽구만!)

확실히 위화감은 없지만 여기저기에 벗어던진 의류와 과자봉지가 어질러져 있고 서적과 만화가 겹쳐져서 반쯤 쓰레기장이 되어 있었다. 별 수 없으니 텔레비전이라도 틀어놓고 정리하도록 하자.

텔레비전 화면에서는 풍채 좋은 아저씨가 국회의 단상에서 어떤 이야기를 하고 있었다. 화면 아래에는 이름과 상원의원이자 백작이라고 설명이 적혀있었다…… 백작이라.

'딘익'의 세계 설정은 일본을 모방했다. 하지만 모방만 했을 뿐이지 정치 시스템과 국제관계, 국민의 사고방식은 민주주의 체제인 현대 일본과는 크게 다르다. 강권적이고 군사적인 색이 강한 정치에 귀족제를 채용하고 있는 등, 굳이 말하자면 2차 세계 대전 전의 대일본제국에 가까울까.

우선 정치 시스템은 귀족원이라고도 불리는 귀족만으로 구성된 상원과 서민원이라고도 불리는 서민도 될 수 있는 하원으로 나뉘어서 정치를 하고 있다. 귀족이라 해도 영지를 가지고 있는 건 아니지만, 단순히 칭호만 있는 것도 아니다. 사법으로는 재판을 받을 수 없다거나 작위에 따른 정치력을 행사할 수 있는 등 수많은 기득권적 이익과 강력한 사회적 특권도 가지고 있다.

학교에도 귀족과 그 귀족을 모시는 사족(士族)이 여럿 있으니 대응할 때는 주의가 필요할 것이다. 아무리 그래도 귀족이 양민을 죽여도 죄를 묻지 않는 정도는 아니지만. 나루미가는…… 어떻게 봐도 서민이군.

그리고 조사해 보니 딘전이 등장하는 메이지 초기 정도까지는 일본과 매우 닮았다는 걸 알 수 있었다. 전국시대의 무장과 도쿠가와 막부의 쇼군의 이름도 교과서나 단말기로 참조한 바로는 똑같고, 메이지 유신도 알고 있는 그대로였다. 하지만 그 뒤에 던전이 등장하여 현대 일본이 되는 과정이 크게 분기하여 역사가 바뀌었다.

이 나라의 황족과 정치가는 어떻게 됐는지 조사해 봤는데 메이지 이후로는 이름이 한 명도 일치하지 않았다. 던전이 원인이 되어 계승자가 바뀌었는가, 아니면 이 나라는 메이지 이전의 일본을 모티브로 삼았을 뿐인 완전히 다른 나라인가. 지금으로서는 후자인 것 같은데, 정보를 좀 더 모으고 싶다.

채널을 바꿔 보니, 어디선가 타락한 모험가 테러리스트가 정치가를 유괴했다는 뉴스가 흘러나왔다. 이것도 국내 이야기다. 원래 있던 세계의 일본과 비교하면 치안이 상당히 나쁘다.

원래 육체 강화는 매직 필드 안에서만 효과가 있지만, 이 세계에서는 10년 정도 전에 인위적으로 매직 필드를 만드는 데 성공했다. 그 이후, 레벨 업을 반복해서 총탄조차 통하지 않게 된 타락한 모험가의 무력 행사가 문제가 되고 있다.

여러 테러리스트가 타락한 모험가를 영입해서 그 무력을 바탕으로 정치적 주장을 펼치는 한편, 국가도 그에 대항하여 모험가를 육성하여 배치했다. 외교나 첩보 분야에서는 초인적인 육체를 지닌 많은 모험가가 암약하고 있다고 한다. 세상은 그야말로 모험가의 시대인 것이다! 막 이러고.

스포츠 등은 매직 필드 감지 시스템을 도입해서 육체 강화를 배제하여 공평하다는 것을 어필하고 있는 듯했다. 그야 거대한 용도 잡는 육체로 축구 같은 걸 하면…… 그건 그거대로 보고 싶다.

텔레비전을 끄고 이번에는 떨어져 있던 신문을 확인해 봤다. 날짜는…… 4년 전? 팔에 찬 단말기로 오늘의 날짜를 확인하고 이게 어제 나온 신문이라는 것을 알았다.

4년 전이라고 하면 던익이 발매됐을 때인가. 뭔가 관계가 있나?

시간이 되돌아갔다면 주가로 돈을 크게 벌 수 있겠다 싶어서 신문의 경제면을 봤다. 몇몇 알고 있는 회사가 있긴 하지만, 소위 재벌 계열 회사가 경제를 좌지우지하고 있어서 똑같은 이름이 붙은 회사뿐이었다. 닛케이 평균도 수치가 상당히 달라서 원래 있던 세계의 지식은 쓸 수 없다는 걸 알았다. 4컷 만화를 보니…… 오, 보코쨩이 연재 중이네.

다음으로 방에 있는 컴퓨터로 인터넷을 봤다. 뉴스 사이트, 동영상 사이트는 평소대로이며 딱히 바뀐 부분은 안 보였다. 하지만 여러 사이트를 보다가 뭔가 이상한 것을 깨달았다. 아까부터 속옷을 입고 포즈를 취하고 있는 그라비아 아이돌이라면 검색이 되지만, 전라 사진은 전혀 보이지 않았다. 검열이 심한 걸까. 이렇게 사상과 자유를 제한하면 나라의 발전에 영향을 끼칠 거라 생각하는데 이게 맞는가.

──이상의 사안을 고려하면 이 나라는 2차 대전 이전의 일본의 정치체제가 그대로 이어진 가상의 일본…… 같은 것이라 할 수 있겠다. 메이지 때까지는 일본의 역사 그대로인데 세계에 던전이 나타난 다이쇼 때와 쇼와 초기 정도부터 역사가 크게 변했

다는 걸 알 수 있었다.

이 세계의 일본은 제2차 세계 대전에서 결정적인 패전을 피했지만 영토는 현재의 일본과 똑같았다. 어떻게 하면 무조건 항복을 하지 않고 이전의 일본 영토를 내줬는지 의문이다.

게임에선 단순한 월드 설정에 불과하니 그런 것이라고 결론을 내리고 있었다. 하지만 내가 게임 세계에 전이하면 이야기는 달라진다.

던전이 발견되어 이런 가상의 일본이 만들어졌다는 이야기는 게임의 숨겨진 설정집을 읽는 것 같아서 재밌게 조사했겠지만, 문제는 게임이 현실이 되어서 굉장히 성가시고 불안정한 상태가 되었다는 것이다. 각자 자기주장을 가진 초인들이 날뛰고 설치는 세계는 어떻게 생각해도 위험하다.

모험가가 모험가 길드의 관리를 받고 있다고는 해도 테러리스트, 다시 말해서 타락한 모험가 때문에 정세와 치안이 악화되고 있다. 애초에 귀족이 날뛰는 이 나라에서는 인권조차 애매할 가능성마저 있다. 이쪽 사회의 상식을 원래 일본과 똑같다고 생각해서 인권이네, 재판이네, 경찰이네, 하고 따지는 사고방식은 빠르게 수정해야 할 것이다.

그리고 잊어서는 안 되는 것이 이 세계가 '던익'이라는 것. 즉, 던익의 시나리오와 이벤트가 실제로 모험가 학교, 더 나아가서는 세계 각지에서 일어날 수 있다는 것이다.

바로 게임 초반에 익숙한 '카리야 이벤트'가 발생했는데, 전부 내 기억대로 전개되었다. 게임에서 일어난 일이 이 세계에서도 일어난다는 확실한 증거라 할 수 있겠다. 뭐, 카리야 이벤트 정 도라면 솔직히 말해서 어찌 되든 상관없다. 그 이벤트의 결과가 어떻게 되든 나한테 큰 영향이 있는 것도 아니니까.

하지만 던익에서는 시나리오에 따라서는 첩보부대와의 항쟁 이나 국가 레벨의 전쟁, 던전 일대가 아무것도 없는 땅이 되는 위험하기 짝이 없는 이벤트도 있다. 그런 일이 일어나면 솔직히 감당할 수 있을 것 같지가 않다.

그리고 곤란하게도 이벤트에 휘말리는 체질인 '주인공'이 같은 반에 있는 것도 문제다. 개별적인 파멸적 시나리오는 그런 방향 으로 나아가지 않도록 어느 정도 유도할 수 있을지도 모르지만, 게임의 메인 스토리에서 일어나는 일은 불가피할지도 모른다. 게임이라면 그런 위험한 이벤트는 신나게 즐길 수 있는 요소가 되는데, 그게 현실이 되면 성가시기만 하다는 건 얄궂기 짝이 없는 일이다.

앞으로 일어날지도 모르는 다양한 문제에 대응할 수 있도록 빨리 던전에 들어가서 레벨을 올려야 하나. 내일과 모레는 학교 를 쉬고 과제가 있는 것도 아니다. 던전에 갈 시간은 잔뜩 있다. 그리고 빨리 던전에 가서 놀아보고 싶기도 하고.

그런 생각을 하면서도 한 시간 정도 들여서 겨우 정리했다. 방 구석에는 끈으로 묶여 분류된 쓰레기가 쌓였다. 이건 다른 날에 내놓으면 되나.

그리고 정리할 때 찾았는데, 이 '결혼 계약 마법서'라는 건 뭘 까. 평범한 색지처럼 보이는데, 마법서라고 하니 어떤 마법이 걸려있는 걸까.

이상하게 생각해서 뚱땡이의 기억을 뒤져보니, 아무래도 어릴 적에 하야세 카오루와 결혼 약속을 한 편지 같은 물건인 듯했다. 따라서 마법서도 뭣도 아니다. '어른이 되면 뚱땡이의 신부가 되어 줄게!'라는 느낌의 글이 적힌 물건이려나. 미소가 절로 나오네. 추억의 물건이라면 버리는 것도 좀 그러니 서랍 안쪽에라도 보관해 두자.

한바탕 방 청소가 끝났고, 시각은 정오를 조금 넘겼을 무렵. 시간은 잔뜩 있으니 던전에 가고자 한다. 하지만 그 전에 배가 계속 꼬르륵거리니 배를 채워 두자.

뚱땡이의 기억을 보면 아침밥으로 상당한 양을 먹었을 텐데 현기증마저 느낄 정도로 몹시 배가 고팠다. 《대식가》라는 스킬이 이 이상한 식욕을 불러일으켜 뚱땡이를 이렇게 살찌운 게 아닐까 하는 의심을 하고 있다.

던전에 뛰어드는데 이 몸으로는 제대로 움직일 수 없을 것 같으니 다이어트는 필수다. 식사는 절제해서 하고 싶다. 그럼에도 불구하고──.

(잠깐만, 이건 아무래도 많지 않나.)

눈앞에는 밥과 반찬이 산처럼 쌓여있었다. 대충 2000kcal는 되지 않을까. 게다가 튀김과 탄수화물뿐이고 야채는 거의 없다. 살쪄 주세요 하고 말하는 듯한 양과 메뉴다.

"……저기, 미안한데 앞으로는 양을 좀 적게 해줄 수 없을까."

"제일 좋아하는 닭튀김이랑 고로케인데. 감기라도 걸렸니."

볼에 손을 대고 걱정스럽게 물어보는 뚱땡이의 어머니. 점심밥을 차려 줬는데 이런 말을 하긴 뭐하지만, 이만한 양을 매일 먹으면 살이 찔 수밖에 없다. 아까 전부터 배가 꼬르륵꼬르륵 소리를 내며 눈앞에 있는 것을 먹어 치우라고 호소했지만, 정신력으로 억눌렀다.

"다이어트를 하고 싶으니까. 야채를 중심으로 먹는 게 좋을 것 같아."

"오빠, 언제부터 야채 먹을 수 있게 된 거야?"

동생이 처진 기미가 있는 눈썹 끝을 더욱 내리며 의문을 제기했다. 아차 싶어서 급히 기억을 끄집어내 보니…… 아무래도 뚱땡이는 과일조차 먹지 못하는 골수 야채 혐오자인 모양이다. 지금은 적당히 얼버무리는 수밖에 없다.

"나도 모험가 학교에 들어갔으니까 의식을 바꿔 나가자는 생각이 들어서."

"그렇네…… 좀 통통하려나?"

"오빠는 그 정도가 딱 좋다고 생각하는데~."

키가 170 cm 언저리인데 체중이 여유롭게 100kg 오버…… 120kg 정도 될지도 모른다. 조심스럽게 말한다고 해도 '통통한 정도가 아니잖아'라는 딴지를 억누르고 억지로 웃어 뒀다.

"근데 오빠는 이제 던전에 가는구나."

"빨리 레벨을 올리려고."

"……흠~."

눈앞에 있는 사람은 도저히 뚱땡이의 동생이라고는 생각할 수 없는 귀여움을 자랑하고 희노애락을 알기 쉬울 것 같은 숏컷의 동안 여자. 이름은 나루미 카노. 현재 중학교 3학년이고 내년에는 뚱땡이와 같은 모험가 학교에 가고 싶다고 해서 수험 공부와 무술 학교에 다니며 노력하고 있다고 한다.

그런 동생이 고개를 숙이고 뭔가 중얼중얼 말하기 시작했다. 혹시 의심받고 있나?

"……오빠, 나도 던전에 데려가 줘."

"어? 하지만 넌 아직 중3이잖아."

"카노, 생떼를 쓰면 안 되잖니."

"우~우~! 가고 싶어~!"

던전에 가고 싶다며 떼를 쓰는 동생. 던전 입장은 15세 미만은 원칙적으로 금지, 중학생은 불가하다는 법률이 있다. 던전의 얕은 층인 1~2층이라면 중학생이라도 이길 수 있는 적밖에 없지만, 반드시 안전한 건 아니다. 국가는 국민을 지키기 위해 연령에 따른 입장 제한을 두고 있다.

원래는 15세가 아니라 18세 미만 금지였지만 인공적인 매직 필드—AMF(Artificial Magic Field)라 불린다—의 등장으로 인해 육체 강화를 이용한 범죄와 테러가 빈발하여 질서가 혼란해졌고, 우수한 모험가를 더 많이 폭넓게 육성하고 싶은 국가는 법을 개정하여 입장 제한을 15세로 내렸다는 경위가 있다.

그래도 15세 미만에 중학생인 동생에게 던전 입장 허가가 떨어질 일은 없겠지만.

눈앞에서 어머니가 동생을 달래고 동생이 응석을 부렸다. 가족이 없는 나에겐 이 광경이 정말 따뜻하고 덧없는 것으로 보였다.

어렸을 적에는 가족이 있었지만, 기억이 거의 없어서 이런 느낌이었나 하고 눈앞에서 주고받는 대화를 듣고 떠올렸다. 몸을 빼앗아 버린 최소한의 속죄로 뚱땡이가 진심으로 사랑하는 가족은 어떻게든 지켜 주고, 뭔가 해주고 싶었다. 보통은 들어갈 수 없는 던전이지만, 몇몇 샛길은 있으니까. 유사시에도 탈출 아이템을 쥐어 주면 안심일 것이다.

"당분간은 어렵겠지만, 착하게 지내면 언젠가 같이 갈까."

"와~ 신난다~! 그럼 약속이야."

어지간히 던전에 들어가고 싶었는지 데려가겠다고 약속하자 기분 좋게 콧노래를 흥얼거리면서 자기 방으로 돌아가는 동생. 어머니도 가게를 보기 위해 돌아갔다.

떠나가는 그녀들의 뒷모습을 보면서 가만히 안도의 한숨을 쉬었다.

조금 전에는 인격을 의심당하지는 않았지만, 평소와 다르다고 생각했을 것이다. 갑자기 '인격이 교체되었습니다~ 에헤헷'이라며 말해 봤자 머리가 이상해졌다며 걱정만 할 테니 말할 생각은 없다.

가족에게 쓸데없는 혼란을 초래하지 않도록, 그리고 이 세계에서 살아갈 수 있도록 평소의 뚱땡이가 어떤 인간이고 어떤 말투로 말하고 어떤 버릇이 있는지 기억을 끄집어내서 정보를 정리해 놓을 필요가 있다. 혼자 산 기간이 길어서 다른 사람과 살아간다는 사실이 어리둥절하여 머리가 돌아가지 않았다.

그렇지만 뚱땡이의 기억과 감정은 의식적으로든 무의식적으로든 표출되니 완전히 다른 사람이 된 것은 아니다. '신생 뚱땡이'라는 존재가 되었다고 해야 할까. 정말 일이 묘하게 됐다.

의문스러운 점도 있다. 보니까 뚱땡이와 가족 관계는 양호하고 가족이 걱정도 안 하고 있다. 이런데 어떻게 학교에서 그런 식으로 자의식과잉에 파멸적인 성격이 되었는가. 하야세 카오루에 대한 집착이 원인일 테지만, 과연 그뿐일까.

게임에서는 뚱땡이가 한결같이 아니꼬운 놈으로만 묘사되어서 정보가 부족하다. 학교에서는 되도록 눈에 띄지 않도록, 그리고 하야세 카오루와는 가능한 한 엮이지 않도록 신중하게 가고 싶다.

배가 약간 덜 차게 먹는 걸 넘어 반도 안 차는, 적은 양의 점심식사를 끝내고 옷장에 있던 중학교 시절의 운동복으로 갈아입고 던전에 갈 준비를 했다. 허벅지와 배가 꽉 끼는 걸 보니 중학교 때보다 더 살이 쪘다는 걸 알 수 있었다. 나 참.

마석이 든 배낭을 매고 계단을 내려가니 어머니가 가게 계산대 앞에서 부스럭거리고 있었다.

"지금부터 던전에 갔다 올게."

"빈손이잖아. 아무것도 안 들고 가?"

"방에 배트 있어서 그걸 들고 가. 오늘은 1층밖에 안 가니까 괜찮아."

던전 1층은 조건에 따라서 숨겨진 몬스터도 출현하지만, 기본적으로는 슬라임밖에 안 나오니 배트로 충분할 것이다. 오리엔테이션 때 학교에서 무기를 렌탈할 수 있게 되니 그때 좋은 게 있으면 빌려 보자.

앞으로 일어날 위험으로부터 자신과 가족을 지키기 위해서는 무엇보다도 우선 내가 강해져야만 한다. 갈 길은 멀지도 모르지만, 기합을 넣고 가자.

다시 던전이 있는 학교에 다이어트를 겸해서 뛰어서 갔다.

흔들흔들 지방을 흔들면서 열심히 뛰려고 했지만, 주변을 걷는 사람보다 약간 빠른 정도의 속도밖에 안 나왔다. 집에서 학교까지는 걸어서 몇 분 정도 걸리는데, 그 절반 정도밖에 안 왔는데 숨이 차고 땀도 줄줄 흘렀다. 이대로 가면 던전 안에서 체력이 다할 것 같아서 결국 걷기로 했다. 갑자기 움직여서 몸이 놀란 것일지도 모르니까.

그건 그렇고— 이 주변은 사람이 정말 많네.

원래 있던 세계에서 이 주변은 전원도시라서 조용한 주택가와 공원이 많이 있었다는 기억이 있는데, 이쪽 세계에서는 전국에서 모험가와 던전 관련 기업이 모여서 인구 880만 이상의 거대 경제권을 구축하고 있었다. 일본에는 이곳 말고는 던전이 없기 때문이다.

그리고 땅값도 급등했는지 원룸의 집세도 도쿄 도심을 뛰어넘었다. 뒷골목에 있고 그다지 넓지 않은 나루미가의 집조차 땅값은 상당한 듯했다.

(군것질할 곳도 많아. 이거 유혹에 지지 않도록 해야겠어.)

주변의 가게를 보면서 던전에 들어가려면 어떻게 해야 하는지를 떠올렸다.

보통 던전에 들어가려면 여러 귀찮은 등록과 면접, 몇 번의 강습을 받고 그 후에 필기시험을 받아야만 하는데 그 방법으로는 몇 달이 걸린다. 한편 모험가 학교의 학생은 국가가 주관하는 엄중한 심사를 이미 통과해서 단말기를 보여주기만 해도 바로 모험가증이 발행된다고 담임선생님이 말한 걸 떠올렸다.

그러니 우선은 모험가 길드에 가도록 하자.

모험가 길드는 이세계 판타지에서는 익숙한 조직인데, 이 세계의 모험가 길드에서도 비슷한 일을 하고 있었다. 모험가 등록, 관리와 아이템 매매, 퀘스트 수주와 발주도 가능하다.

판타지에 나오는 모험가 길드와의 차이는 뭐니 뭐니 해도 이용자가 많다는 것. 모험가 등록 수는 1000만 명을 넘고 매일 10만명 이상이 이용하는 거대 조직이다. 모험가 길드의 건물 안에는 민간 기업이 입점해 있기도 하고 병원과 도서실 등의 공공시설도 있다. 모험가 이외의 이용객도 아주 많다.

그리고 던전 내외의 부상자를 치료하고 치안을 관리하며 모험가끼리 항쟁이 발생하면 길드에 소속된 고위 모험가를 파견하는 등 경찰이나 자위대와 같은 역할도 맡고 있다. 때문에 모험가 길드의 건물은 40층을 넘는 근대적인 고층 복합 빌딩이다.

그런 모험가 길드라는 이름의 거대 빌딩 입구에서 무심코 멈춰 서서 올려다봤다.

"교사에서도 보였는데, 크네……."

사람이 많이 다니는데 멈춰 서는 것도 뭣하니 빨리 입구에서 안으로 이동하자.

안에는 벽돌조로 모던하게 만들어진 벽과 대리석 바닥이 깔린, 수백 명이 돌아다녀도 여유가 있을 정도로 큰 공간이 있었다. 왼쪽에는 은행 같은 접수처가 죽 늘어서 있고 오른쪽에는 다수의 엘리베이터와 에스컬레이터로 부산하게 이동하는 사람들이 보였다.

분명 여기서도 시비를 걸리는 이벤트가 있었는데, 지금은 비교적 사람의 왕래가 적어서 행실이 안 좋은 모험가는 없는 것 같다.

신규 접수는…… 저긴가.

"어서 오세요. 무슨 일로 오셨나요."

붙임성 좋아 보이는 접수처 아가씨가 싱긋 웃으며 물었다. 교육이 잘 되어 있다. 아무리 그래도 판타지 소설처럼 모험가의 외모나 랭크로 태도를 휙휙 바꾸는 접수처 직원은 없겠지.

"신규 등록을 하고 싶은데요."

"모험가 학교의 학생이군요. 팔에 있는 단말기의 ID번호와 이름을 여기에 적어주세요."

팔에 차고 있는 모험가 학교의 단말기를 본 접수처 아가씨는 등록 서류를 건네줬다. 단말기 ID는 이건가.

"이게 모험가증입니다. 모험가 학교의 학생이니 등록료는 들지 않습니다. 모험가 계급은 9급부터 시작입니다. 모험가에 관해서는 이 매뉴얼에 적혀있습니다만, 모르는 것이 있으면 언제든지 들러주세요."

이후에는 이 모험가증이나 팔에 찬 단말기를 입구에 있는 기계에 대면 안에 들어갈 수 있게 된다. 모험가증은 신분증도 되니까 배낭에 잘 넣어두자. 매뉴얼은 나중에 읽으면 되겠지.

그럼 던전 입구로 가볼까. 두근거림이 멈추질 않는군.

——던전.

다이쇼 초기에 갑자기 나타난 이계로 통하는 입구.

내부와 외부 왕래는 가능하지만, 전파나 빛은 주고받을 수 없기 때문에 입구의 경계면은 새까맣다. 공간적으로 다른 이공간이다.

발견 초기에는 지옥이라는 둥 귀신이 나온다는 둥 행방불명 당한다는 둥 여러 이유로 두려움을 샀다. 하지만 몬스터를 쓰러뜨렸을 때 떨어뜨리는 마석이 에너지원이 된다는 걸 알자 우리 나라는 전쟁은 내팽개치고 군대를 동원해서 던전 공략에 나섰다.

처음엔 총검을 메인 무기로 삼아 심층을 노렸지만, 머지않아 총이 잘 통하지 않는 몬스터가 늘어 군의 피해가 커져 일정 층 이상의 공략이 멈추고 말았다.

그렇다고 해서 국가의 상층부가 에너지 자원인 마석과 미지의 소재를 포기할 수 있을 리가 없었다. 정부 주도로 던전 공략을 목표로 국비를 투자하여 연구 개발을 진행해서 더더욱 힘을 쏟게 되었다.

군뿐만 아니라 널리 모인 민간인—그들은 이후에 모험가라 불린다—도 육성하여 레벨 업을 지원. 이를 위한 법 정비와 교육기관—이후의 모험가 학교—과 행정 개혁을 시행하여 던전성과 던전청을 창설, 많은 인원을 끌어들여 다시 공략을 개시한다.

세계에서는 귀중한 에너지 자원이 산출되는 던전의 지배권을 두고 수많은 분쟁과 내전, 국가 간 전쟁이 일어나 많은 난민이 발생했지만, 다행히 일본에는 하나뿐이긴 하지만 국내에 던전이 나타나 다른 나라의 표적이 되는 일 없이 에너지 자원을 확보할 수 있었다.

던전에서 산출된 마석은 해외에 의존하던 일본의 에너지 사정을 크게 개선시켰고, 세계에 자랑할 수 있는 마석 에너지 기업이 여럿 탄생. 에너지 수출국으로 발전하여 경제성장에 크게 공헌했다.

지금으로부터 15년 전. 프랑스의 어느 민간 기업이 일시적이긴 하지만 인위적인 매직 필드 생성에 성공했다고 발표.

원래 육체 강화가 나타나는 범위는 던전 속과 입구에서 150m 정도까지밖에 안 됐지만, 이 발명으로 인해 장소 불문하고 온갖 곳에서 육체 강화를 발휘할 수 있게 됐다. 이로 인해 세계는 좋든 안 좋든 새로운 시대로 강제로 이행하게 되었다.

생각해 봤으면 한다. 총알조차 통하지 않고, 검 한 자루로 커다란 바위도 깨뜨리고, 달리면 100m를 몇 초 만에 주파할 수 있는 초인들이 넘쳐나는 세상을.

인공 매직 필드는 농업과 건설업 등 경제적인 면에서 확실히 이익을 냈지만, 당연하게도 테러리스트와 정치가, 종교단체에 악용되었고, 결국 미국 대통령이 살해당하는 사건이 일어났다.

무장한 경호원이 많이 있었음에도 불구하고 단 한 명의 테러리스트에 의해 대통령이 경호원과 함께 통째로 칼에 베이는 쇼킹한 영상이 퍼져 나갔고 전 세계의 사람들을 벌벌 떨게 만들었다.

이를 눈여겨본 국가와 조직은 많은 돈을 들여 모험가를 고용해서 국가 간 분쟁에도 투입. 공작, 첩보, 암살부대 요원으로도 쓰며 전쟁, 외교의 양상이 크게 변화했다. 이 무렵부터 정치와 종교계에서 용병 조직이 차례차례 공식적으로 등장해 각국의 안보에도 심각한 영향을 주기 시작했다.

UN에 의해 매직 필드와 던전은 악용 저지를 위해 엄격하게 관리되게 되었지만, 그래도 발견되지 않은 던전을 사용하고 있는지 모험가의 범죄는 끊이지 않았고 대응은 늦어지고 있다.

──이런 느낌의 내용이 모험가 매뉴얼에 적혀 있었다.

이게 요 10년 동안 일어난 일이라는데…… 이야, 심각하네. 이 부분은 집에서도 가볍게 조사했는데 미국의 대통령까지 인공 매직 필드의 피해를 입었을 줄이야.

게임으로 할 때는 이런 세계관이구나 하는 생각만 머리 한구석에서 하고, 던전에 뛰어들면서 느긋하게 히로인 공략과 모험가 무쌍을 즐기면 그만이었는데.

"그러고 보니 같은 반에 다른 나라의 에이전트도 있었던가."

나중에 국지전이나 공작원과 싸우기 위한 트리거가 되는 이벤트 캐릭터가 E반에 있다. 그녀와 함께 행동해서 쏟아지는 이벤트를 클리어해 나가면 던전 공략에서 큰 어드밴티지를 얻을 수 있지만…… 솔직히 엮이고 싶지 않다.

기분이 암울해질 뻔했지만 지금은 쓸데없는 생각은 하지 말고 열심히 던전 다이브를 하도록 하자.

　모험가 학교는 지하 10층, 지상 18층의 거대한 건물이다. 중등부와 고등부, 대학부가 함께 쓰며 연구기관과 민간 기업까지 들어와 있다. 던전 입구는 그 모험가 학교 교사의 1층 부분에 있다.

　던전 입구가 있는 곳은 작은 산기슭이 있던 장소지만, 귀중한 매직 필드를 빠짐없이 이용하기 위해 작은 산의 반을 없애고 던전 입구를 중심으로 이 거대한 건조물을 만들어 냈다. 이런 조치에서는 던전 자원에 대한 일본 정부의 집념이 느껴졌다.

　던전에 들어가려면 우선 모험가 길드 앞에 있는 큰 방에 가서 거기에 있는 역 개찰구 같은 기계에서 모험가증 또는 특정 단말기를 여러 기계에 댈 필요가 있다. 나 같은 경우에는 학교에서 받은 웨어러블 단말기를 대면 된다.

　길드 앞의 큰 방은 하루에 수만 명 이상이 출입해서 많은 모험가들로 들끓었다.

　"근데 화려한 사람이 많네."

　가벼운 가죽제 갑옷은 수수한 편이고 반짝반짝 잘 닦인 금속제 갑옷과 극채색 로브, 망토를 장착하거나 거대한 무기를 들고 있는 모험가도 여기저기 보였다. 이 세계의 시대 설정은 현대지만, 주변 사람만 보면 판타지 세계 그 자체다. 나처럼 운동복에 배트를 든 사람은 상당한 초보자뿐일 것이다…… 그보다 그런 사람은 나뿐인가.

　개찰구에서 안으로 들어가 행렬의 흐름을 따라 천천히 걸으면서 던전 입구 앞에 섰다. 가로세로로 10m나 되는 거대한 입구다. 경계면은 빛을 조금도 반사하지 않아서 놀랄 정도로 새까맸다. 너무 까매서 이상하다. 들어갈 때는 게임에선 없었던 미끈한 느낌이 몸을 감싸 나도 모르게 숨을 참고 말았다.

몇 초를 들여서 경계를 지나가니 안은 사방으로 100m 정도인 광장이었고, 광장 끄트머리 쪽에는 바깥 세계와 굵은 배선으로 연결된 통신시설이 여럿 설치되어 있었다. 전파는 통하지 않아도, 유선이라면 바깥과 통신이 가능한지 입구에는 바깥에서 온 케이블 다발이 연결되어 있었다. 던전 안에서도 단말기를 쓸 수 있도록 하기 위해서일 것이다.

휴게소와 매점도 있었지만 어디든 가득 차있어서 굉장히 혼잡했다. 바로 앞이 입구니까 여기서 쉴 바에는 밖에 나가서 쉬는 편이 더 낫지 않은가.

거기서도 사람의 흐름에 거스르지 않고 갈림길도 없는 외길을 나아갔다.

내부는 거대한 동굴이었고, 지면은 평평하지만 천장과 측면은 탄광처럼 바위 표면이 거칠었다. 그리고 광원이 없음에도 불구하고 밝았다. 벽이 발광하고 있는 게 아니라 투과된 빛이 벽 전체에서 쏟아지는 것 같았다.

몬스터는…… 전혀 없다. 몬스터가 리젠되는 순간에 근처에 있는 모험가가 쇄도해서 순식간에 죽이고 있기 때문일 것이다. 일단 사람이 너무 많았다. 이래서는 제대로 싸울 수 없으니 더 안으로 가자.

1시간 정도 들여서 입구에서 2km 정도 걸었을까. 던전 2층으로 이어지는 메인 스트리트에서 일부러 벗어나 사람의 통행이 적은 곳으로 향했다. 여기에 오기까지 몇 개의 갈림길이 있었지만 학교에서 받은 팔의 단말기에는 던전 내부에서 쓸 수 있는 GPS 기능에 더해 자동 매핑 기능도 있어서 얕은 층에서는 헤맬 일이 없다.

여기까지 와서 알아차렸는데 아무래도 이 던전은 게임과 내부 구조가 완전히 똑같은 것 같다. 이후의 던전 다이브도 계획을 짜기 쉬워져서 순조롭게 진행될 것이다.

반대로 오산도 있었다. 여기까지 오는 데 1시간이나 걸린 것이다. 사람이 너무 많다. 매번 이렇게 사람이 많은 곳을 지나려면 귀찮은데. 이후의 던전 계획을 어떻게 할지 생각하면서 천천히 걷고 있으니 눈앞에 검은 안개가 나타났다. 몬스터가 리젠되는 전조다.

안개가 사라지고 그 대신 튀어나온 것은 20cm 정도 크기의 연두색 덩어리, 슬라임.

몬스터는 리젠된 순간부터 몇 초 정도 움직이지 않는다는 특성이 있다. 그 특성을 이용해서 빈틈투성이인 슬라임을 노리고 배트를 내리치자 슬라임은 젤리가 부서지듯이 산산이 흩어졌다.

슬라임의 파편은 10초 정도 지나자 안개가 되어 사라졌고, 사라진 뒤에는 새끼손가락의 손톱 정도 크기의 마석만이 남았다. 이 정도 마석이면 매입가 10엔인가. 시급 효율은 엄청 안 좋지만, 사람이 이만큼이나 있으면 어쩔 수 없다.

게임에서 슬라임은 몬스터 레벨1이고 나도 레벨1이라 경험치는 100% 들어온다는 계산이 나온다. 자신의 레벨보다 낮은 몬스터를 잡으면 경험치가 줄고, 반대로 자기보다 레벨이 높은 경우에는 경험치 보너스를 받을 수 있는 구조다. 어디까지나 게임과 똑같을 때의 이야기지만.

레벨2가 되기 위해서는 레벨1의 몬스터를 100마리 이상 잡아야만 한다. 깔끔하게 잡고 레벨2가 될 예정이었지만, 리젠을 기다리면 시간이 상당히 걸릴 것 같다.

"좀 더 안으로 가면 슬라임 방이 있었지……."

던전 1층 북동쪽에는 슬라임 세 마리를 모으면 합체해서 커다란 특수개체로 변화하는 작은 방이 있는데 '슬라임 방'이라고도 불린다. 경험치도 보통 슬라임의 10배인 데다가 몬스터 레벨도 2라서 경험치 추가 보너스도 받을 수 있어서 두 배로 이득이다. 게임을 시작하면 우선 이 합체 슬라임을 잡는 게 정석 공략이다.

아까 있던 곳에서 30분 정도 더 걸어서 슬라임 방 근처까지 올 수 있었다. 더는 주위에 사람이 없어서인지 슬라임이 순식간에 잡히지 않았고 드문드문 보였다.

슬라임은 사람을 발견해도 이쪽이 공격하지 않는 한, 공격하지 않는 후공 몬스터라서 배트로 가볍게 때려 어그로를 끌어 이

TIPS / **어그로** : 몬스터의 적대감. 몬스터는 어그로가 높은 플레이어를 우선해서 노리기 때문에 보스전 등에서는 후위가 타겟이 되지 않도록 어그로 관리에 주의를 기울일 필요가 있다.

쪽에 주의를 돌리게 할 필요가 있다.

좋아, 해볼까.

계획대로 슬라임 세 마리의 어그로를 끌어서 슬라임 방으로 뛰어드니…….

"오오, 합체가 시작됐다."

연한 파란색이었던 슬라임이 하나로 합쳐지더니 몇 초 지나자 색이 바뀌어 더 진한 파란색 슬라임으로 변화했다. 약간 움직임이 빨라졌나.

합체 슬라임은 적을 인식하자마자 적극적으로 선공해 오는 액티브 몬스터이기 때문에 주의가 필요하다. 원래 슬라임의 무게는 2~3kg 정도지만 합체 후에는 10kg 가까이 된 만큼 두 배 정도 커져 있었다. 시속 수십km로 바운드해서 뛰어드는 공격을 맞으면 그 자리에서 몸부림을 칠 정도로 아플 것이다. 뭐, 나한테는 두꺼운 지방이 있으니까 괜찮을지도 모르지만.

처음에는 경계해서 잠시 합체 슬라임의 공격 패턴을 보고 있었는데, 아무래도 게임과 마찬가지로 단조롭게 똑바로 나에게 몸을 날리는 움직임밖에 안 하는 듯했다. 공을 피하는 느낌으로 슬라임의 움직임을 예측해서 몸을 비스듬히 돌려 피하는 것과 동시에 배트를 때려 박았다.

보통 슬라임은 핵을 때리면 일격에 쓰러뜨릴 수 있지만, 합체 슬라임이 되면 두 방 이상 맞추지 않으면 쓰러뜨릴 수 있을 것 같지 않았다. 그렇다고는 해도 그렇게 어려운 상대는 아니니 문제없다. 오늘은 레벨2가 될 때까지 힘내자.

쉬엄쉬엄 몇 시간 정도 슬라임 방을 이용해서 사냥을 계속했다. 막간에 근처를 산책해 봤는데, 합체 슬라임 사냥을 하는 모험가는 나 이외에 아무도 안 보였다. 몬스터 레벨2치고는 쓰러뜨리기 쉽고 인기 있는 몬스터인데, 혹시 알려지지 않은 걸까.

"오, 레어템 득템. 운이 좋네!"

슬라임 링. 희미하게 빛나는 적동색. VIT+2 효과가 부여되어 있는 반지다. 생명력이 심적인 안정을 주는 정도밖에 안 오르지만, 이런 아이템이라도 초반에는 고마운 법이다. 사이즈는 이 두꺼운 손가락보다 더 크지만 매직 아이템은 장비하면 장비한 사람에게 맞춰서 크기가 변하기 때문에 신경 쓸 것 없다.

그 후에도 합체 슬라임을 계속 사냥해서 총 10마리 정도를 잡았을까, 드디어 레벨 업을 했다. 처음엔 몸에서 일제히 열이 치솟는, 술에 취한 듯한 느낌이 불쾌해 컨디션이 안 좋아진 줄 알았지만 금방 잦아들고 몸이 훅 가벼워졌다.

몸의 움직임도 약간 좋아졌다는 느낌이 들었다. 스탯도 올랐을 텐데, 확인하려면 모험가 길드의 감정소나 10층의 숨겨진 방에 있는 상점에 갈 필요가 있다. 감정소에서 스탯을 감정하면 단말기의 스탯도 갱신돼 버리니 급격한 레벨 업을 한 경우에는 피하는 편이 좋을지도 모른다. 뭐, 레벨 2나 3정도라면 이상하게 여기지 않겠지만.

"근데 레벨 업을 하면 뭐든지 할 수 있을 것 같은 느낌이 드네. 중독될 것 같다고 해야 할까. 아니 시간이 벌써 이렇게."

단말기로 시간을 보니, 이미 저녁 7시를 지나 있었다. 배도 고프고 다리도 피로하다. 오늘은 끝내고 서둘러 집으로 돌아가자.

첫 던전 다이브를 끝내고 녹초가 되어 귀로에 올랐다.

그다지 고생하지 않고 합체 슬라임을 쓰러뜨린 건 좋았지만, 왕복으로 3시간 정도 걸어서 다리가 아프다. 그보다…… 모험가 학교에 들어가는데 몸을 전혀 단련하지 않은 건 어떻게 된 거냐, 뚱땡아.

현관을 기듯이 지나 겨우겨우 신발을 벗어 던졌다. 당장이라도 자고 싶지만, 배가 밥을 먹으라고 꼬르륵거려서 거실에 가니 아저씨가 밥을 먹고 있었다. 얼핏 보면 20대인가 싶은 다정해 보이는 미남인데, 잘 보니 눈꼬리에 주름이 잡혀있고 희미하게 흰머리가 나있어서 40대 정도라는 걸 알 수 있었다. 이 사람은 뚱땡이의 아버지이자 '잡화점 나루미'의 오너 겸 점장. 기억은 끄집어냈으니 대응도 괜찮……을 것이다.

"소타. 벌써 던전에 갔다면서."

"아직 슬라임밖에 못 잡았지만."

한쪽 눈썹을 올리며 흥미롭다는 듯이 물었다. 이 풍부한 표정은 동생을 닮았구나.

"나도 모험가 일로 먹고 살 수 있으면 좋을 텐데~. 뭔가 재밌는 물건이라도 주우면 우리 가게에 갖다줘."

아버지는 옛날에 모험가를 한 경험이 있고 현재는 레벨4다. 지금도 가끔씩 술친구와 뛰어들며 4층까지 간 적이 있다고 한다. 하지만 그 정도로는 먹고 살 수 있을 정도의 수입은 나오지 않았고, 그렇다고 해서 그 이상의 탐색이나 레벨 업은 목숨이 몇 개나 있어도 부족하다. 모험가 일은 재능이 없으면 수지가 굉장히 안 맞는다고 한다.

그래도 모험가에 미련이 남아, 큰맘 먹고 모험가 지식을 살릴 수 있는 모험가 상품 소매점을 열어 지금이 있다고 한다.

맥주를 홀짝이면서 '전업으로 먹고 살 수 있는 모험가는 극소수'라거나 '모험가 학교에 붙을 정도의 재능은 있을 테니 열심히 해라'는 등 다시 잔소리하기 시작했다. 뚱땡이에게 상당히 기대하고 있는 것 같은데, 모험가 재능 같은 건 있을 것 같지는 않고 나한테는 게임 지식밖에 없지만.

"내 페이스대로 학교도 던전도 즐길 거야. 보물을 발견하면 아버지의 가게에 둘 테니까 기대해줘."

"좋은 마음가짐이다. 남자는 큰 꿈을 가져야지! 핫핫하."

내일과 모레는 휴일이니 던전에 갈 시간은 많이 있다. 어떻게 공략해 나갈까 생각을 하면서 밥을 더…… 먹지는 말자.

"오빠, 모험가 학교는 어땠어?"

옆에서 귀를 기울이며 밥을 먹고 있던 동생이 다음은 자기 차례라는 듯이 흥미진진하게 질문했다.

"어떻냐니. 시설은 대단했어."

내가 이 세상에 날려진 것도, 뚱땡이가 입학한 것도 아직 오늘이라 아직 시설을 이용한 적이 없다. 게임에선 자주 이용했지만.

"시설은 멀리서 봤을 뿐이야. 다음 주에 있는 오리엔테이션에서 설명을 들은 뒤에만 쓸 수 있는 것 같더라고. 던전도 아직 한 번밖에 안 가서 뭐라 할 수 없어."

"흐음…… 나도 빨리 던전에 가보고 싶다. 시에서 던전 체험 투어를 모집하고 있었는데, 그건 지도원 뒤만 따라가야 하고 싸우면 안 되니까. 참고가 안 될 것 같아."

동생은 내년의 모험가 학교 수험을 위해 던전에 대한 정보를 이래저래 얻고 싶은 것 같았다. 뚱땡이의 기억을 보면 모험가 학교 입학시험은 학력, 운동 능력에 더해 잠재능력을 본다고 하는데…… 잠재능력이 뭐지? 초기 스킬이나 초기 직업을 말하는 걸까.

던익에서 스킬은 특정 직업을 얻고 직업 레벨을 올리면 배울 수 있다. 그와는 별개로 캐릭터를 만들 때 처음부터 랜덤으로 스킬이 붙어있는 경우가 있는데, 뚱땡이 같은 경우에는 《대식가》라는 알 수 없는 스킬이 처음부터 있었다.

직업도 처음부터 [뉴비]가 아니라 레어 직업인 경우가 있다. 하지만 이런 경우에는 디메리트도 있어서 무조건 좋은 건 아니다. [뉴비]는 직업 레벨이 최대가 되는 10레벨에 귀중한 스킬을 배우기 때문이다. 게다가 다른 직업에서 [뉴비]로 전직하는 것만큼은 불가능하기 때문에 어떻게 보면 특수한 직업이라고도 할 수 있다.

초기 스킬로 좋은 스킬을 뽑으면 초반에 다소 우위에 설 수 있다고는 해도 입학 심사에서 그렇게까지 우대한다고 보기는 어렵다. 초기 직업도 [뉴비]든 아니든 일장일단이 있다. 어느 한

쪽이 좋은 건 아니라고 생각한다.

애초에. 이 써먹을 수 없는 초기 스킬과 전혀 단련한 것 같지 않은 이 몸으로 난관으로 불리는 모험가 학교에 붙었다는 것에 대량의 물음표가 찍혔다. 뭔가 비밀이 있는 걸까, 아니면 머리가 엄청 좋다거나.

"뭐, 서두르지 마라, 동생아. 오빠도 이제 막 입학식을 끝낸 참이야. 하지만 시험에 관해서는 나도 알아볼게."

"정말?!"

"모험가 학교의 시험은 그거잖아, 연줄이 필요한 거 아닌가."

맥주를 한 손에 들고 아버지가 물었다.

"연줄이라니, 오빠가 붙은 걸 보면 연줄 같은 건 크게 상관없을 것 같아."

"그것도 그렇네, 와하핫! 여보, 맥주 한 잔 더."

"오늘은 그걸로 끝. 소타, 얼른 목욕하고 와."

좀 더 먹고 싶지만 참고 목욕할까.

내일도 던전에 갈 예정이니 피폐해진 다리를 마사지하면서 욕조에 몸을 담그고 이 세계에 대해 멍하니 생각했다.

오랫동안 혼자 살아온 나에게 있어서 가족이 있다는 느낌은 정말이지 신기했다. 굉장히 안심이 되고 정말 아늑했다. 이 감정은 뚱땡이의 감정이 드러난 것일 뿐일지도 모르지만…… 소중히 여기고 싶다.

그리고 원래 있던 세계로 돌아갈 수단은 현재로서는 아무것도 모르는 그대로다. 당연히 저쪽에 내 몸이 있는지 없는지는 확인할 수 없고 로그아웃 방법도 불명. 아직도 이 세계가 게임인지 현실인지조차 애매하다. 정교하게 만들어진 메타버스라는 가설도 완전히 버릴 수 없지만, 너무 잘 만들어져 있어서 현실일 가능성이 높다.

이대로 이 세계에서 살아간다 해도 게임 지식이 도움이 될지 어떨지. 내일도 던전에 가기로 하고, 정보 수집과 실험을 좀 해둘까.

그건 그렇고 금방 먹었는데 벌써 배가 고프기 시작했다. 이 위는 정말 어떻게 된 걸까…….

▰///////////////////////

다음 날, 토요일 이른 아침.

'잡화점 나루미'는 주말이야말로 대목이다. 아침부터 부모님이 전표 체크와 상품 확인을 하느라 돌아다니는 가운데, 나는 던전에 갈 준비를 끝내고 집 앞에서 스트레칭을 하고 있었다.

던전 안에서 다리에 쥐가 나거나 이상이 생기면 중대한 사고가 일어날 수 있으니 꼼꼼하게 두꺼운 다리를 늘렸다. 의외로 몸이 유연해 살짝 놀라고 있으니, 뒤에서 굵은 목소리가 들려왔다.

"오오, 소타. 상태는 어때?"

"안녕하세요, 타츠 씨."

뒤돌아보니 우락부락한 아저씨…… 가 아니라, 하야세 카오루의 아버지인 '하야세 철물점'의 주인인 하야세 타츠 씨가 있었다.

모험가용 무기부터 냄비나 부엌칼 등의 생활용품까지 폭넓게 판매하고 있으며, 스스로 무기를 만들 수 있을 정도의 실력을 가지고 있는 사람이다. 뚱땡이의 아버지와 타츠 씨는 지금도 함께 던전에 가는 던전 동료이며, 나루미 집안과 하야세 집안은 뚱땡이가 태어나기 전부터 가족끼리 교류를 계속해왔다.

게임에서는 주인공이 하야세 카오루와 사이가 좋아지면 도와주는 서브 캐릭터로 등장한다. 뚱땡이에게도 다정하게 대해 주는 마음씨 착한 아저씨다.

"카오루는 정원에서 연습하고 있어. 소타도 같이 하지 그래?"

선의를 가지고 하는 말이겠지만…… 이 사람은 내가 카오루에게 미움받고 있다는 걸 모른단 말이지. 뭐, 이 상황에 거절하는 것도 좀 그러니 인사 정도는 하고 갈까.

하야세가의 정원은 어느 정도 넓이가 있어, 작게나마 일본식 정원처럼 꾸며져 있었다. 사시사철의 식물이 심겨 있으며 가지도 정성껏 손질되어 있었다. 잉어가 헤엄치고 있는 연못도 훌륭했다. 그런 정원을 보고 있으니 오랜 시간을 들여 정원을 가꿔 온 타츠 씨의 모습이 자연스럽게 떠올랐다. 뚱땡이의 기억을 끄집어내는 데 익숙해지기 시작했다는 증거다.

잘 가꿔진 정원 중앙. 올곧게 목도를 휘두르는 카오루가 있었다. 이렇게 조금 떨어져서 보고 있으니 정말 그림 같았다. 말을 걸까 망설이고 있으니 상대가 말을 걸어왔다.

"……소타인가. 휴일에 이렇게 아침 일찍부터 일어나 있다니 희한한 일이네."

"앞에서 타츠 씨를 만나서 말이야. 카오루한테도 일단 인사해 둘까 싶어서."

"그런가. 난 이제 외출할 거라 바쁜데."

뚱땡이는 그녀를 '카오루'라고 불렀으니 부자연스러워지지 않도록 호칭은 통일해 뒀다. 그건 그렇고 날 보자마자 노골적으로 불쾌한 표정을 짓잖아. 아까 전까지의 정한한 얼굴을 아름답게 일그러뜨리고 있었다.

인사도 다 했으니 빨리 돌아가 다시 스트레칭을 할까 생각하고 있으니 '안녕하세요~!' 하는 기운찬 목소리가 들려왔다.

밖에 있던 타츠 씨가 손님을 이쪽으로 안내한 것 같았다. 정원에 들어온 사람은 주인공인 아카기. 허리를 쭉 펴고 빨간 머리카락을 햇빛에 반짝이면서 걷는 모습은 고등학교 1학년인데도 관록이 대단했다. 그 뒤에는 산죠 사쿠라코— 통칭 핑크. 볼륨감 있는 핑크색 머리카락을 둥실둥실하며, 쭈뼛거리며 들어오는데, 아담한 동물 같은 분위기라 귀여웠다.

마지막에 들어온 사람은— 타치기 나오토인가. 길고 어두운 색의 머리카락을 센터파트로 나누고 안경을 쓴 인텔리 캐릭터. 그는 아카기의 룸메이트이며 메인 스토리에서는 파트너로서 활약하는 중요 캐릭터이기도 하다.

"여기 있었구나, 카오루."

"……유우마인가. 던전에 가기 전에 연습을 조금 하고 있었다."

꽃이 피는 듯한 미소로 기쁜 듯이 맞이하는 카오루. 나랑은 대응이 꽤나 다르잖아……. 뭐, 미움받는 역할인 뚱땡이니까. 근데 아직 하루밖에 안 지났는데 서로 편하게 이름으로 부르다니. 역시 주인공이다. 남녀불문하고 능숙하게 친해지네.

"어라? 넌……."

넷이서 아침 인사를 하는데 옆에서 혼자 서있으니 그제야 내 존재를 알아차린 아카기. 하지만 이름이 나오지 않는 모양이다. 뭐, 난 입학식이 끝나고 바로 돌아갔으니 기억하고 있을 리 없나.

그래도 옆에 서있던 타치기는 내 모습을 기억하고 있었는지, 살짝 귓속말을 해서 반 친구라고 알려준 모양이다.

"아아, 같은 반 친구였나. 우린 지금부터 던전에 갈 건데 너도 같이 갈래?"

이렇게 누구에게나 손을 내미는 다정한 성격이 카리스마를 낳겠지만, 분위기는 파악하지 못하는 타입인 것 같다. 나한테 같이 가자고 해서 카오루와 핑크 여자 둘이 당황한 표정을 짓고 있잖아. 근데 핑크한테 미움받을 이유는 없을 건데…… 외모 때문인가. 이 숨 막히게 나빠 보이는 외모가 원인인가. 그렇겠죠~. 저도 이해해요.

불온한 분위기를 바로 알아차렸는지 타치기가 움직였다.

"유우마. 갑자기 권유하는 것도 미안하니까 오늘은 우리끼리 가자."

"……그, 그렇지. 도시락도 네 명분밖에 없고."

아카기의 분위기 파악을 못 한다는 유일한 결점을 보완해 원만하게 수습하려는 도우미 타치기. 핑크는 도시락을 만들어 왔는지 토끼 마크가 들어간 도시락 가방을 소중하게 안고 있었다.

애초에 난 던전에는 혼자 갈 생각이다. 현재 상태로는 제대로 움직이지 못하고 걸림돌이 될지도 모른다는 우려도 있지만, 게임 지식 활용과 실험 등 시험해 보고 싶은 게 산더미처럼 있어서 사람이 많으면 좋지 않다.

"마음에 두지 마. 나도 볼일이 있으니까. 열심히 하고 와."

"그런가. 그럼 나도 준비를 하고 오지."

그러자 네 사람은 지금부터 갈 던전에 대해 왁자지껄하게 이야기하기 시작했다. 카오루도 아까 전과는 전혀 다르게 즐거워 보이는 표정으로 깔깔 웃었다.

──그런 모습을 보고 있으면 마음이 쿡쿡 쑤신다.

'내'가 아닌 다른 경험에서 오는 감정이 '카오루를 빼앗기지 마라' '포기하지 마라'며 맹렬하게 호소했다. 정말 그녀를 좋아했구나…….

하지만 생각 좀 해봤으면 한다.

현시점에서 카오루의 나에 대한 호감도는 제로는 고사하고 마이너스 영역에 크게 발을 들인 상태다. 그런 상황에 저 미남 주인공을 상대로 그녀를 두고 쟁탈하는 건 솔직히 너무 불리하다. 이상하게 들러붙거나, 자신을 바라봐 줬으면 하는 마음에 성희롱하다가 파멸하기보다는 깔끔하게 포기하고 다른 사랑을 찾는 걸 추천하고 싶다.

확실히 카오루는 눈이 휘둥그레질 정도의 미인이고 마음씨가 고와 주위 사람들도 좋아하는 정말 좋은 사람이다. 그래도 다른 곳으로 눈을 돌려 보면, 모험가 학교에는 게임을 모티브로 삼아서 그런지 미남미녀가 많고 실력만 있으면 용모는 그렇게까지 신경 쓰지 않는다는 아이도 많다. 지금부터 노력해서 몸을 만들고 레벨을 올리면서 괜찮은 아이를 찾는 것도 괜찮을 것이다.

게임에서 내가 좋아했던 히로인인 차기 학생회장 같은 아이는 진짜 추천한다. 용모는 단정하고 재색겸비, 엄청 부자에 작위도 있다. 실력이 있는 자라면 성격, 용모, 출신을 따지지 않고 신랑으로 맞이하고 싶다고 하는 최강의 출세 혼처. 마이너스 포인트가 많은 뚱땡이 입장에서는 최고의 조건을 갖추고 있다고 할 수 있다.

아직 이쪽 세계에서의 그녀는 본 적이 없지만, 나중에 멀리서라도 뚱땡이에게 보여주고 싶다.

하야세가에서 돌아와 스트레칭을 재개했다. 한차례 몸을 뻗으며 열을 낸 후, 배낭에 도시락과 물통을 넣고 다시 슬라임 방에 찾아왔다.

몇 번인가 섬뜩한 상황은 있었지만 순조롭게 합체 슬라임을 계속 사냥해서 슬라임 링을 또 하나 얻었다. 적절한 시간이 됐으니 점심을 먹자.

게임에서는 반지 장비 슬롯이 2개밖에 없어서 양손에 하나씩, 총 2개까지밖에 장비하지 못했다. 뭐든 해봐야 하는 법이라 생각하며 세 개나 끼워 봤는데 전부 장비됐다. 실시간으로 스탯을 볼 수 없어서 3개분의 효과가 있는지는 알 수 없었다.

이렇게 게임과는 다른 사양도 있어서 이래저래 실험하거나 조사할 필요가 있는 것이다. 모험가 길드에 있는 도서실에도 던전 관련 책이 잔뜩 있었을 테니, 돌아가는 길에라도 들러서 정보를 입수해보도록 하자.

그건 그렇고— 아무도 없다.

던전 1층 구역은 사방으로 몇 km 정도 되는 평면상에 있다. 슬라임 방은 그 구석 쪽에 있어서 걸어서 오려면 수많은 분기를 지나가야 한다지만, 그래도 그렇게나 많던 모험가들이 아무도 안 오는 건 왜일까.

여기보다 2층으로 가는 계단이 더 가깝고, 같은 2레벨 몬스터를 상대할 것이라 빠르게 2층의 몬스터를 사냥하러 가는 것일까. 하지만 합체 슬라임은 2층에서 리젠되는 고블린과 경험치가 같아도 더 쉽게 잡을 수 있는 데다가, 슬라임 링이라는 레어 아이템을 상당한 확률로 떨어뜨린다. 역시 슬라임 방이라는 게 알려져 있지 않은 것일지도 모르겠다.

뭐, 안 알려져 있으면 그 편이 더 낫다. 그렇게나 많은 모험가가 얼마 없는 슬라임 방에 몰려들면 내가 곤란해질 뿐이니까.

액티브 몬스터는 없으니 느긋하게 쉬면서 칼로리가 적고 양이 부족한 점심을 다 먹고 슬라임 사냥을 재개했다.

그리고 2시간 정도 지났을 무렵──.

"레벨3이다~!"

가볍게 취한 듯한 상태에서 깨어나 활력이 넘쳐났다. 배트를 휘두르는 속도가 월등하게 달라졌어. 흡 흡!

직업 레벨은 확인하지 못했지만, 아직 7은 안 됐을 것이다. 수시로 스탯을 확인할 수 있는 수단이 있으면 좋겠다.

초기 직업인 [뉴비]는 직업 레벨 7에 액티브 스킬인 《간이감정》, 최대 레벨인 10에 패시브 스킬인 《스킬 칸+3》을 배운다.

《간이감정》은 말 그대로 아이템이나 소지 스킬을 감정할 수

TIPS / **액티브 스킬** : 스킬을 사용하지 않으면 효과가 나오지 않는 스킬.

TIPS / **패시브 스킬** : 스킬 칸에 있으면 사용하지 않아도 효과가 나오는 스킬.

있는 스킬이다. 심층의 아이템이나 특수 스킬은 감정할 수 없는 경우가 많지만, 초반에는 대부분을 감정할 수 있어서 요긴하게 쓰인다.

인간이나 몬스터도 감정할 수 있는데, [약간 강함]이나 [아주 약함]과 같이 자신을 중심으로 상대적인 힘을 기준으로 한 판정밖에 하지 못한다. 요컨대 대략적인 정보밖에 얻을 수 없는 것이다. 그리고 상대에게 감정을 쓰면 상대가 알아차리니 부주의한 사용은 엄금이다. 섣불리 사용하면 상대가 자기에 대해 조사한다고 여겨서 트러블의 원인이 된다.

또 하나의 스킬은 《스킬 칸+3》은 던익의 시스템상 아주 중요한 스킬이다.

던익에서는 스킬 칸 개수 이상의 스킬은 배울 수 없다. 스킬을 많이 배우고 싶다면 스킬 칸을 그만큼 늘릴 필요가 있다. 스킬 칸은 레벨을 10 올릴 때마다 하나 늘어나는데, 게임을 막 시작한 상태라면 스킬 칸은 두 개뿐이다. 그래서 레벨 3인 나는 아직 스킬은 2개까지밖에 못 배운다.

스킬 칸이 전부 스킬로 채워져 있고 새로 스킬을 배우고 싶으면 기존 스킬을 하나 지우고 배우는 수밖에 없다. 이상한 비만과 식욕의 근원이라 의심되는 《대식가》라는 스킬을 지울 때는 이 시스템을 이용할 생각이다.

그런 귀중한 스킬 칸을 늘리는 것이 《스킬 칸+3》. 다른 직업에도 스킬 칸을 늘리는 스킬은 있지만, 그 스킬들을 전부 배워 스킬 칸을 최대까지 늘려도 스킬 칸 제한에 시달린다. 그러니 [뉴비]

가 배울 수 있는 《스킬 칸+3》은 꼭 배워 두고 싶은 스킬이다.

"그럼. 2층으로 올라가느냐, 아니면 여기서 슬라임 사냥을 계속하느냐……."

레벨이 3이 되어서 레벨2 몬스터인 합체 슬라임은 경험치가 약간 감소한다. 하지만 여긴 사냥하기 굉장히 쉽고, 아마 2층에 가도 혼잡할 것이다. 그리고——.

"2층에서 그 넷이랑 만나 버리면 거북하니까."

카오루 일행은 2층에서 사냥한다고 말했었다. 분위기를 파악해서 아카기의 권유를 거절한 체면이 있으니 마주치는 건 피해야만 한다. 화기애애하게 지내고 있는데 뚱땡이가 등장하면 눈 뜨고 바라볼 수 없을 것이다.

레벨4가 될 때까지는 여기서 계속 사냥하는 편이 좋을 것 같다.

결국 저녁때까지 계속해서 합체 슬라임을 100마리 가까이 사냥했고, 슬라임 링은 총 다섯 개 손에 넣을 수 있었다. 시험 삼아 오른손에 전부 껴보니— 딱히 바뀐 느낌은 들지 않지만 겉보기에 뭔가 번쩍번쩍해서 저속했다. 게임을 할 때는 성능을 우선해서 외관에는 구애되지 않았지만, 이 세계에서는 조심하는 편이 좋을지도 모르겠다.

조금 이르지만 오늘은 이만 일단락 짓고 정보 수집을 위해 모험가 길드 빌딩으로 가도록 하자.

모험가 길드가 있는 고층 복합 빌딩의 1층.

여기선 신규 접수 외에 아이템과 소재, 마석 매입도 하고 있어서 던전에서 돌아오는 모험가와 업자로 붐볐다. 얼핏 보기만 해도 1000명은 있을까. 대목 때의 수산시장 같은 분위기였다.

아이템 매매소에는 매입가가 적혀있는 책자가 있어서 슬라임 링의 가격을 조사해 봤지만 어디에도 실려 있지 않았다. 리스트에는 없는 것 같다. 등록료를 내고 경매에 내놓는 것도 가능하지만 그렇게 귀중한 것도 아니니 가족에게 선물하도록 하자.

매매소를 뒤로 하고 엘리베이터를 타고 목적지인 도서실이 있는 18층으로 향했다. 들어간 곳은 천장이 뚫린 복층 구조에 나무무늬 벽이 차분한 분위기를 만드는 품위 있는 큰 방이었다. 유럽의 유명한 도서관을 모티브로 삼고 있는 듯하며 한눈에 봐도 돈이 들었다는 걸 알 수 있었다.

여기서는 모험가증이 있으면 자유롭게 책을 읽을 수 있고 빌리는 것도 가능하다. 장서 수는 근처에 있는 시민 도서관과 비교해도 굉장히 많으며 던전과 관련된 책 이외에도 다양한 책이 있다.

발소리가 나지 않는 질 좋은 매트에 살짝 놀라면서 던전 관련 책을 찾아다녔다.

일본 던전 몬스터 도감이라는 게 눈에 띄었으니 펼쳐보자. 재작년에 발행된 책이고, 목차를 보면 29층까지의 몬스터 정보가 삽화와 함께 쓰여 있었다. 그 이상으로 깊은 층의 몬스터는 탐색이 부족해서 정보를 모으고 있다고 한다.

(29층이면 아직 중층에도 도달하지 못했잖아.)

게임에서는 1층부터 30층까지는 얕은 층, 31~60층까지는 중층, 그 이상이 심층이라 불리고 있었다. 29층은 얕은 층의 범위다. 참고로 내가 게임할 적에 간 곳은 90~100층인 초심층이다.

(그러고 보니 던익의 NPC 중에는 고레벨 탐험가가 거의 없었지…….)

만약 이곳의 던전 공략 최전선이 30층 전후라고 한다면, 최전선에 있는 공략 클랜 멤버의 레벨도 30 전후가 된다. 게임할 때의 최전선 플레이어가 레벨90이었던 것과 비교하면 상황이 크게 달라진다.

그렇다고 해도 이 세계의 모험가가 '허접'인 건 아닐 것이다.

게임에서는 던전에서 죽으면 아이템을 잃고 쇠약해지는 페널티를 입어도 던전 입구에서 부활할 수 있지만, 아무래도 이 세계에서 죽으면 그 자리에서 소생 마법을 써줄 동료가 없으면 끝장인 모양이다.

아픔도 피로도 없고 목숨을 잃을 공포도 없는 게임 속에서라면 상대가 흉악한 보스라도 콧노래를 부르면서 싸울 수 있다. 하지만 죽으면 끝날지도 모르는 이 세계에서는 리스크를 극한까지 줄이고 던전에 가는 게 쉽게 상상이 됐다. 애초부터 동일 선상에 두고 비교하는 게 이상한 것이다.

(아니면 DLC가 없는 발매 초기 버전일 가능성도 있는 건가.)

게임 발매 초기의 레벨 상한은 30이었다. 이 시점에 이미 존재하던 NPC들은 어느 시나리오에서든 그렇게 레벨이 높다는

TIPS / NPC : 플레이어 캐릭터가 아닌 논 플레이어 캐릭터. 게임 세계의 주민 등 설정된 행동을 하는 캐릭터를 가리킨다.

설정은 아니었다. 뚱땡이도 스토리 후반에 퇴학당할 때 레벨 10이 될까 말까였다.

당시에는 던전 깊이 가려고 해도 40층 전후가 한계였지만, 몇 번의 DLC 발매로 다양한 직업과 퀘스트, 아이템이 추가되어 상한 레벨도 최대 90까지 올라간 경위가 있다.

그러니 현재 공략하고 있는 최전선 층이 30층 전후라는 것은 이 세계는 DLC가 없는 '발매 초기의 게임 세계와 같다'라는 경우를 생각할 수 있다.

난 분명 이 세계가 전이 직전과 똑같아서 레벨 상한이 90이라 생각하고 있었다. 그런 경우라면 캐릭터 빌드는 검도 마법도 쓸 수 있는 밸런스형이 강하다.

하지만 최대 레벨이 30에서 멈추고 직업과 아이템도 게임을 발매했을 때와 똑같다면 육성 방침은 밸런스형이 아니라 전위나 후위 둘 중 하나로 좁혀서 특화형으로 나가는 게 좋을지도 모른다. 이유는 몇 가지인가 있지만, 게임 발매 당시에는 스킬 칸의 수와 직업이 한정되어 있었기 때문이다.

(레벨 상한이 얼마인지 조사할 필요가 있겠네. 하지만 운영이 보낸 메일에는 업데이트라 적혀 있었는데 30레벨이 끝인 시대로 돌아가는 일이 있을 수 있나?)

조사할 방법은 몇 가지 있다. DLC에만 있는 아이템과 직업, 추가 지역과 추가 몬스터를 찾을 수 있다면 적어도 초기의 세계가 아니라는 것이 판명된다. 그건 던전에 좀 더 가보지 않으면 모르지만.

다음으로 가까이에 '최신'이라 적힌 직업 사전이 있어서 집어 봤다. 뒤표지를 보니 발행은…… 작년인가.

직업은 초기 직업, 기본 직업, 중급 직업, 상급 직업, 최상급 직업으로 클래스가 5단계로 분류되어 있으며, 이 순서대로 더 강력한 직업이 마련되어 있다. 이러한 직업이 어느 정도로 출시 되어 있는지에 따라 이 세계에 DLC가 얼마나 업데이트 됐는지 알 수 있을 것이다.

예를 들어 최상급 직업은 게임 발매 당시에는 하나도 출시되 지 않았었다. 이게 하나라도 기재되어 있다면 어떤 DLC가 출시 되었다고 봐도 좋을 것이다.

바로 페이지를 넘겨 직업 사전에 적혀있는 일람을 훑어봤다.

초기 직업 [뉴비]에 2단계 기본 직업인 [파이터], [캐스터], [시프] 3종. 이건 전이하기 전에도 변경도 추가도 없었다.

3단계인 중급 직업은 [워리어], [아처], [프리스트], [위자드] 네 개…… 뿐? 4단계 상급 직업에는 [성녀]와 [사무라이]밖에 적 혀있지 않았다.

이 직업들은 DLC로 추가된 직업이 아닌 초기부터 있었던 것 이다. 하지만 중급 직업에는 [나이트]나 [마법전사], 상급 직업 에는 [어쌔신]이나 [광전사] 등도 초기부터 있었을 것이다……. 페이지를 팔랑팔랑 넘겨 찾아봤지만, 어디에도 보이지 않았다.

왜 적혀있지 않은 것인가. 알려지지 않은 건가 아니면 은닉된 것일까. 타락한 모험가나 테러리스트가 맹위를 떨치는 세계라 는 걸 고려하면 국가나 국제기관이 정보를 은닉하거나 제한하고 있을 가능성은 충분히 있을 수 있다.

[뉴비]에 대해서도 읽어 봤지만 아무래도 이상했다.

요약하면 '[뉴비]에 큰 혜택은 없으니 빨리 중급 직업으로 바꾸는 편이 좋다'라고 적혀있었다. [뉴비]의 직업 레벨을 끝까지 올렸을 때 얻을 수 있는 《스킬 칸+3》이라는 중요 스킬에 대해서는 어디에도 적혀있지 않았다. 이 스킬을 놓치면 나중에 고생하게 될 텐데, 이런 일이 있을 수 있는 걸까.

이번에는 스킬 사전이라는 책을 집어서 읽어봤다. 목차로 스킬 일람을 읽어 보는데 《간이감정》은 실려 있어도 《스킬 칸+3》은 실려 있지 않았다. 상급 직업인 [사무라이]나 [성녀]에 대한 항목도 찾아봤는데, 직업을 얻는 방법이나 배울 수 있는 스킬에 대해서는 아무것도 적혀있지 않았다.

이 스킬 사전도 작년에 발행됐을 텐데 정보가 허점투성이다. 똑똑히 말해서 사전이라 부를 수 있는 물건이 아니다. 그 외에도 10권 정도 읽어봤지만, 전부 비슷한 내용이 적혀있을 뿐이고 부족한 부분도 마찬가지로 적혀있지 않았다.

결과부터 말하자면, 도서실에서 조사한 바로는 DLC로 추가된 요소는 확인할 수 없었고 게임을 발매했을 때의 환경과 똑같은 'DLC가 없는 세계'일 가능성이 높다. 하지만 설령 DLC가 없는 세계라 하더라도 여기에 있는 자료의 정보가 부족하다는 느낌은 부정할 수 없었다. 적혀있지 않다고 해서 그게 없다고 판정하는 것도 어떨는지. 난 더더욱 혼란스러워졌다.

뭐, 공략을 해나가면 알 수 있는 것이니 지금 조급하게 결론을 내릴 필요는 없나. 모르는 것도 많지만, 조금씩 정보를 모아나 가도록 하자.

내일은 스킬의 '매뉴얼 발동'을 해보려고 한다. 게임 초기에는 없었던 스킬 발동 방법이라 이게 가능하다면 DLC의 가능성을 부정할 수 없게 된다. 할 일은 많다.

TIPS 직업 정리.
()안의 직업은 전이 후의 세계에서는 알려지지 않은 미지의 직업.

초기 직업– 아무런 전직을 하지 않은 경우의 직업
[뉴비]

기본 직업– 초기 직업에서 최초로 전직할 수 있는 직업. 처음부터 이 직업인 경우도 있다.
[파이터] [캐스터] [시프]

중급 직업– 기본 직업의 직업 레벨을 올리면 전직할 수 있는 직업.
[워리어] [프리스트] [아처] [위자드] (나이트) (마법전사)

상급 직업– 중급 직업의 직업 레벨을 어느 정도 올리거나 적성이 필요.
[성녀] [사무라이] (어쌔신) (광전사)

최상급 직업– 최종적인 직업. 그 중 하나인 웨펀 마스터는 소타가 이 세계에 오기 직전에 사용하고 있었다.
(웨펀 마스터)

다음 날인 화창한 일요일. 아침부터 상쾌한 남풍이 강하게 불고 있었다.

원래 세계에서의 나는 꽃가루 알레르기가 있어서 이 계절에 이렇게 맑고 바람이 세면 콧물이 줄줄 흘러 기분이 처졌지만, 뚱땡이는 그런 일 없이 상태가 아주 좋았다.

카오루 일행은 오늘도 아침 일찍부터 던전으로 간 듯했다. 게임에서는 파티에 초대할 수 있으면 다양한 학생과 자유롭게 편성해서 파티를 짤 수 있다. 그러니 처음부터 파티를 맺을 수 있고 능력이 좋은 카오루, 핑크, 타치기, 이 셋을 콕 집어서 파티를 짠 아카기는 혜안이 있다고 할 수 있을 것이다. 이 멤버라면 메인 스토리와 개별 시나리오, 고난이도 이벤트를 진행할 때 효율이 굉장히 좋기 때문이다.

그리고 아카기는 카리야 이벤트를 수락해 버렸기 때문에 어떻게든 레벨을 올려야만 한다. 단 한 달 안에 카리야를 쓰러뜨리는 건 난이도가 상당하겠지만, 지면 E반의 분위기가 안 좋아지니 열심히 해줬으면 한다.

한편으로 감성적인 뚱땡이의 마음이 뒤틀리고 있었다. '왜 날 안 부르는 거야!'라고 생각하고 있는 걸까. 하지만 그런 정신을 가지고 있으면 앞으로 할 일에 영향을 끼치게 되니 심호흡을 해서 어떻게든 마음을 진정시켰다. 오늘은 매직 필드에서 실험을 할 생각이니까.

가는 곳은 학교의 매직 필드 에어리어. 경비원이 지켜보는 정문으로 들어갔다. 일요일임에도 불구하고 부활동이나 서클 활동을 위해 등교한 학생이 많아서 조용한 곳을 찾아 걸었다. 제2운동장에 가는 도중에 벤치가 있었으니 거길 써볼까. 이 주변도 매직 필드 안이었을 것이다.

오늘 할 일은 스킬 실험.

내 스킬 칸에는 《대식가》라는 스킬밖에 없지만, 던익에는 스킬 칸에 없어도 사용할 수 있는 스킬이 세 개 있다. 《소회복》, 《토치》, 그리고 《오라》다.

《소회복》은 MND 의존 회복 스킬. 단, 큰 상처는 치유할 수 없고 MP 효율도 굉장히 안 좋다. 이 스킬을 써먹을 수 있을 정도로 MND가 높으면 상위 스킬인 《회복》을 배워서 쓰는 편이 훨씬 좋은 흔히들 말하는 '사장된 스킬'이다. 지금 내 MND라면 거의 모든 MP를 써도 거스러미를 치유하는 정도밖에 안 될 것이다. 거스러미 때문에 고민하는 사람에겐 가치가 있을지도 모르지만.

《토치》는 손바닥에 작은 광구를 띄워 주위를 비추는 스킬이다. 하지만 이것도 사장된 스킬이라 할 수 있다. 귀중한 MP를 이 스킬에 쓸 바에는 순순히 손전등을 가져가는 편이 좋기 때문이다.

마지막으로 《오라》. 카리야 이벤트에서 추종자 단역이 위압했는데, 그게 《오라》다. 원래는 레벨 차이가 나고 자기보다 격이 낮은 몬스터를 다가오지 못하게 하기 위해 쓰는 스킬인데 인간에게 쓰면 위압감으로 작용한다. 안이하게 위협 목적으로 쓰는 바보가 많아서 '바보 발견 스킬'로도 이름을 떨치고 있을 것이다.

이 셋 중에서 실험할 스킬은 《토치》다. 지금 나에게 거스러미는 ―뚱땡이 마음의 거스러미 외에는― 없고, 《오라》는 지나가는 사람이 깜짝 놀랄지도 모른다. 초기 스킬인 《대식가》는 상시 발동형인 패시브 스킬일 테니 제외.

그러니 바로 시험해 보도록 할까.

"……어, 어떻게 쓰는 거지?"

게임에서는 글러브형 컨트롤러의 단축키를 누르면 등록해 둔 스킬을 자동으로 발동할 수 있었다. 하지만 지금은 그런 글러브는 장착하지 않았고 누를 수 있는 버튼 같은 건 어디에도 없다. 어쩔 수 없으니 초등학생 때 연습한 에너○파를 쓰는 요령―물론 당시에도 쓰지 못했지만―으로 염원해 보았다.

"하아…… 아아아아아아아아아아아앗!!!"

이 세계에서라면 잘 될 줄 알았지만 아무런 반응도 없어서 막막해졌다. 어떡하면 좋지?

좋은 생각이 떠오르지 않아 도서실에 가서 '원숭이도 이해한다! 스킬 발동 입문'이라는 책을 빌려봤다. 나를 약간 도발하는 표지 그림이 신경 쓰이지만, 삽화가 많고 이해하기 쉬울 것 같아서 이걸로 골랐다.

이 책에 따르면 '일반적으로는 마력을 느끼는 것부터 시작한다'라고 한다. 마력은 마도구로 간단히 방출시킬 수 있으며 출력이 그렇게 세지 않은 것이 좋다고 한다. 모험가 길드의 매점에 해당하는 물건이 없는지 찾아보니, 손전등 같은 형태의 불빛을 내는 마도구가 있었다. 이걸 사볼까.

"이 스위치를 누르면 빛나는 건 알겠는데, 마력은 어떻게 내는 거지?"

불빛을 내는 마도구의 내부가 어떻게 돼있는지 몰라서 분해해보니, 작은 마석과 마법진이 그려진 몇 cm 정도 크기의 금속판이 들어 있었다. 이 마법진이 마력을 빛으로 에너지 변환시키고 있을 것이다.

이 마법진의 일부를 떼어내서 일부러 오작동시켜 보면…… 생각했던 대로 마력 그 자체가 흘러나왔다.

"마력은 무색투명하구나."

겉으로 봐서는 나오고 있는 건지 아닌지 알 수 없어서 만져 보니 뭔가 따끔따끔하다 해야 할까, 얼얼하고 불쾌한 감촉이 느껴졌다.

"그러니까, 이거랑 비슷한 감촉을 내라는 건가…… 핫…… 하아아아아아아아!"

역시나 힘이 들어가 에너ㅇ파를 연습하는 것처럼 된다. 근처를 지나간 여고생이 보고 웃었다. 데헷.

다시 책을 들고 원숭이가 몸에서 부드럽게 마력을 방출하는 그림과 그 아래의 설명을 다시 봤다. 그림으로 설명된 걸 봐도 안 될 것 같은 기분이 드는데……. 시험 삼아 마도구의 마력회로를 되돌려 놓고 불빛을 내는 도구를 작동시켜 봤다.

"평범하게 불이 들어오는데……."

한동안 느긋하게 따끔따끔한 감각을 느끼고 점등을 반복하면서 시행착오를 거쳐 봤다. 이 세계에 마력이라는 것이 있는 건 틀림없다. 단말기의 스탯 일람에도 MP가 9라고 적혀있었으니 나에게도 마력이 있을 것이다. 나 자신을 믿자! 하아아아아아아!

……또 똑같은 짓을 반복하고 말았다.

지금까지 전력을 다해 억지로 마력을 내려고 했지만, 이 원숭이처럼 체내에 넘치는 뭔가를 바깥으로 내듯이 손을 들어 올려 봤다. 그러자 마도구를 쓰고 있지 않음에도 불구하고 따끔따끔하진 않지만 손바닥에 뭔가가 넘치는 감각을 느꼈다.

"이게 내 마력인가? 그렇다면……."

다음으로 《토치》를 생각하면서 마력을 방출. 그러자 반짝반짝하는 이펙트가 손에 떠오르고 소형 전구만도 못한 광량을 가진 작은 빛의 구슬이 퐁 하고 튀어나왔다.

"됐다! 이이이얏호우우우우우우우!"

헉…… 이러면 안 되지. 또 주위 사람들이 싸늘한 눈으로 쳐다봤다. 배트로 슬라임을 때리기만 해서는 판타지 세계에 왔다는 감각이 그다지 없었는데, 마법을 써서 드디어 실감이 나기 시작했다. 다소 들뜨는 정도는 너그럽게 봐줬으면 한다.

좋아, 다음. 이렇게 하면 '매뉴얼 발동'도 할 수 있지 않을까.

아까 전의 스킬 발동 방법은 '오토 발동'이라 불리는 것이다. 게임을 할 때는 배운 액티브 스킬을 단축키로 등록해서, 그 버튼을 누르는 것만으로도 발동하는 간편한 발동법이다.

사용하고 싶을 때 원버튼으로 확실하게 발동할 수 있다는 게 큰 메리트인데, 디메리트는 단축키 등록을 최대 4개밖에 할 수 없고 재사용하기 위한 쿨타임도 소비 MP도 커지기도 한다.

그와는 달리 몸의 모션을 쓰거나 손가락으로 마법진을 그리거나 해서 발동하는 것을 '매뉴얼 발동'이라고 한다. 원래 있던 세계에서는 플레이어 앞에 놓인 모션 카메라와 글러브형 컨트롤러로 스킬의 성패 여부를 판정했다.

매뉴얼 발동은 고레벨 기술이 되면 동작이 복잡해지고 몸 전체의 모션을 섞어서 입력해야만 하고, 거기에 더해 입력 시간도 길어지기 때문에 실수도 많아진다. 하지만 발동만 성공하면 쿨타임도 소비MP도 대폭 감소하여 플레이어의 강력한 무기가 된다. 모션이 간단한 스킬이라면 디메리트도 거의 없으니 알아두는 게 최고다.

그리고 스킬 동작에 매뉴얼 발동을 끼워 넣어서 스킬과 스킬을 연결하는 '스킬 체인'이라 불리는 발동법과 스킬 모션은 성공시키지만 발동은 하지 않는 '페이크 스킬' 등 고도의 술책을 부릴 수 있다. 이러한 방법들은 대인전과 강적을 상대할 때 항상 편리하게 썼다.

이러한 이유로 인해 매뉴얼 발동은 스킬 액션에 큰 자유도를 가져다 주는 던익의 핵심이라고도 할 수 있는 시스템이 되었다.

하지만 숨겨진 기술 취급을 하는 건지 게임 안에서는 설명이 전혀 없었다. 정보를 모으려면 인터넷에서 찾는 게 일반적이지만, 모든 스킬 모션이 인터넷에 공개되어 있는 것도 아니며 개중에는 얼마 안 되는 사람에게만 알려진 모션도 있었다.

매뉴얼 발동과 오토 발동은 일장일단이 있으니 섞어서 쓰는 게 일반적인 전투 방식이다.

그러니 바로 매뉴얼 발동을 시험해 보자. 《토치》는 마법 취급이라 매뉴얼 발동 방법은 모션이 아닌 마법진을 그리는 것이다.

우선 마법진을 그리겠다고 생각하며 눈앞에 반면을 손바닥으로 그리는 모션으로 시작했다. 그 후에 공중에 《토치》 마법진인 역삼각형을 그리기만 하면 된다.

몇 번인가 시험해 봤는데, 아무래도 다 그렸을 때 마력을 방출하는 게 아니라 그리는 동안에는 쭉 마력을 방출해야만 하는 것 같았다. 성공했을 때는 오토 발동 때와 마찬가지로 《토치》 이펙트가 튀어나왔는데, 반짝이는 광량이 약간 많을지도 모르겠다.

다음 실험을 하기 위해 던전 1층 안쪽으로 이동하여 주위에 사람이 없는지 확인했다.

게임에서는 오토라도 매뉴얼이라도 누구든 발동할 수 있는 세 개의 초기 스킬이나 스킬 칸에 있는 스킬만 발동했다. 하지만 아직 배우지 않은 스킬이라도 발동하는지 시험해 보기로 했다.

"우선은 그렇지…… 소환 마법 같은 걸 해볼까."

복잡한 기하학적 도안으로 구성된 마법진을 한 번에 그려냈다. 마법진을 열심히 외웠지만, 게임을 할 때는 결국 스킬 칸이 부족해서 지워 버렸던 스킬이다.

"내 애완동물 1호가 되어라! 소환! 《요르문간드》!!"

스킬 《요르문간드》는 신성을 지닌 거대한 뱀을 소환하는 마법이다. 물리내성, 마법내성이 아주 높고 주변에 있는 모든 몬스터의 레벨을 낮추는 강력한 디버프 스킬도 가지고 있다. 몬스터 레벨은 75. 만약 소환만 되면 이 녀석만으로 중층까지 거침없이 공략할 수 있을 것이다.

……하지만 당연하게도 발동하지 않았다. 기대는 안 했지만. 마법진은 실수 없이 그렸을 텐데, 한창 마법진을 그리는 도중에 마력이 전혀 통하지 않아서 실패할 것이라는 예감이 강하게 들었었다.

실패한 이유로 레벨이 부족하다거나 MP가 부족한 것보다는 단순히 현재 스킬 칸에 《요르문간드》가 없어서 발동하지 않는 것이라 생각한다.

하지만 뭐든 해봐야 하는 법이다. 시험만 하는 것이라면 공짜니까. 다음은 스킬 모션을 써보자.

"자주 쓰던 기술이라면 《매직 랜스》인데, 모처럼 배트를 들고 있으니 메이스 계열 스킬로 해볼까."

깊이 생각하지 않고 눈앞에 있는 슬라임을 노리고 게임에서 몇 번이나 했던 검무와 같은 복잡한 모션을 정확하게 따라했다. 지금부터 쓰는 것은 최상급 직업 [웨펀 마스터]가 배우는 스킬이다.

"《진공열충격(眞空裂衝擊)》!!"

대검이나 메이스로만 발동할 수 있는 대군 스킬 《진공열충격》. 고밀도 오라로 전방의 넓은 범위에 파괴적인 대미지를 주는 큰 기술 중 하나다.

"뭐라고오오?! 발동했다니……… 으어어, 힘들어……."

발동과 동시에 큰 파괴음이 발생했고, 시야 전체가 새빨간 이펙트에 휩싸였다. 그 직후에 몸의 에너지가 쭉쭉 빨려나가 현기증이 일어난 듯한 감각에 빠졌다.

이 스킬은 STR과 무기에 의존하기 때문인지 위력이 유난히 낮아서 몇 마리의 슬라임에 맞았지만 한 마리도 쓰러뜨리지 못했다.

손에 든 배트는 산산이 부서졌고, 지니고 있는 것 이상의 MP를 빼앗긴 나는 그 자리에서 정신을 잃고 말았다…….

다음 날인 월요일.

던전 안에서 기절하여 슬라임과 얽혀있던 차에 구조된 나는 '모험가 학교 사상 가장 약한 남자'로서 학교 전체의 화제를 독점하게 되었다.

"소타~ 카오루가 데리러 왔어~."

1층에서 어머니가 그렇게 말을 걸어왔다. 소꿉친구인 카오루와는 중학교 때부터 매일 같이 등교한다는 영문을 알 수 없는 약속을 나눈 듯했고, 그 약속은 모험가 학교에 들어간 지금도 변하지 않았다. 저렇게 예쁜 아이가 마중을 나와주다니…… 이 행복한 놈.

서둘러 교복을 입고 계단을 내려가니 얼굴을 찌푸리고 있는 정도는 아니지만, 결코 기분 좋은 표정은 아닌 카오루가 팔짱을 끼고 기다리고 있었다.

"늦었잖아, 소타…… 뭐 됐어. 그럼 가자."

"그래."

긴 머리칼을 휘날리며 시원스럽게 걷기 시작하는 카오루. 같이 나란히 걸어가는가 싶어서 옆에서 나란히 걸으니, 그걸 거부하듯이 걷는 속도를 올렸다. 그래서 말없이 약간 뒤에서 걷는 형태가 되었다. 그렇게 싫으면 왜 성실하게 데리러 오는 걸까. 뭐, 등교한다고 해도 학교까지 수백 m밖에 안 돼서 대단한 이야기를 할 정도의 시간도 없으니 신경 쓰지 않기로 했다. 같이 등교할 수 있는 것만으로도 고맙게 생각해야지.

하지만. 아까부터 힐끔힐끔 이쪽을 보는 건 왜일까. 내 앞에서 걷고 있어서 뒤돌아보는 동작으로 알아보기 쉬웠다. 눈이 맞으면 갑자기 얼굴을 돌리고. 혹시 뚱땡이에게 다시 반한 걸까. 농담이지만.

그런 형편 좋은 생각을 하면서 봄의 거리를 걸었다. 오늘 아침의 공기는 약간 차갑지만, 땀을 많이 흘리는 비만한 몸에는 좋은 온도. 심어져 있는 벚꽃은 이미 8할 정도 져서 떨어진 꽃잎을 청소하는 청소원이 몇 사람인가 있는 정도다. 학생 대부분은 기숙사에서 살아서 등교하며 정문을 지나는 학생은 그리 많지 않다.

오늘부터 본격적인 학교생활—두 번째지만—이 시작된다고 생각하며 감개무량하게 신발장에 신발을 넣고 있으니 몇 사람이 나를 보면서 속닥속닥 이야기했다. 머리에 까치집이 지어졌나 싶어 손으로 머리를 빗으며 카오루와 함께 교실에 들어가니…….

"야, 너. 슬라임한테 졌다면서."

음~, 이름은 아직 모르는 반 친구가 나한테 말을 걸어왔다.

"슬라임?"

"던전 1층의 슬라임한테 져서 구조됐다던데."

그렇다. 어제는 무려 구조되었다. 정신을 차리고 보니 모험가 길드에 있는 의무실에 누워있었다. 확실하진 않지만 발견됐을 때는 여러 슬라임에게 신나게 얻어맞고 있었다고 한다. 두꺼운 지방 덕분인지 가벼운 타박상만 입고 별다른 이상은 없어서 바로 돌아갈 수 있었다. 돌아갈 때 '너, 무거워서 고생했다고~'라는 불평을 들었지만. 아니, 그보다.

"에, 다들 알고 있어?"

"구조원이 널 데리고 나오는 모습을 다른 반의 녀석이 봤대. 학교 전체에 소문이 났다고."

"되게 꼴불견이네. 슬라임 따위는 애도 이길 수 있는데 어떻게 지는 거냐."

"진짜~ 너무하잖아~, 아하하핫."

딱히 슬라임에게 진 건 아니다. 실험 목적으로 큰 기술을 썼더니 왜인지 성공해서 MP가 고갈. 그 후에 시야가 어두워지더니 기절해 버린 것이다.

……그렇다고는 해도. 그런 말을 하면 게임 지식이 있다고 여겨질 테고, 이게 미지의 정보라면 —아마 그렇겠지만— 테러리스트 놈들이 활보하는 이 위험한 세계에서는 목숨을 위협받을 만한 충분한 이유가 될 수 있다. 그 전에 머리가 돌았다고 여겨질 가능성이 높은가.

"아, 아아. 몸 상태가 좀 안 좋아서, 에헤헷."

지금은 별 문제가 생기지 않도록 적당히 얼버무려두자. 하지만 반 친구의 추격은 멈추지 않았다.

"야 야, 학년 최하위라 해도 정도라는 게 있잖아. E반의 발목을 잡지 말라고."

"그래~, 그리고 너…… 냄새나지 않아?"

"꼭 돼지 같으니까. 넌 오늘부터 뚱땡이다."

"뚱땡이래. 꺄하하."

(이런, 싸늘한 눈으로 보고 있어. 나 부끄러워.)

카오루가 등교 중에…… 지금 생각해 보면 희미하게 모멸하는 표정을 띠면서 날 힐끔힐끔 본 건 혹시 슬라임에게 졌다는 걸 알고 있었기 때문인가. 가르쳐 줬으면…… 아니, 이미 소문은 퍼졌으니 가르쳐 준다고 해도 상황은 전혀 변하지 않겠지.

그리고 뚱땡이라는 별명이 붙는 건 이 타이밍이 아니었을 것이다. 모든 것이 게임의 흐름대로인 건 아닌가? 어쨌든 뚱땡이라 불리는 것도 시간문제이니 아무래도 상관없나.

근데 왜 발동했는지 진짜 모르겠다. 시험 삼아 고른 《진공열충격》은 스킬 칸에는 없고 발동할 수 있을 정도의 MP도 없었다. 그렇다면 소환 스킬 《요르문간드》가 발동하지 않은 건 대체 무슨 이유가…….

"홈룸 시작한다. 자리에 앉아라."

움츠러들어서 이런저런 생각을 하고 있으니 담임인 무라이 선생님이 왔다. 화이트보드에 오늘의 예정을 써나갔다.

"지금부터 자기소개를 한다. 그 뒤에는 오리엔테이션이다. 학교의 수업 시스템과 시설 소개. 그 후에 던전에 들어가는 법을 설명한다…… 이미 던전에 들어간 녀석이 있는 것 같지만."

그렇게 날 보면서 이야기하는 무라이 선생님. 반에서 웃음이 터졌다. 데헷.

"그럼 자기소개. 복도 측 앞자리부터 순서대로 할까."

중등부부터 에스컬레이터식으로 진학해 온 내부생으로 이루어진 A~D반과는 달리 이곳 E반만은 고등학생 때부터 들어온 외부생으로 구성되어 있다. 따라서 중학교 때까지는 제각각이다. 난 이세계 출신 전 샐러리맨이지만.

자기소개를 들으면서 던익 캐릭터에 대해 복습이라도 해둘까. 그리하여 E반의 필두는——.

"아카기 유우마입니다. 도쿄의 히가시 중학교라는 곳에서 왔습니다. 무기는 한손검, [워리어] 지망입니다."

이 짧은 빨간머리 미남이 '던익'의 주인공, 아카기. 단련해서 성장해 나가면 [용사]라는 아주 강력한 특수 직업을 가질 수 있다. 하지만 여러 차례 DLC가 나오며 커스터마이즈 캐릭터가 최강이 되어서 주인공은 그다지 쓰이지 않는 캐릭터가 돼버렸다. 그렇다고는 해도 스탯은 굉장히 잘 타고나서 강하다는 것은 변함없다. 그의 앞으로의 동향에 따라 성가신 이벤트가 일어날 가능성도 있으니 가장 주시해야 할 캐릭터일 것이다.

"산죠 사쿠라코라고 합니다. 홋카이도에서 왔습니다. [프리스트] 지망입니다. 둔기도 지팡이도 쓸 수 있습니다. 잘 부탁드립니다."

산죠, 핑크는 던익의 히로인 중 한 명이며 인기도 많았다. 지금은 약간 통통하지만 던전에서 시달리는 사이에 쭉쭉빵빵해지는 여러 의미에서 성장이 두드러지는 포근한 여자아이다.

그리고 무려 DLC가 추가된 후에는 주인공으로도 사용 가능하며 미남들도 공략할 수 있고 개별 시나리오도 추가된다. 퀘스트를 진행해 나가면 [성녀]로, BL모드면 [소서리]도 될 수 있다. 당연히 능력치도 아주 높고 아카기를 웃돌 정도의 초강력 캐릭터 사양을 갖추고 있다. 저 귀여운 외모를 보면 상상하기 어렵지.

"타치기 나오토. 치바 출신. 지망은 [위자드]다. 앞으로 잘 부탁한다."

타치기는 아카기와 같은 기숙사의 룸메이트다. 사족 출신으로 상위자의 분위기를 지녔다. 딱딱한 분위기 때문에 오해를 잘 받지만, 그는 아주 친근하고 배려심 있는 소년이다. 쾌활한 아카기와 약간 그림자가 있는 타치기 페어는 많은 부녀자 팬이 탄성을 지르게 만들었다. 여성 주인공 모드에서는 그도 공략 가능하다.

"하야세 카오루. 카나가와 출신 [워리어] 지망입니다. 잘 다루는 무기는 칼. 잘 부탁합니다."

카오루도 히로인 중 한 명이며 외모도 능력도 스펙이 엄청 높은 여자아이다. 카오루 루트에서는 뚱땡이가 악역으로 등장한다. 시나리오를 진행해 나가면 퇴학을 당할지도 모르니 그녀와 관련된 시나리오나 이벤트 진행 상태는 주시하고 싶다.

그리고 뚱땡이와는 집이 이웃해 있고 소꿉친구이자 약혼자. 미움받고 있는 것치고는 접점이 많고 같이 통학을 하기도 한다. 관계를 보면 거리가 가까운 것인지 먼 것인지 파악이 잘 안 된다. 다만 내 쪽에서 성희롱을 하거나 괴롭힐 생각은 없으니 그녀와의 관계는 그렇게 비관적으로 생각하지 않아도 될지도 모른다.

그보다 현시점에는 그녀와 아카기가 사이좋게 이야기하면 내 안의 뚱땡이 마음이 콕콕 쑤시며 슬퍼하는 게 문제다. 방치해 두면 나까지 부정적인 사고에 빠지게 되니 적절하게 케어해 나가야 할 것이다.

그리고 다른 의미로 주의해야만 하는 것이——.

"쿠가…… 코토네. 아이치에서. 무기는 단검과 활을 쓸 예정. [아처] 지망."

그녀는 메인 퀘스트 '쿠가의 반란'의 핵심이 되는 퀘스트 캐릭터다. 외모는 단발머리에 얌전해 보이는 일본인이지만, 미국의 특수 공작부대 출신이라는 신분을 숨기고 학교에 전입해 온 일본계 미국인이다. 그녀의 이벤트를 진행하면 함께 테러리스트를 치느냐, 정보를 빼내려고 한 것을 비난하고 그녀를 치느냐 선택을 강요받는다. 현시점에 부주의하게 다가가는 건 위험할 것이다.

참고로 아까부터 상급 직업 지망은 말하지 않고 중급 직업 지망만 말하는 데는 이유가 있다. 이 세계에서 상급 직업이 된 사람은 극소수의 톱 모험가뿐이며 상급 직업을 지망하는 것은 현실적이지 않기 때문이라고 한다. 그래도 말할 녀석은 말하지만.

"마지마 카츠유키의 적자, 마지마 히로토, 니이가타에서 준작의 사족 일을 하고 있다. 무기는 칼, 목표는 [사무라이]! 후위 동료를 모집 중이다! 아, 넌 필요 없어."

내 쪽을 보면서 말했다. 이래서는 아무도 파티를 맺어주지 않게 되니 어떻게든 만회해야만 한다…… 근데 사족인가. 특권 계급을 상대할 때는 조심해야지.

다음은 개인적으로 관심이 가는 여자아이.

"오오미야 사츠키라고 합니다. 코우치 출신입니다. 무기는 마도서나 메이스를 쓸 예정이고 [위자드] 지망입니다. 다들 열심히 해봅시다!"

좌우의 머리카락을 낮은 위치에서 땋아서 늘어뜨린 귀엽고 몸집이 작은 여자아이. 게임에서는 이곳 E반의 반장 같은 포지션을 차지하고 있으며, 상급반의 압력을 어떻게든 하기 위해 이 반을 하나로 뭉치려고 하지만 상급생과 파벌에게 찍혀서 좌절하고 만다. 과연 그녀는 이 세계에서도 그렇게 될까…….

그 뒤에도 자기소개는 이어졌다.

반 친구는 주인공을 비롯해 미남미녀의 비율이 상당히 높았다. 때문에 내 용모가 심하게 부각되고 있는데 신경 쓰면 지는 것이다.

마지막으로 내 차례가 돌아왔다. 직업 지망은 아직 안 정했는데 뭐가 좋을까. 스탯을 보면 이상할 것 없는 [프리스트]라고 말해둘까.

"나루미 소타. 카나가와 출신. 무기는 배트를 썼습니다. 지망은 [프리스트]입니다. 잘 지내 보자!"

가로로 브이 사인을 만들며 웃음을 터뜨리는 걸 노려봤지만 '배트……' '저게 사상 최약의 남자……' '슬라임한테 지다니……' '그래봤자 뚱땡이……' 등등 속닥거리며 싸늘하게 이야기를 하는 소리가 들려왔다. 야, 뚱땡이는 상관없잖아.

하아. 두 번째 고등학교 생활은 앞길이 험난할 것 같네…….

"그럼 오리엔테이션을 하겠다. 떨어지지 않도록 내 뒤를 따라와라."

무라이 선생님은 지금부터 바깥의 시설을 보며 돌아다닐 것이라고 했다. 교실의 창문을 통해 바깥을 보기만 해도 많은 시설이 늘어서 있는 것을 확인할 수 있었다. E반의 학생들이 일제히 일어서는 가운데, 나는 오리엔테이션에 대해 이런저런 생각을 하며 모두와 함께 선생님의 뒤를 따라서 교사 안을 줄줄이 대열을 지어 걸었다.

이곳 모험가 학교는 던전 공략뿐만 아니라 공부에도 무게를 두고 있다.

자습실, 음악실, 요리실 등의 특별교실과 교재, 실험도구, 시청각 관련 설비에도 상당한 돈이 들어서 둘러볼 곳이 많다. 내가 원래 있던 세계에서 다녔던 공립 고등학교와는 사용하는 기구에 차이가 나는 걸 한눈에 알 수 있었다. 이 음향시설은 대체 얼마야.

이만큼 돈을 들일 수 있는 건 나라에서 막대한 예산을 받기 때문이다. 거기에 더해 관료와 강한 유착 관계가 있고 민간기업의 헌금도 끊이지 않는다. 그런 이유도 있어서 일반 학교와는 달리 차원이 다른 자금을 쓸 수 있을 것이다.

선생님은 '던전에만 얽매여 있으면 반 승격은 못 하니까 열심히 해라'며 고마운 조언을 했고, 이번에는 교사에서 나와 바깥 시설을 견학하러 갔다.

참고로 '반 승격'은 1년을 전기, 후기로 나눠 각 시기의 말기에 던전에서의 성적과 학력에 따라 반을 편성하는 시스템이다. E반이더라도 성적이 좋으면 D반, C반으로 개인 승격이 가능하다.

하지만 한 번의 승격으로는 아무리 좋은 성적을 받아도 한 단계 위의 반까지만 승격할 수 있다. E반에서 A반이 되려면 고등학교 3년 동안 여섯 번의 승격 기회 중에서 최소 네 번의 승격이 필요하다. 반대로 성적이 좋지 않으면 강등되는 일도 있다.

A반에서 졸업하면 모험가 대학에 프리패스 할 수 있기 때문에 E반의 모두가 필사적으로 노력하는 것 같지만……. E반은 다른 반과는 달리 첫 던전 다이브도 고등학생 때부터라서 진심으로 A반을 목표로 한다면 단기간에 상위 반과 겨룰 수 있을 정도의 능력이 요구된다. 나는 몰라도 게임 지식이 없는 E반의 모두에게는 굉장히 불리한 조건처럼 느껴졌다.

그런 생각을 하며 걷다가 한층 더 큰 시설 앞에 도착했다.

"여긴 투기장이다. 물론 이곳 전역이 매직 필드 안이고, 스킬 훈련에도 견딜 수 있는 강도를 자랑한다. 날을 무디게 한 무기와 각종 다양한 금속제 방어구도 준비해 뒀다. 이용하려면 사전에 신청할 필요가 있으니 주의해라."

스킬 확인과 대인전 훈련은 여기서 할 수 있는 모양이다. 밖에서도 하려면 할 수 있지만, 강력한 스킬을 발동하면 기물을 파손해 버릴 우려가 있으니 주의해야만 한다.

그리고 선생님의 말에 따르면 투기 대회나 모험가 대학 진학을 생각하고 있다면 대인전은 훈련해 두는 편이 좋다고 한다. 대인전 기술은 물론 중요하지만, 레벨이 낮을 때는 순순히 레벨을 올리는 게 더 강해지니 난 그쪽을 중시할 생각이다.

다음으로 선생님은 희미하게 약품 냄새가 나는 보건실 같은 곳에 데려왔다.

"여긴 의무실. 평일에는《중회복》등 마법 치료를 할 수 있는 [프리스트] 선생님이 상주하고 있다. 던전이나 훈련 때문에 다치면 바로 여기로 오도록."

아직 젊은 미남 [프리스트] 선생님이 생글생글 웃으며 손을 흔들었다. 칼날을 안 세워서 공격력을 죽인 무기라고는 해도 서로 치고받으면 한 번쯤은 부상을 입는 일도 있을 것이다.《중회복》은 손가락 한두 개 정도의 결손이라면 치료할 수 있다고 하니 믿음직하기 그지없지만 그다지 신세를 지고 싶진 않다.

다음은 공장 같은 건물이 늘어선 구역으로 데려갔다. 건물 안에는 수많은 종류의 무기가 기대어 세워져 있었고, 그 안쪽에는 금속 제품을 단조하기 위한 지그와 에어 해머가 수없이 늘어서 있었다. 여기서 강철이나 던전에서 나온 금속을 정련, 가공하고 있을 것이다.

"여긴 무기, 방어구뿐만 아니라 마도구를 연구하는 공방도 모여 있다. 민간에서 낸 가게도 있으니 폐를 끼치지 않도록."

소재를 가지고 공방의 대장장이와 교섭하면 장비를 싸게 만들 수 있다고 한다. 던전산 소재 중에는 마력을 띤 금속도 있으니 좋은 소재를 얻으면 공방에 의뢰하는 것도 좋을지도 모른다.

모험가 길드의 점포에서도 제작 의뢰는 할 수 있고, 레벨이 높아지면 던전 안의 숨겨진 점포에서도 무기와 방어구를 거래할 수 있으니 찬찬히 비교해 보고 싶다. 카오루와 친해지면 타츠 씨에게도 의뢰할 수 있지만…… 이건 제외해 두자.

"공방에서는 학생을 상대로 무기도 빌려주고 있다. 아직 자기 무기가 없다면 나중에 여기에 빌리러 오는 게 좋을 거다. 상급 무기는 그다지 없지만, 10층까지라면 이 수준의 무기로도 충분할 거다."

렌탈 무기를 보니, 검과 메이스만 해도 다양한 무게와 길이를 가진 것들이 놓여있었다. 어설프게 가게에서 사는 것보다는 빌리는 편이 싸게 먹힐 것 같고 품질도 좋아 보인다. 어제 배트가 산산조각 났으니 딱 좋다.

공방 다음은 부활동에 대해 설명하기 위해 부실동으로 갔다. 이 일대에는 전용 부실과 훈련시설이 모여 있는데, 여기에 또 상당한 돈이 들었다. 트레이닝 기기와 무구, 자금 등을 제공하는 스폰서가 있는지 곳곳에 기업의 로고가 보였다.

"이 학교의 부활동은 대체로 던전 다이브와 관련된 것이다. 무기나 직업에 따라 부활동이 나뉘어져 있다. 특정 직업에 대한 지식을 늘리기 위해, 또는 자신이 잘 다루는 무기를 더욱 잘 다루기 위해서라도 부활동에 참가하는 걸 추천한다. 이번 주말에도 부활동 권유식이 있으니 희망자는 그걸 보고 잘 생각해서 들어가도록."

무기와 관련된 부활동은 검술부, 궁술부 등이 있으며 검술부라고 하더라도 제1검술부, 제2검술부 등, 같은 검술이라도 파벌이나 스폰서에 따라 나뉘어져 있다. 게임에서도 부활동과 관련된 이벤트는 풍부했는데, 난 던전에 갈 시간을 원하니까 부활동에 가입하지 않을 생각이다. 귀가부 최고~!

……뭐, 솔직히 말하면 부활동과 관련된 일은 추악한 인간관계와 폭력에 대한 대처 등, 귀찮은 이벤트가 가득해서 회피하고 싶은 게 내 본심이다. 나름의 보상은 있지만 그런 일들을 실제로 경험하고 싶다는 생각은 없으니 주인공에게 맡기겠다.

마지막으로 E반 일행은 던전 입구 부근으로 갔다.

이 학교의 교사와 시설은 입구에서 반경 150m 정도의 한정된 매직 필드 영역을 최대로 활용하기 위해 던전 입구를 덮듯이 세워져 있다.

하지만 던전 내부로 들어가려면 모험가 길드 광장에 있는 개찰구를 지나갈 필요가 있다. 학교 안에서는 입구 부근에 가는 건 가능해도 시큐리티를 통하지 않고 안으로는 들어갈 수 없다고 정해져 있다.

"모험가증 등록은 모험가 길드에서 해도 되지만, 아직 안 했다면 이 용지에 필요한 사항을 적어서 여기에 제출해라. 바로 모험가증을 발행하지."

모험가 길드에 일일이 등록하러 갈 필요는 없었던 것 같지만, 조금이라도 빨리 던전에 들어가고 싶었으니 문제없다.

"그럼 적당한 시간이니 지금부터 점심을 먹겠다. 맞은편에 있는 게 학생 식당이다. 앞으로도 이용할 생각이 있다면 회수권을 사두면 좋을 거다."

선생님이 시계를 보면서 학생 식당을 가리켰다. 밖에서도 먹을 수 있는 테라스석이 있어서 꼭 레스토랑 같았다. 학생 식당 입구 주변에는 이미 많은 학생이 모여 있었고, 식품 샘플 메뉴를 바라보며 즐겁게 대화하고 있었다.

나도 욕망이 이끄는 대로 바라보기로 했다. 오늘의 정식이 280엔…… 게다가 밥과 된장국은 무한리필?! 이 양에 이 가격이라면 도시락을 챙겨오지 않아도 될지도 모르겠다. 위장이 근질거리는군!

"13시에 모험가 길드 앞의 광장에 집합하도록 하지. 밥을 먹으면서라도 세 명에서 다섯 명 정도의 조를 만들어 둬라."

던전에는 위험한 함정이 있기도 하고 몬스터가 기습을 하는 경우도 있다. 한 사람에게 문제가 일어나도 안전을 확보할 수 있도록 여러 사람이 파티를 짜서 행동하는 것이 기본이다.

하지만 실수를 저지른 나와 파티를 짜주는 사람이 있을까…… 안 보이는 곳에서 살짝 귀를 기울여보자.

"나랑 한패가 되고 싶은 녀석 있냐~? 전위 2, 후위 2 모집." "나《매직 애로우》쓸 수 있거든~? 누구 나랑 같이 조를 짜지 않을래?" "여긴 전위 1에 후위 1. 서치 스킬 가진 사람은 우대합니다~. 없으려나." "야 야 너, 나랑 조 짜지 않을래?" "에~ 어떡하지~."

아직 밥을 먹기 전인데 일제히 파티를 모집하고 자신을 홍보하기 시작했다.

(역시 공격 스킬을 가진 사람이 제일 인기가 많은가.)

낮은 층에서는 특수 에어리어를 제외하면 흉악한 함정은 없고 몬스터도 약해서 효율이 중시되는 경향이 있는 듯했다. 반 친구들의 모집 요강에서도 회복보다 공격 스킬을 가진 사람이 인기 있었다.

"아카기, 괜찮으면 우리랑 같이 가는 건 어떨까?"

아카기가 여러 여자들의 권유 쟁탈전의 대상이 되었다. 부럽다. 잘생긴 데다가 처음부터 《검술 마스터리》라는 초우량 스킬을 가지고 있으니 사람이 모이는 것도 당연하다면 당연하지만, 아무래도 카오루 일행과 조를 짜는 모양이라 권유를 거절했다.

핑크와 카오루가 타치기의 손을 잡아 끌면서 아카기를 불렀다. 저 넷은 잘 하고 있는 것 같은데…… 윽, 이런. 또 뚱땡이 마음이 슬픔의 포효를 할 것 같으니 주의를 다른 곳으로 돌려야 한다. 안 그래도 외톨이 농도가 진해서 울고 싶은데.

"얘들아, 저기가 비었으니까 우선은 자리를 잡고 먹으면서 파티 이야기를 할까."

반장 기질이 있는 오오미야가 '학생 식당 입구에서 모여 있는 것도 방해가 되니까'라고 말하면서 비어있는 자리를 가리켰다. 그 말에 납득하고 자리에 짐을 두고 점심을 주문하러 가는 반 친구들.

부정적인 생각에 휩싸일 것 같으니 나도 얼른 밥을 먹고 마음을 달래도록 하자. 오늘의 정식은 밥과 된장국, 전갱이 튀김과 샐러드에 야채절임으로 밸런스가 굉장히 좋다. 밥을 고봉으로 담아서 자리에 앉았다.

"그럼 먹자."

오오미야의 호령으로 점심 식사가 시작되었다. 밥을 먹으면서 단말기로 서로의 스탯을 보여주며 자신을 어필하고 홍보하는 반 친구들. 첫 파티 편성은 그렇게 중요하진 않지만, 첫 던전 탐색이라 다들 진지하게 임하고 있는 것 같았다.

나도 자연스럽게 초기 스킬을 가지고 있다고 어필했지만, 쓴 웃음은 고사하고 노골적으로 불쾌한 표정을 지어서 눈물이 났다. 뭐 《대식가》는 '항상 배가 고파 많이 먹을 수 있습니다'라고 말하는 것과 마찬가지이니 어필이 될 리가 없다.

식사가 시작된 지 몇 분밖에 안 지났는데 수 명으로 구성된 파티가 차례차례 생겨나 분위기가 화기애애해졌다. 이후에는 무기를 빌리러 갈까 하는 이야기를 하고 있는 것 같은데…….

"아직 못 짠 사람 있어? 아…… 뚱땡이구나."

"슬라임한테도 지는 녀석을 파티에 넣어도 말이지~."

"저 녀석 진짜 졌어? 체형이 저래서?"

"누가 좀 넣어줘~. 아, 우린 이미 만원이라 안 되지만."

내 학원 생활, 초장부터 심하게 실패했다. 아, 안 울거든. 꽃가루가 눈에 조금 들어갔을 뿐이다.

하지만 하늘이 무너져도 솟아날 구멍은 있다.

"정말, 나루미도 이 학교에 합격한 학생이잖아. 그럼 괜찮으면 우리 파티에 올래?"

문득 고개를 드니 대천사가— 아니, 아니었다. 오오미야가 미소 짓고 있었다.

"저…… 정말임까! 감사합니다!"

게임에서는 차기 학생회장파였지만, 이래서는 반장 오오미야

파로 전향하는 수밖에 없다.

"뭐어~?! 사츠키, 진짜로 들이는 거야?"

안경을 쓴 귀여운 아이가 오오미야의 권유 발언에 반응했다. 아무래도 오오미야와 같은 파티 멤버인 것 같다. 그런 소문이 돌았으니 우려의 목소리가 나오는 것도 어쩔 수 없는 일일지도 모른다.

하지만 외톨이가 될 수는 없다는 생각으로 반골정신을 전면에 내세워 시치미 떼는 얼굴로 '잘 부탁드림다~!'라며 생글생글 웃으며 인사해 뒀다. 여자 파티에 들어가다니, 나 좀 흥분된다.

'그럼 잠깐 양해를 구하고 올게'라고 말하며 어딘가로 가버리는 오오미야. 안경을 쓴 여자아이의 말에 따르면 여자 3인 그룹에 합류할 예정이었는데, 나 때문에 그 여자 그룹에 사퇴 의사를 전하러 간 것이라고 한다. 내가 들어가면 6인 그룹이 돼버리기 때문이다. 왠지 미안하네.

돌아온 오오미야가 바로 작전회의를 하려고 가까이에 자리를 붙었다. 살짝 눈초리가 올라가 있고 동글동글한 얼굴이 작은 동물 같아서 귀여웠다. 샴푸의 향인지 뭔지 모를 좋은 향기가 나서 내면의 뚱땡이 마음도 크게 흥분했다. 아니, 내 마음일지도.

"자 그럼, 서로 정보 교환이라도 할까요. 우선은 나부터. 이름은 오오미야 사츠키야."

이게 자신의 스탯이라며 단말기로 화면을 열어 보여줬다. 살짝 보니 [위자드]가 되고 싶다고 하는 것 치고는 AGI가 높았고, 근처에 있는 적의 기적을 감지하는 《기적 감지》를 가지고 있었다. 게임에서는 바라던 대로 [위자드]가 되었지만, 몸집이 작고 민첩할 것 같으니 [시프] 방면의 적성도 있을지도 모른다.

"난 닛타 리사야~. [아처]를 하고 싶다는 생각을 하고 있었는데~ 요즘엔 마법 계열도 좋지 않을까~ 싶어."

쭉 뻗은 세미롱 헤어에 안경을 쓴 닛타. 약간 세련되었고 귀엽다기보다는 아름다운 분위기를 지닌 누님 타입 여자다. 언동은 부드러워서 천진난만해 보이지만 눈동자 속에서는 뭔가 냉정한 사고가 느껴졌다. [아처] 지망이라 이미 자기 활을 어깨에 메고 있었다.

"그럼, 나는……."

"알고 있어, 나루미지. 지금 유명하잖아~…… 슬라임한테 졌다는 거 진짜야?"

"리사, 그런 걸 물어보면 안 되지!"

"아, 아냐 괜찮아. 일단 [프리스트] 지망이지만 메이스를 휘두르면서 전위를 할까 싶어."

부정적인 방향의 유명인이네. 모험가 학교는 힘이 곧 정의이니 안 좋게 보이는 건 디메리트가 크다. 조금은 변명하는 편이 좋았을지도 모르겠다. 어제 의무실에 실려 갔을 때 스탯을 계측해서 갱신해 뒀으니 보여줘 볼까.

"벌써 레벨3이구나~…… 어라~? 그럼 슬라임이나 고블린은 잔뜩 잡은 거야~? 버스……는 1, 2층 수준에선 역시 안 하

TIPS 버스 : 고레벨 플레이어의 도움을 받아 경험치를 벌어 안전하고 효율 좋게 레벨을 올리는 것.

겠지~."

볼에 검지를 대고 고개를 갸웃하는 닛타. 레벨3이라면 슬라임 따위에게 지는 것도 이상하고, 레벨이 오를 정도로 잡았는데 지는 건 더욱 이상하다고 말했다.

"그때는 몸 상태가 좀 안 좋아져서."

"역시. 이 학교에 붙은 학생이라면 슬라임 따위에게 지지는 않지."

친근하게 대해 주는 오오미야와 닛타. 생각보다 나에 대한 거부반응이 없어서 깜짝 놀랄 정도였다. 닛타는 이렇게나 미인인데 스토리에 나왔다는 기억이 없다. 뭐, 주인공이나 히로인과 접점이 없으면 게임에 등장하는 일도 없으니 그렇게 이상한 일은 아닌가.

진형을 확인하면서 식사를 끝내고 무기 공방으로 가기로 했다. 단말기로 등록할 필요가 있다지만, 대여료는 무료니까 좋은 무기가 있으면 빌려 보자. 던전산 금속은 들어가지 않은 평범한 강철제 무기라고는 해도 사면 PC 한 대 정도의 가격이 든다고 한다.

"이거 어때?"

"이 활 괜찮을지도~. 나중에 빌려 볼까."

떠들썩하게 말하며 열심히 무기를 고르는 오오미야와 닛타. 나도 좋은 메이스가 없는지 렌탈 코너를 물색했다. 손에 들고 쥐어서 확인해 보면, 역시 금속제면 소형이라도 묵직한 무게가 느껴졌다. 이건 좀 부담될 것 같다. 현시점의 STR로 휘두른다면 목제가 좋을까. 오니의 곤봉처럼 가시가 달린 목제 메이스가 있어서 그걸로 골랐다.

"슬슬 13시니까 집합 장소로 갈까."

"나루미, 레벨이 제일 높으니까 의지할게~."

"최선을 다하겠습니다!"

많은 모험가가 오가는 모험가 길드 앞의 광장.

얼핏 보이는 사람만 해도 수천 명은 될까. 돌입 전에 작전회의를 열거나, 돗자리를 깔고 중고장터 같은 것을 열고 있는 사람도 있었다. 여기서 노점상을 하려면 등록이 필요하다고 하지만, 이만큼 사람이 있으면 돈이 될 것 같다.

집합 지정 장소인 시계탑 아래를 보니 반 친구들 대부분이 이미 모여서 이야기를 하고 있었다.

"나 벌써 레벨2라고."

"대단하다~."

"하지만 다른 반에는 이미 레벨10을 넘은 학생이 있대."

나나 아카기 일행과 마찬가지로 단말기를 나눠 준 그날 바로 던전에 간 반 친구도 몇 명인가 있었던 것 같지만, 그런 사람은 아무래도 소수인 듯했다. 대부분은 모험가 길드의 도서실에서 정보 수집이나 자료 수집을 했다고 한다.

이 나라의 던전 입장 조건은 15세 이상—단, 중학생은 불가—이다. 중학교를 졸업하고 바로 던전에 들어가려고 해도 보통은 모험가 강습을 받고 실습훈련을 하고 테스트를 통과할 필요가 있으며, 모험가 신청을 하고 10급 모험가증을 받기까지는 빨라도 두 달이나 되는 시간이 걸린다.

한편, 모험가 고등학교의 학생이라면 모험가 길드에서 단말기를 보여주면 바로 9급 모험가증을 받을 수 있다는 특전이 있다. 중학교 졸업과 동시에 신청하는 것보다 단말기를 받을 때까지 기다리는 편이 던전에 가기까지 걸리는 시간이 짧다. 따라서 E반의 던전 이력은 단말기를 받은 입학식 이후, 즉 제일 길어도 3일간밖에 안 된다는 뜻이다.

반 친구들은 그 3일 동안 몬스터를 조사할 뿐만 아니라 무기 조달이나 파티의 연락 확인, 모험가 길드 견학 등, 다양한 일에 시간을 쓴 것 같았다.

(너무 신중한 것 같다는 느낌도 들지만, 나도 게임 지식이 없었으면 그렇게 했으려나.)

주위의 잡담에 귀를 기울이면서 오오미야 일행과 집합 장소에서 기다리고 있으니, 한층 더 화려한 모험가 집단이 다가왔다.

반짝반짝하게 닦인 금속제 전신 갑옷을 입고 요란한 장식이 된 대검을 짊어진 리더로 보이는 전위 남자. 그 뒤로는 매직 아이템으로 보이는 문양이 있는 로브와 가면을 쓴 후위로 보이는 모험가 몇 명이 따랐다.

(모험가 고등학교의 휘장을 달고 있다는 건, 같은 학교의 학생인가…… 휘장의 색을 보면 3학년?)

전신 방어구 같은 걸 입고 있으면 학생인지 일반 모험가인지 알 수 없게 되기 때문에 수업 중에 던전에 가면 가슴에 모험가 학교의 학생인 것을 의미하는 휘장을 붙여야 한다는 교칙이 있다. 장비를 보면 레벨20 전후일까. 광장에 있는 대부분의 모험가가 레벨10 이하라서 STR 요구치가 높은 편인 중장비는 상당히 눈에 띄었다.

"엄청난 장비네. 모험가 고등학교의 학생 같은데."

"레벨20을 넘었다는 게 진짜야?"

"아직 고등학생인데 그렇게 높다니, 대단하네."

주위에 있는 모험가들이 소곤소곤 이야기하면서 보고 있으니, 전신 갑옷을 입은 남자가 갑자기 《오라》를 뿜었다.

"……방해된다. 비켜라."

많은 사람들이 강자의 《오라》에 위압당했고, 광장에 길이 생겼다. 선배님들은 그 길이 자기 것이라도 되는 듯한 태도로 지나갔다.

(어이어이. 아무리 레벨이 높아도 일반인을 상대로 위압적으로 행동해도 되냐?)

나도 카리야 이벤트 때 저 압력을 직접 느꼈는데, 뭔가 거대한 생물에게 심장을 움켜잡힌 듯한 느낌이 든 것을 기억하고 있다. 통행에 방해가 됐다고는 해도 다른 사람들에게 그 이상의 압력을 가하다니, 이 학교의 교칙은 대체 어떻게 된 건지 묻고 싶다.

그러고 보니 게임을 할 때도 학교에 있는 레벨이 높은 녀석들은 묘하게 고압적이었지. 나도 강해지면 조금은 거들먹거리고 싶어질지도 모르지만…… 이런 모습은 보면 불쾌해지니 자중해야겠지.

"좋아, 다들 모였나?"

"하아하아…… 죄송합니다, 늦었습니다."

정시가 되어 선생님이 점호를 하려고 하자, 학교 방면에서 아카기가 달려왔다. 그 뒤에서 카오루와 핑크, 타치기가 숨을 헐떡이며 달려왔다. 공방에서 무기를 고르고 있었는데 의외로 시간이 걸리고 말았다고 한다. 대여품이라고는 해도 무기는 모험가의 목숨이라고 할 수 있는 것이니 어쩔 수 없는 일이지만…… 뚱땡이의 마음이 일일이 질투해서 폭주할 것만 같아지는 건 좀 참아줬으면 한다.

"그럼 파티의 리더를 정하고 멤버의 이름을 보고해라."

우리의 리더는 물론 오오미야. 파티별로 보고가 끝나자 가슴에 다는 모험가 학교의 휘장이 분배되고 순차적으로 던전으로 이동하기 시작했다.

"저 기계에 모험가증이나 팔에 찬 단말기를 대면 들어갈 수 있다. 보고를 끝낸 사람부터 순서대로 들어가라."

파티별로 단말기를 들고 던전 입구로 가기 위해 통로에 나란히 섰다. 오후 무렵이라 그런지 큰 혼잡함 없이 경계면까지 올 수 있었다. 반 친구들은 새까맣고 이상한 경계면에 주저 없이 들어갔지만, 이 끈적끈적한 감촉은 아무래도 익숙해질 것 같지 않았다.

입구로 들어가서 약간 떨어진 곳에서 한번 집합해서 선생님이 앞으로의 예정을 설명해 나갔다. 아무래도 이번에는 2층까지 가는 길을 왕복하기만 하는 것 같다. 단말기의 지도로 현재 위치를 확인하면서 한데 뭉쳐서 걸으라는 말을 들었다. 그러자 파티의 맵 관리자는 단말기의 화면을 열어 2층 방향으로 유도하기 시작했다.

1층 입구에서 2층으로 가는 메인 스트리트는 모험가의 행렬이 끊이지 않았다. 슬라임도 나타난 순간에 잡혀서 우리가 상대할 수 있는 몬스터는 한 마리도 없었다.

(이래서는 무기를 빌려도 쓸 기회가 전혀 없어.)

반 친구들 중 몇 명은 무거운 무기를 빌려서 짊어지고 있었는데, 쓸데없는 노력이 될 것 같았다. 조금 전에 여자에게 좋은 모습을 보여주려고 했던 남자도 고개를 숙이고 있었다.

"사람이 가득해. 이래서는 관광 명소나 마찬가지네~."

"길에서 벗어나지 않으면 모험가투성이네."

처음으로 이 세계의 던전에 들어왔을 때는 사람이 많아서 놀랐는데……. 일본 전국에서 몇십만 명이나 모이면 이렇게 혼잡해지는 건 어쩔 수 없다. 특히 층과 층을 잇는 메인 스트리트는 어디까지 걸어도 사람의 행렬이 끊이지 않았다. 만약 1층에서 싸우고 싶다면 이 메인 스트리트에서 벗어난 곳으로 가거나 한밤중 등 사람이 적은 시간대에 들어오는 수밖에 없을 것이다. 게임을 할 때는 던전 안에는 플레이어밖에 없고, 얕은 층은 금방 통과하기 때문에 텅텅 비어 있었지만 게임이 현실이 된 세계에서는 이런 차이도 있는 모양이었다.

입구에서 2km 정도 걸었을까. 통로 앞쪽에 거대한 공간이 보이기 시작했다. 천장에는 수많은 조명이 켜져 있었고, 여기서 보면 상당히 눈부셨다. 광장 안쪽에는 2층으로 이어지는 계단도 있고, 구급소, 화장실 등의 안내 표식도 있었다. 오리엔테이션 목적지는 여기다.

반 점호를 끝낸 선생님이 홈룸을 시작했다.

계단을 내려간 그 끝에도 광장이 있었고, 1층과 마찬가지로 자판기와 간단한 식사를 내주는 휴게소가 있었다. 다만 가격은 다소 비쌌고, 아래층으로 내려갈수록 가격이 올라갔다. 물건을 살 것이라면 밖에서 사두는 편이 좋다고 선생님이 충고해 줬다.

높은 산에서 주스가 비싸지는 것과 마찬가지로 수고비나 운송료가 포함되어 있으니 비싸지는 건 어쩔 수 없다. 여기에 오기 전까지도 소형 운송차를 몇 대인가 봤는데, 그런 서비스를 위해 짐을 옮기고 있을 것이다.

그리고 4층에는 숙박시설과 아이템 거래소 등도 있지만, 꽤 비싸서 기본적으로 특권층이나 관광객밖에 이용하지 않는다고 한다. 게임 속에서도 4층에 숙박시설이 있었지만, 게임하는 내내 대시로 고속 이동을 할 수 있었기 때문에 그 층에서 숙박하는 플레이어는 없었다.

"오늘은 조금 이르지만 여기서 해산하도록 하지. 이후에는 파티끼리 사냥을 하든 뭘 하든 자유롭게 해도 좋다. 내일부터 정상적으로 수업하니 늦지 마라."

아직 2시를 넘긴 지 얼마 안 됐다. 오오미야가 같이 1층을 돌지 않겠냐고 했지만, 한시라도 빨리 2층을 돌고 싶었기 때문에 창자가 끊어지는 심정으로 거절했다. 귀여운 여자아이들과 던전을 즐기는 것도 좋지만, 앞으로 나아가고 싶다는 욕심이 나고 말았다. '서로 열심히 하자'라는 격려를 받고 웃으며 헤어지기로 했다.

(그건 그렇고. 오오미야도 닛타도 예뻤지…….)

역시 미남미녀가 가득한 모험가 학교다. 히로인격인 카오루는 당연하고, 그 둘도 수준이 상당히 높았다. 나도 고등학교 생활을 잘 하면 저렇게 예쁜 아이들과 친해져서 신나는 여름을 맞이할 수 있지 않을까. 나, 두근거리기 시작했어!

◢///////////////////////////

—— 하야세 카오루 시점 ——

모험가 학교에 들어오자마자 유우마, 나오토, 사쿠라코라는 훌륭한 동료와 만난 것은 행운이었다.

입학 첫날에 유우마와 말할 기회가 있어서 —사실은 내가 말을 걸었지만— 모험가에 대한 이야기꽃을 피웠고, 자연스럽게 던전에 가게 되었다. 그 덕에 이번 주말은 아주 알찬 시간을 보냈다.

앞으로 어떻게 강해져야 하는가, 던전을 공략해 나갈 것인가.

그리고 성적을 올려서 A반을 노릴 것인가. 나에겐 전부 막막하고 고민되는 문제였지만, 그런 문제들에 대해 진지하게 의논하고 서로를 격려할 수 있는 동료가 생긴 것은 더할 나위 없이 행복한 일이라 생각한다.

유우마는 용기가 있고 향상심도 높으며 재능의 결정체다. 지금까지 단련하긴 했지만, 검술에 대한 소양은 그다지 없다고 말했다. 하지만 사납게 덤벼드는 고블린을 쓰러뜨리는 그 모습은 훌륭했고 관록마저 느껴졌다. D반의 불량배에게 의연한 태도로 맞서는 모습은 멋졌다…… 나도 여자라 그런 모습을 보면 감동하게 된다.

나오토는 얼핏 보면 무뚝뚝해 보이지만 배려심이 있고 신사적이라는 점이 내 안에서 그에 대한 평가가 좋아지는 큰 포인트가 되었다. 그리고 그가 마술에 관한 견식이 넓고 깊다는 것을 알았다. 검밖에 모르는 나는 마술 방면은 잘 모른다. 앞으로 일류 모험가를 목표로 하면서 마술사와 팀이 되는 일도 있을 것이다. 그때 나오토와 함께 싸운 경험과 그 경험에서 배울 수 있는 지식은 큰 양분이 될 것이다.

사쿠라코는, 실례되는 생각이지만 성격과 외모가 둥실둥실해서 던전에서는 그다지 기대할 수 없을 줄 알았다. 하지만 근접전에서는 같은 던전 초보자라는 생각이 안 들 정도로 높은 운동 능력을 발휘했고, 회복마법도 구사하고, 게다가 시야도 넓었다. 그녀의 재능에는 혀를 내두를 수밖에 없었다. 어쩌면 유우마도 능가하는 재능이 있을지도 모른다.

그런 훌륭한 동료에 비해 나는 대단한 재능이 있는 것도 아니고, 있다고 한다면 어릴 때부터 한 검도 정도밖에 없다. 그래도 검술이라는 분야에서 조금이라도 공헌했다는 사실은 더할 나위 없는 만족감과 충족감을 가져다 줬다. 이런 나라도 도움이 될 수 있다고 생각했다.

하지만 이대로 있으면 재능이 넘치는 그들 옆에는 계속 있을 수 없다. 앞으로도 등을 맡길 수 있는 관계로 있을 수 있도록 지금까지 이상으로 필사적으로 노력해야만 한다. 학교생활에도 기합이 들어간다.

하지만 오늘의 오리엔테이션은 2층까지 이어지는 메인 스트리트를 왕복했을 뿐이다. 전투를 치르는 일은 한 번도 없었고, 게다가 이곳은 이미 지나간 길이다. 새로운 것도 없다.

"1층은 몬스터도 약하니까 이왕이면 3층까지 가고 싶은데."

약간 재미없다는 듯이 말하는 유우마. 확실히 레벨 업을 경험한 우리에게 이곳은 뭔가 부족하다. 이 넷이라면 2층도 여유로울 것이다.

"하지만 이게 끝나면 해산이니까. 나중에 또 넷이서 사냥하러 안 갈래요?"

"그래, 나도 그 생각을 하고 있었어. 카오루도 어때?"

나오토가 이쪽으로 고개를 돌리며 물어봤다. 물론 바라던 바다.

"모처럼 좋은 무기를 빌려서 가져왔으니까. 나도 같이 갈게."

승낙하는 말과 웃음으로 대답했다. 서로 큭큭 웃으면서 던전을 확인하듯이 한 걸음 한 걸음 내딛었다. 미래를 응시하듯이 눈앞을 보니——.

——풍채 좋은 남학생이 성큼성큼 걷는 모습이 눈에 들어왔다. 위가 짜릿하게 아파 왔다.

어젯밤의 일이다.

목욕을 끝내고 예습이라도 할까 생각하던 차에 '스트레스'가 찾아왔다.

무려 소타가 슬라임 따위에게 져서 실려 갔다는 쇼킹한 뉴스를 사쿠라코가 가져온 것이었다. 학교의 게시판에도 글이 올라와 소문이 났다고 한다.

입장 제한이 해제되는 나이에 슬라임과 싸워서 진다는 일은 있을 수 없는 일이다. 덧붙여 말하자면 아이도 이길 수 있다고 하는 가장 약한 몬스터다. 그런데 이게 어떻게 된 일인가.

나루미 집안의 부모님은 소타의 무사함을 기뻐했지만, 분명 그런 꼴을 당했다는 걸 알고 상심했을 것이다. 내가 좀 더 엄격하게 단련시켰어야 했다며 양심의 가책에 시달릴 뻔했지만, 본인에게 의욕이 없으니 무슨 말을 해도 소용없을 것이다.

오늘 아침에 데리러 갔을 때도 어젯밤의 일은 전혀 신경 쓰지 않는지 태평하게 하품을 반복해서 향상심이라고는 눈곱만큼도 보이지 않았다. 모험가 학교의 학생이라면 슬라임에게조차 패배한 것을 좀 더 신경 써야 하는 것 아닌가.

하지만 나도 신경 쓰이는 점이 있다.

그렇게나 나한테 집착하던 소타가 입학식 이후로 들러붙는 일 없이 얌전하다. 평소 같으면 무의미하게 전화를 걸거나, 갑자기 찾아오거나, 데이트를 하자며 강요하거나 하는데. 토요일 아침 연습 때도 잠깐 이야기했는데 추잡한 시선으로 바라보는 일도 없는가 하면 유우마 일행과 함께 가는 던전 다이브에 끼어드는 일도 없었다.

오늘도 파티를 짜라는 말을 들었을 때, 반드시 나를 부르러 올 것이라 생각해서 경계하고 있었는데 한마디 말도 걸지 않았다.

——혹시 나에 대한 관심이 사라진 건가?

아니, 그렇다면 '결혼 계약 마법서'를 반환해야 할 것이다. 그게 있는 한, 난 큰 약점을 잡혀서 거스를 수 없다. 그걸 돌려주지 않는다는 것은 나에 대한 집착은 버리지 않고 계속 가지고 있다는 뜻이다.

게다가 그렇게나 노력을 싫어하고 성장도 전무했던 소타가 그렇게 갑자기 변할 수 있을 리가 없다. 실제로 눈앞에서 저렇게나 헤벌레한 표정으로 칠칠치 못하게 굴고 있지 않은가. 여긴 던전이고 한창 오리엔테이션을 하는 중인데 데이트를 하는 시간으로 착각하고 있다. 실로 한심하다.

양옆에 있는 여자는…… 아마 오오미야와 닛타였던가. 분명 소타가 반 친구들에게 기피당하는 걸 내버려 둘 수 없어서 동정심에 파티를 짜줬을 것이다.

하아. 생각만 해도 한숨이 끊이지 않는다.

난 일류 모험가가 될 수 있도록 노력하고 싶고, 자유로운 사랑을 할 수 있는 몸이 되고 싶다. 소타를 위한 시간은 더는 낼 수 없다. 한시라도 빨리 이 몸을 속박하는 '결혼 계약 마법서'를 파기하고 후환을 없애야만 한다.

하지만 지금으로서는 아무런 실마리도 찾지 못했다. 소타와 거리를 두려고 한 나머지 너무 소원해진 탓일지도 모른다.

가장 좋다고 생각하는 것은 동생인 카노와 친해져서 같은 편으로 만드는 것인데…… 최근엔 카노에게 말을 걸어도 반응이 좋지 않아서 미움받고 있을 가능성마저 있다. 그녀는 오빠인 소타를 잘 따라서, 소타에 대한 나의 복잡한 감정을 알아차렸을지도 모른다. 어릴 때의 해맑은 웃음을 생각하면 가슴이 약간 아프지만, 굳이 무시하기로 했다. 지금 나에겐 신경 쓸 여유가 없기 때문이다.

전도다난한 미래를 근심하면서 걸음을 옮겼다.

발길이 떨어지지 않지만 오오미야와 닛타와 헤어지고 처음으로 2층에 발을 들였다.

"자 그럼······ 고블린전인가."

고블린. 몬스터 레벨은 2. 게임에서는 신장 100~120cm 정도의 아인종이며 얼굴은 추하고 피부는 녹색. 힘은 약하지만 지능은 그런대로 높아서 인간을 발견해도 바로 덮치지는 않고 숨어서 공격하는 것을 노리거나 무리를 짓거나 하는 교활한 면이 있다. 1층에 있는 슬라임과 비교하면 위험도는 현격히 높다. 그렇다고는 해도 어차피 어린이 수준의 신장과 힘밖에 없어서 단독으로 마주했을 때, 곤봉에만 주의하면 그리 어려운 상대는 아니다.

한편으로 드물게 출현하는 고블린 치프는 금속제 무기를 가지고 있는 경우가 있으니 주의하는 편이 좋을 것이다. 육체적인 힘은 보통 고블린과 크게 다르지 않으며, 몬스터 레벨도 3이라 경험치 측면에서는 이득인 몬스터라고도 할 수 있지만.

3층으로 가는 길은 당연히 붐벼서 고블린이 비교적 잘 리젠되는 '고블린 방'이라 불리는 곳으로 이동했다. 이곳에서 나오는 고블린은 잡아도 비교적 빠르게 리젠돼서 다른 곳과 비교해서 고블린 치프가 랜덤 리젠 되기 쉽다.

TIPS **랜덤 리젠** : 적이 다시 나타날 때, 일정 확률로 다른 몬스터가 출현하는 것. 더 레어한 몬스터가 나오는 경우가 많다.

"여기도 사람이 없는데 왜지? 뭐, 없으면 없는 대로 좋은가."

고블린 방을 살짝 엿보니 두 마리의 고블린이 서로 꺅꺅대며 이야기하고 있었다. 저것도 번듯한 언어일까. 잠시 관찰하고 있으니 마침 한 마리가 근처에 와서 뒤에서 가시가 달린 곤봉을 내리쳤다.

"뒤통수 어택~!!"

일격에 쓰러져 마석이 된 고블린. 느낌이 있다. 여길 맞으면 보통 인간이라도 한 방이다. 남은 한 마리의 고블린은 놀란 건지, 아니면 화난 건지 곤봉을 쥐고 큰소리를 내며 나를 위협했다.

"안 오면 내가 간다."

압도적인 리치에 더해 위력으로도 더 뛰어난 나는 공격적으로 메이스를 내리쳤다. 그 공격에 대항해서 고블린은 손에 들고 있던 곤봉을 옆으로 돌려 내 공격을 머리 위에서 막아냈다! 꽤 하잖아.

"하지만 배가 비었다고."

고블린의 배를 걷어차자 고블린은 위를 향한 채로 날아갔다. 그 틈을 놓치지 않고 바로 거리를 좁혀 다시 메이스를 내리치자 싱겁게 마석이 되었다.

"근데 슬라임과는 다르게 인간형은 뭔가 뒷맛이 안 좋네. 시체가 안 남는 것만 해도 다행인가⋯⋯."

슬라임과는 달리 고블린은 인간의 형태를 하고 있어서 미묘하게 안 좋은 뒷맛이 남았다. 그래도 고블린의 얼굴을 가까이에서 보면 절대로 양립할 수 없는 생물이라는 걸 알 수 있으니 신경 쓸 필요는 없나.

이 마석은…… 100엔도 안 하겠지. 던전 경력이 며칠밖에 안 됐더라도 여기에 오고자 하면 올 수 있다. 주변에 있는 일반인도 잡을 수 있는 몬스터의 마석 따위는 그 정도일 것이다. 레벨 업을 하며 얻는 덤이라 생각하고 마구 잡자.

몬스터는 기본적으로 검은 안개에서 모습을 드러낸 후로 2~3초 정도는 무방비하게 서있기만 하니, 그 약간의 시간에 공격할 수 있으면 큰 이점을 얻을 수 있다.

그 이점을 살리려면 '슬라임 방'이나 '고블린 방'처럼 몬스터가 리젠되는 시간과 장소가 확정되어 있는 것이 중요하다. 이 고블린 방에서는 고블린 세 마리가 딱 10분 간격으로 잡은 순서대로 리젠되기 때문에 혼자라면 딱 좋은 페이스로 사냥할 수 있다.

이런 곳은 한 층에 몇 곳밖에 없어서 게임을 할 때는 레벨을 올리는 게 목적인 플레이어에게 너무 인기가 많아서 자리를 잡기가 곤란했다. 하지만 이 세계에서는 그다지 인기가 없는 건지, 아니면 알려지지 않은 건지 모르겠지만 주변에 사람의 기척은 없었다. 즉, 독점할 수 있어서 좋다.

그건 그렇고. 처음엔 너무 무거운 체중과 약한 근력에 의한 둔한 움직임에 저항이 있었지만, 며칠이나 지나니 이 몸에도 꽤나 적응됐네. 균형을 잡는 법이나 휴식 타이밍 같은 것을 감각적으로 알 수 있게 되어 컨디션 관리도 상당히 하기 쉬워졌다.

그렇다고는 해도 이 체형으로 계속 싸우는 건 디메리트가 너무 크다. 체중 초과로 인한 속도 저하 자체는 레벨 업에 따른 육체 강화로 보정할 수 있다고 해도, 앞으로 어려워질 싸움을 위해 조금이라도 여력을 남겨 두고 싶다. 장기전을 강요당하면 금방 숨이 찰 테고, 자칫 잘못하면 죽을 가능성이 있으니까.

근육통의 상태를 보면서 트레이닝 부하를 좀 더 올려도 괜찮을지도 모르겠다. 뭐, 제일 괴로운 건 식사 제한이지만.

그리고 순조롭게 5마리 정도 사냥했을 무렵——.

"어이쿠, 금속제 무기를 가지고 있네. 고블린 치프인가?"

고블린 치프든 뭐든 첫 몇 초는 멍하니 서있으니, 상관없이 한 방에 처리해 주려고 했더니 머리에 투구를 쓰고 있었다. 어쩔 수 없으니 무기를 들고 있는 쪽의 어깨를 내리쳤다.

"꺄~아악 꺆꺄!!"

아픔 때문에 비명을 지르며 무기를 떨어뜨린 고블린 치프. 아픔을 참으면서 어떻게든 무기를 주우려고 했지만, 그걸 예측하고 있던 내가 더 빨랐다. 남은 왼팔을 메이스로 치고, 그 후에 횡방향으로 때렸다.

날아간 고블린은 마석으로 변했고, 동시에 녹슨 단검이 떨어졌다.

매직 아이템이 아니라 보통 단검 같지만, 보기만 해서는 확실한 건 알 수 없다. 감정하는 데도 돈이 드니 빨리 《간이감정》 스킬을 배우고 싶다.

"투구를 쓰고 있는 경우가 있으니까, 첫 공격으로 뒤통수 이외의 부위를 때리는 패턴도 생각해둘까."

그날은 저녁 전까지 계속 사냥했고, 레벨은 오르지 않아 3인 그대로였다. 무리는 하지 않고 오늘은 이만 마무리한다. 너덜너덜한 무기를 세 개 얻었지만 쓸모가 없으니 고물상에라도 팔아버리자. 용돈 정도는 될지도 모른다.

▼//////////////////////////////

통상적인 수업이 시작됐다. 두 번째 고등학교 생활이라 수업 내용 따위는 쉬울 것이라 생각했는데, 고등학교 1학년의 수업치고는 상당히 수준 높은 문제를 풀게 되어, 이 학교의 높은 수준에 혀를 내두르는 요즘.

홈룸이 끝나고 방과 후가 되자 반 친구들은 재빨리 교과서를 집어넣고 사이좋은 사람끼리 모여 던전에 갈 예정을 짜고 있었다.

아카기는 항상 핑크랑 이야기하고 있는데, 던전 쪽은 열심히 하고 있을까. 이번 달 중으로 레벨이 10 정도가 되지 않으면 카리야를 쓰러뜨리는 건 어려워질 것이다. 뭐, 저 여유로워 보이는 태도를 보면 뭔가 생각이라도 있겠지.

가방에 짐을 정리하고 고블린전을 상상하면서 교실에서 나가려고 하자 방울이 울리는 듯한 맑은 목소리가 멈춰 세웠다.

"잠깐."

뒤돌아보니 소꿉친구이자 약혼자인 카오루가 평소처럼 팔짱을 끼고 약간 기분이 안 좋은 듯한 표정을 짓고 서있었다. 그러고 보니 학교에서는 소타라고 이름으로 안 부르는구나.

"왜 그래?"

"……슬슬. 연습하는 편이 좋다고 생각하는데."

연습…… 글쎄다. 뚱땡이의 기억을 뒤져보고 있지만 카오루와 연습을 하기로 약속한 기억은 없다. 입학 전에 같이 외출하거나 준비 운동 같은 뭔가를 했던 것 같은데, 혹시 이게 그건가.

난 오늘도 변함없이 솔로로 던전에 직행할 예정이다. 하체라면 던전을 걸으면서 단련할 수 있으니 함께 갈 생각은 없다. 그리고 고블린 따위를 상대하기 위해 여러 명이서 파티를 짜는 건 효율이 안 좋고.

그렇다고는 해도 걱정해서 이런 말을 해주는 것일지도 모르니 거절하더라도 표현에는 주의해야 한다.

"일단 독자적으로 열심히 트레이닝하고 있어. 그래서 괜찮아."

"……어떤 걸 하고 있어?"

아름다운 눈썹을 찌푸리고 의아하다는 표정으로 묻는 카오루. 엄청 물고 늘어지네.

"산책이라던가? 요 며칠 동안은 던전 안에서 걷고 있어."

"……슬라임한테도 지는데?"

……꿀꿀.

확실히 슬라임 따위에게 졌다는 소문이 나면 걱정이 되는가. 오랫동안 알고 지낸 소꿉친구이기도 하니까.

"그때는 컨디션이 좀. 뭐, 지금은 컨디션 조절은 똑바로 하고 있으니까 괜찮아."

"……그래."

컨디션 관리라고 해야 할까, 다이어트지만. 칼로리를 제한하고 있어서 비틀거리기까지 했다. 뭐, 터무니없는 스킬을 발동하거나 하지 않으면 괜찮겠지.

그런 설명으로도 납득했는지 어떤지는 모르겠지만, 나에게서 시선을 돌리고 자리로 돌아갔다. 그녀도 아카기의 파티를 열심히 따라가면 반드시 강해질 것이다. 괴로운 이벤트도 많이 일어나겠지만 응원하고 있다고.

▛/////////////////////

요 며칠 동안 고블린과 고블린 치프를 합쳐서 수십 마리는 잡았는데, 레벨은 3인 그대로다. 다이어트를 하면서 체간을 단련하고 몸을 강하게 만드는 것을 우선하고 있어서 던전에 있는 시간은 적은 편이다. 던전 3층 이후로는 혹독한 싸움이 벌어질 가능성이 있으니 준비는 공들여서 해야만 한다.

모험가 길드 입구에 있는 인포메이션 보드에 따르면 3층에서는 매달 몇 명의 사망자가 나올 정도라서 본격적인 던전 파이트를 경험할 수 있는 첫 층이라 할 수 있다.

솔로로 갈 거라서 만일의 경우를 생각해서 조금이라도 잘 움직일 수 있는 몸을 만들어 두고 싶었다. 2층에서 레벨4까지 올려두는 편이 좋을 것이다.

솔로는 만일의 상황에 아무도 도와주지 않아서 리스크가 크지만, 몬스터를 잡았을 때의 경험치도 많아진다. 게다가 게임 지식이 있는 나는 좋은 사냥터와 몬스터를 거의 독점할 수 있어서 솔로로 가는 메리트가 더 크다.

조심해야 할 것은 눈에 보이는 리스크뿐만이 아니다. **게임 지식이 있다는 사실**이 절대로 알려져서는 안 된다.

이 세계는 원래 있던 세계보다 훨씬 더 피비린내 나기 때문에 무슨 일어날지 모른다. 귀중한 던전에 대한 정보를 가지고 있다는 걸 알면 납치 감금 따위는 아무렇지도 않게 하는 국가와 조직이 산더미처럼 있다. 게임 지식이나 던전 정보는 절대로 배신하지 않는 가족에게 전하는 정도로 그치는 게 무난할 것이다. 한동안은 정보 유출에 유의하면서 솔로로 갈 수 있는 곳까지 가서 몰래 강해질 생각이다.

그리하여 항상 오는 고블린 방.

리젠 될 때의 몇 초 동안의 무방비 상태를 놓치지 않고 계속해서 사냥해 1시간 정도 만에 레벨4가 되었다. 몸의 컨디션을 확인하면서 《소회복》을 걸고 한차례 휴식했다.

이 《소회복》은 매뉴얼로 발동하면 근육의 피로 회복에 잘 드는 느낌이 들어서 하고 있다. MP 낭비라면 그렇긴 하지만, 현재로서는 제대로 된 스킬이 없으니 이런 낭비도 가능하다. MP 총량에는 충분히 주의하면서 써야하지만.

레벨이 2인 몬스터가 대부분을 차지하는 2층에서는 레벨4가 된 내가 획득하는 경험치가 크게 감소해서 불리해진다. 순순히 3층으로 이동하는 편이 좋을 것이다. 무기도 오크를 상대하는 걸 생각해서 금속제 메이스를 빌려 왔다. 무게를 재보니 5kg나 됐지만 지금 스탯이라면 그런대로 휘두를 수 있을 것이다.

참고로 레벨4부터 레벨을 올리기 꽤 어려워진다고 한다. 그 이유는 레벨 업까지 필요한 경험치가 지금까지와 비교해서 많이 필요해지는 것도 있지만, 무엇보다 3층부터는 적의 힘이 현격히 강해지기 때문이다.

3층에 리젠되는 오크는 어른과 같은 수준의 힘으로 곤봉을 휘두르기 때문에 위험한 상대다. 또한 《파이어 애로우》라는 원거리 공격이 가능한 고블린 메이지도 등장하고, 오크의 상위체인 오크 치프는 레벨3 이하라면 한 마리만으로 목숨을 걸어야 할 정도로 위험한 몬스터다.

리스크를 피해 여러 사람이 파티를 맺는다면 오크 치프라도 비교적 쉽게 잡을 수 있지만, 대신 경험치는 인원수만큼 분산되어 감소한다. 그리고 몬스터가 리젠되는 장소를 자주 찾아다녀야만 한다. 그렇다면 더 깊은 층으로 가서 경험치를 많이 주는 적을 쓰러뜨리면 된다고 생각할지도 모르겠지만, 당연하게도 몬스터도 강해지고 리스크도 커진다.

우리 아버지도 그렇지만 일반 모험가가 레벨4에서 막히는 사람이 많은 건 그런 이유 때문인 것 같다. 하지만 게임 지식이 있으면 그렇게까지 올리기 어렵지 않을 것이다. 비책도 있고.

"자. 그럼 오크 사냥을 하러 가볼까."

웃차 하는 소리를 내며 일어섰다. 짐을 정리하고 다음 층으로 갈 준비를 하자.

3층에도 찻집과 노점이 몇 군데 있어서 700엔이나 하는 6개들이 타코야키를 집어먹으며 한숨 돌렸다. 음~, 이 가게는 실패군. 밀가루 맛이 많이 나고 안에 든 문어도 작아…….

근처에서 물건을 사며 걸어 다니는 모험가를 보니, 검은 가죽제 방어구를 입고 있는 게 눈에 띄었다. 나도 슬슬 방어구를 갖추는 편이 좋을지도 모른다고 생각하며 타코야키가 들어있던 그릇을 버리고 통칭 '오크 방'으로 향했다.

이 층도 모험가가 많았고, 오크 방 근처의 갈림길까지는 거의 교전하는 일 없이 도착할 수 있었다. 거기부터는 오크 방까지 신중하게 나아갔다. 고블린 방과 마찬가지로 오크 방도 안에서 세 마리가 리젠될 텐데…….

방을 살짝 엿보니 오크 세 마리가 확실히 있었다. 얼핏 보면 인간처럼 보이지만 목이 유난히 두껍고 뒷모습이 땅딸막했다. 그리고 돼지 같은 코로 꾸륵 하고 울어서 가까이에 가면 잘못 볼 일이 없다.

(처음이 중요하겠는데…….)

레벨 업을 해서 나름 묵직한 금속제 무기를 휘두를 수 있게 되어서 오크 세 마리가 상대라고 해도 밀어붙일 수 없는 것도 아니다. 그렇다고는 해도 자칫 잘못하면 포위돼서 두들겨 맞을 위험성도 있다.

그래서 섬광탄을 사왔습니다. 모험가 길드의 상품 코너에서 하나에 5000엔으로 상당히 비쌌지만, 오크를 계속 잡을 수 있다면 충분히 돈값을 할 수 있을 것이다. 필요한 투자라 생각하자.

원래 있던 세계의 섬광탄은 섬광과 폭음이 세트인 게 일반적이지만, 그런 걸 던전 안에서 터뜨리면 폭음 때문에 가까이에 있는 몬스터를 끌어들여 버린다. 때문에 던전용 섬광탄은 거의 무음에 섬광만 나온다.

설명서와 주의사항은 어젯밤에 구석구석 봐둬서 사용법은 괜찮을 것이다. 그런고로 휙.

쉬익 하는 공기가 빠지는 소리가 난 직후, 오크 방에 강렬한 섬광이 일었다. 꾸륵꾸륵 하고 비명을 지르는 오크들. 시각을 잃어버린 사이에 다가가 뒤통수 공격을 가했다.

세 마리 전부 한 번에 잡아 버리면 리젠될 때 동시에 나오게 되니 두 마리는 빈사상태로 만들어두고 시간차를 만들면서 마무리를 했다.

"이건…… 하나에 200엔이었나."

나중에 남은 것은 오크의 마석. 파티를 짰으면 상당한 수를 잡아도 일반적인 아르바이트 시급 이하겠지만, 솔로라면 리스크가 커지는 대신 나름대로 괜찮은 돈벌이가 될지도 모른다.

타이머가 다음 리젠까지 앞으로 30초 남았다는 걸 알려주자, 시간대로 검은 안개가 생기기 시작했다.

서둘러 무기를 쥐고 무방비 상태인 오크에게 다가가 급소에 공격을 가했다. 목이 두꺼워 일격에 쓰러뜨리는 건 어렵지만, 정확하게 첫 공격을 가하면 몸을 못 가누는 몽롱한 상태로 만들 수 있으니 계속해서 연속 공격을 가해서 한 번에 쓰러뜨렸다.

이후에도 문제없이 오크를 계속해서 잡아나가니 이번에는 고블린이 리젠. 지팡이를 들고 있으니 고블린 메이지일 것이다.

고블린 메이지는 《파이어 애로우》를 쏘기 때문에 여럿을 상대로 싸우면 강적이지만, 보고 피할 수 있는 속도라 한 마리라면 그렇게 무섭지 않다. 애초에 내구력은 2층에 있는 고블린과 큰 차이가 없어서 무방비 상태라면 일격에 잡을 수 있는 보너스 몬스터에 불과하다.

"흐읍! 이게 몬스터 레벨4인 건 이득이네."

이러면 레벨5까지는 쉽겠다며 콧노래를 부르면서 오크의 마석보다 큰 마석을 주웠다. 중간중간 휴식을 취하면서 들뜬 기분으로 오크를 20마리 정도 계속 잡고 있으니, 처음으로 상위 개체인 오크 치프가 리젠됐다.

지금까지 했던 것처럼 머리를 노리려고 거리를 좁혔지만, 투구에 더해서 숄더 아머를 차고 있어서 내려치기는 통할 것 같지 않았다. 바로 곤봉을 들고 있는 팔로 표적을 바꿔서 혼신의 일격을 날렸다. 꾸륵 하고 외치는 사이에 세 방 정도 추가타를 가했지만, 그럼에도 견뎌내는 오크 치프. 단숨에 다가붙어 저공상태에서 메이스를 들어 올렸다.

"빨리 마석이 돼라…… 뭐야?!"

빈사 상태인 주제에 백스텝으로 피했다. 오크 치프는 남은 힘을 쥐어짜 무기를 옆으로 휘둘렀……지만, 대미지를 심하게 입었고 사전 동작으로 다 보였다. 몸을 숙여 피한 다음, 일어나는 것과 동시에 가랑이에 메이스를 휘둘러 올렸다.

"꾸…… 르르르르르륵……."

……이 느낌, 수컷이었나. 같은 수컷으로서 이 잔인한 공격은 어떤가 싶었지만, 대의를 위해서는 어쩔 수 없다. 오크 치프는 고간을 잡으면서 털썩 무릎을 꿇고 마석이 되었다.

"상당히 강했어……."

무방비한 상태에 공격하지 않고 준비가 다 된 상태에 이 녀석을 잡으려면 어느 정도의 시간이 걸릴까. 그러는 동안에 고블린 메이지 같은 게 리젠되면 성가시기 짝이 없을 것이다.

오크 치프와 싸울 때는 오래 걸릴 것 같으면 오크 방에서 꾀어내서 싸우는 편이 좋을 것 같다. 다행히 오크의 발은 빠르지 않아 쉽게 도망칠 수 있을 것이다. 다른 모험가도 오크 치프 상대로는 자주 도망치기 때문에 이 층의 몹몰이는 자주 볼 수 있는 명물이라고 한다. 물론 그런 짓을 하면 다른 모험가에게 혼나지만.

무방비한 상태인데 한 번에 잡지 못하는 건 STR이 부족한 것도 있지만 이 무기 자체가 약한 탓이기도 할 것이다. 좋은 무기를 새로 장만해도 금방 레벨 업해서 과거의 유물이 되니, 레벨이 낮을 때는 여러 종류의 무기를 빌려서 시험해 보자.

아니면 메이스에서 검으로 변경해서 찌르기라는 수단을 늘려 볼까. 메이스는 방어구로 가려진 부분을 공격하면 아무래도 대

TIPS ✒ **몹몰이** : 대량의 적을 데리고 도망치는 것. 이 상태로 몹을 몰고 있는 플레이어가 죽거나 도주에 성공하면 목표를 잃은 몬스터가 날뛰어서 주위 플레이어를 말려들게 하기 때문에 최악의 비매너 행위로 여겨진다.

미지가 약해진다. 원래 배트밖에 없어서 메이스를 선택했을 뿐이니, 내일은 기분 전환 삼아 검을 써볼까.

오크 치프가 사라진 흔적을 보니 마석에 더해 숄더 아머가 떨어져 있었다. 나도 모르게 기분이 좋아져서 장비해 버렸는데, 크기가 내 몸에 맞게 리사이즈된 것을 보니 매직 아이템인 것으로 판명됐다. 아차, 이게 벗을 수 없는 유형의 저주 디버프가 딸린 아이템이었으면 위험했다고. 어깨 패드를 차고 학교에 가고 싶진 않다고.

모험가 길드에서 저주를 해제하면 10만 엔이 들었을 것이다. 부주의하게 잘 모르는 아이템을 장비하지 말자…….

모험가 길드에서 만 엔을 내고 아이템 감정을 부탁해 볼까 하고 생각했지만, [뉴비]의 직업 레벨을 7까지 올리면《간이감정》을 배울 수 있다. 돈이 아까우니 그때까지는 기다리자. 고등학생의 주머니 사정은 어렵다.

참고로 직업 레벨이 5가 되면 기본 직업인 [파이터] [캐스터] [시프] 전직이 해금된다. 하지만 그때 전직해 버리면 그 후에 배워야 하는 [뉴비] 스킬을 배울 수 없게 되기 때문에 죽기 살기로 직업 레벨을 최대까지 올릴 생각이다.

무슨 효과가 있는지 알 수 없는 숄더 아머를 오크 방의 구석에 두고 늦게까지 오크 사냥을 계속했다. 하지만 그날은 더 이상 오크 치프는 나오지 않았다.

"어서 와~ 오빠!"

"……그래, 다녀왔습니다."

집에 돌아오니 매고 있던 배낭을 바지런히 들어 짐꾼을 자처하는 내 동생이 있었다. 어라…… 이렇게 충실한 녀석이었나. 뭔가 목적이라도 있는 걸까.

"이거, 던전산 드랍 아이템이지?"

아무래도 배낭에서 튀어나온 숄더 아머가 신경 쓰였던 모양이다.

"오크 치프한테서 나왔어."

"뭐어?! 벌써 3층에서 싸우고 있어? 어떤 파티야? 오빠는 어떤 역할이야?"

너무 달라붙잖아, 진정해.

웃차 하는 소리를 내며 거실의 좌식 의자에 앉아 다리를 뻗었다. 몇 시간인가 사냥을 해서 근육이 조금 뻣뻣했다. 레벨4가 되어 육체 강화의 효과도 나오기 시작했지만, 이 몸은 아직 연약하구나.

"오빠는 솔로로 하고 있어."

"어어?! 솔로? 아…… 혹시 외톨이…….."

"외톨이 아니거든!"

그렇게 불쌍해하는 표정 짓지 마세요. 예쁜 애들이 파티를 맺자고 불러 줬거든. 뭐, 동정하는 느낌이었지만.

"그치만 3층은 오크 같은 게 나오는 곳이지? 아빠도 위험하다는데."

확실히 레벨이 3이하인데 오크를 사냥하는 건 여러 사람이 아니면 힘들 것이다. 설령 레벨4라고 하더라도 매번 무방비 공격, 또는 뒤잡기를 할 수 있는 상황이 아니면 위험한 상황에 빠지는 일도 있을 것이다.

"방법이 있어. 네가 오면 더 좋은 방법도 있는데."

"정말? 오크 같은 것과 싸우는 건 좀…… 무서운데."

5층까지 가면 좋은 레벨링 장소가 있다. 그 방법은 이 세계에서도 먹힐까.

"소타~, 밥 먹기 전에 목욕하고 와."

"네~."

오늘은 느긋하게 쉬고 내일의 사냥에 대비하도록 할까.

▼//////////////////////////

"아자, 레벨5! 동시에 《감이감정》도 배웠다고!"

연일 던전을 방문해 오크를 계속 잡았다. 이만 돌아갈까 하고 생각했을 때 겨우 레벨이 올랐다. 의외로 빨리 오른 이유는 고블린 메이지가 많이 리젠되고, 무기를 검으로 바꿔 효율이 올라 근처의 오크도 사냥할 수 있었기 때문이다. 고전한 오크 치프는 첫날에 한 마리만 나왔다. 어쩌면 상당한 레어 몬스터였을지도

TIPS / **뒤잡기** : 적의 배후에 다가가 치명적인 일격을 가해 쓰러뜨리는 것.

모른다.

그리고 《간이감정》을 배웠다는 것은 [뉴비]의 직업 레벨도 7이 되었다는 뜻이다. 직업 레벨은 기본적으로 메인 레벨보다 더 쉽게 오른다. 바로 가져온 숄더 아머와 고블린 메이지가 떨어뜨린 지팡이를 《간이감정》으로 보기로 했다.

"어디 보자. 숄더 아머는⋯⋯ [생명의 숄더 아머], 효과는 방어 +2, HP +5."

흠. 원래 HP가 7밖에 없었던 내 입장에서 보면 상당히 좋은 부류의 방어구일 것이다. HP 보너스가 곱연산이 아니라 합연산인 게 좋았다.

"지팡이는⋯⋯ 이것도 매직 아이템인가. [그을린 폐목재 지팡이], 《파이어 애로우》의 위력 +1%, 내구 −80%⋯⋯ 이건 쓰레기이려나?"

금방 부러질 것 같은 지팡이였으니. 하나라도 당첨이었으니 다행이라 생각하자.

그리고 문제의 초기 스킬, 《대식가》를 감정해 봤다. 단순히 배가 고파지는 스킬인 줄 알았는데⋯⋯ 어째 불온한 문자열이 눈에 들어왔다.

"레벨 업 시에 HP와 VIT 상승치에 플러스 보정⋯⋯ 식욕 증대. 그리고 STR −30%, AGI −50%, 마지막 항목은 '???'라서 감정 불가⋯⋯ 으음."

이거 예상 이상의 폭탄 스킬이네. 여러 능력이 너무 많이 딸려 있잖아. 식욕 증대는 예상했으니 제쳐 놓고.

우선 맨 처음의 '레벨 업 시의 스탯 상승치 플러스 보정'이란.

목숨의 생명선인 HP와 방어력·생명력이 올라가는 VIT, 전부 목숨이 달려있는 던전 다이브에 있어서는 가장 중요한 스탯이라 해도 과언이 아니다. 그 스탯에 상승치 플러스 보정이 걸린다는 것은 ―얼마나 보정이 걸리는지 모르겠지만― 훌륭한 능력이라 하지 않을 수 없다.

다음으로 최대 디메리트인 'STR −30%, AGI −50%' ……이건 심각한 문제다.

처음 이 몸에 빙의했을 때는 팔다리가 두꺼움에도 불구하고 힘과 하체가 굉장히 약해서 움직임도 이상할 정도로 완만해 놀랐다. 그래도 이는 전부 운동 부족에 고도비만 때문인 줄 알고 있었다. 그런데 스킬 때문에 능력이 감소됐다면 이 스킬을 지우지 않는 한, 아무리 살을 빼도 핸디캡을 계속 짊어져야 하는 것이다.

지금은 레벨도 올라 문제없이 싸우고 있다.

STR이 저하됐다고 해도 검으로 무기를 바꿔서 공격력에서는 고생은 안 하고 있고, AGI가 반감되었다고는 해도 오크 상대라면 충분히 도망칠 수 있을 정도로는 달릴 수 있게 되었다. 하지만 마이너스 몇 % 정도라면 몰라도 이만한 감소치는 목숨과 직결되지 않을까.

마지막의 '???'라는 항목은 판독하지 못했다. 《간이감정》으로 감정할 수 없다면 상급 직업 클래스급의 능력이라는 뜻이다. 가능하면 디버프가 아니라 좋은 능력이었으면 좋겠다고 기도하는 수밖에 없다.

이러한 사항들을 종합적으로 생각하면 스탯의 플러스 보정이 어느 정도인지, 마지막의 '???'라는 게 무엇인지에 달려있겠지만, 설령 이러한 보정의 내용이 다소 좋더라도 디메리트가 너무 커서 디버프 스킬이라 하지 않을 수 없었다. 게임이라면 죽어도 괜찮으니 스탯 상승치 목적으로 남겨둘지도 모르지만, 현실이 되면 그런 리스크는 짊어지고 싶지 않다.

"적어도 '???' 부분만이라도 뭔지 알고 싶은데…… 길드에 감정을 받으러 가는 것도 싫단 말이지."

상세한 스탯은 상위 스킬인 《감정》이나 감정 아이템이 있으면 알 수 있지만, 현재로서는 그런 스킬과 아이템은 없다. 알고 싶으면 모험가 길드에 있는 감정 장치로 계측해서 단말기의 프로필을 갱신하는 수밖에 없다. 하지만 그렇게 하면 그 데이터는 학교의 데이터베이스와도 공유돼서 레벨과 스탯을 다른 학생의 단말기로도 참조할 수 있게 돼버린다.

갱신하고 싶지 않은 이유는 눈에 띄면 쓸데없는 이벤트가 수북하게 발생할 가능성이 있기 때문이다. 게임의 메인 퀘스트를 감안해 보면, 자존심 센 상위 반이나 상급생, 끝내는 누군지 모를 모험가까지 트집을 잡을 것이다. 귀찮은 일은 일으키고 싶지 않으니 가능한 한 정보 노출은 하지 않을 것이다.

그렇긴 해도 데이터베이스를 갱신하지 않고 감정할 수 있는 곳도 있긴 있다. 던전 10층의 숨겨진 구역에 있는 가게, 통칭

'할머니의 가게'라는 던전 안에 있는 가게다. 거기서는 감정 아이템도 팔고 있고 전직도 할 수 있기 때문에 꼭 가두고 싶은 곳 중 하나로 생각하고 있었다.

이전에 할머니의 가게에 대해 도서실에서 조사한 적이 있는데, 어디에도 적혀있지 않았다. 게임과 똑같다면 존재할 텐데 왜 아무것도 적혀있지 않은가. 현재로서는 정확한 이유는 알 수 없다.

어쨌든 할머니의 가게에 가기 전까지는 감정도 할 수 없으니 《대식가》를 제거한다는 판단도 할 수 없다. 애초에 전직하지 않으면 덮어쓰기 위한 스킬도 배울 수 없으니 지우는 것도 불가능하다. 한동안은 이 이상한 스킬과 함께 가는 수밖에 없다.

"하아…… 여러 가지 의미로 예상을 뛰어넘는 스킬이었는데, 지우고 말고는 상관없이 열심히 레벨을 올려서 10층을 목표로 삼고 가는 수밖에 없네."

당면의 목표는——.

· 다이어트와 근력 운동을 계속한다. 목표 체중 100kg 이하.

· 10층에 있는 할머니의 가게에 갈 수 있도록 레벨 업을 열심히 한다. 목표는 레벨10.

· 감정 아이템을 사서 스탯과 《대식가》를 감정한다.

정도인가.

언젠가는 몰래 숨는 것 같은 짓은 하지 않고 당당하게 다 쓸고 다니고 싶지만, 눈에 띌 것이라면 적어도 고위 모험가로부터 충분히 몸을 지킬 수 있는 정도까지 강해지고 싶다. 이 세계의 고위 모험가는 레벨30 정도니까, 그 정도까지 강해지면 내 마음대로 할 수 있다…… 아니. 나만 강해지면 가족을 노릴지도 모른다. 같이 레벨을 올리는 편이 좋겠지.

뚱땡이에겐 어떻게든 가족은 지킨다고 맹세했으니까.

메이스에서 검으로 바꾼 건 효과적이었다. 방어구를 착용하고 있어도 퍼스트 어택 때 급소를 찌를 수 있으면 오크라도 일격, 또는 치명상을 입힐 수 있어서 이후의 안전성과 회전 효율이 상당히 올라간다. 《대식가》로 인한 STR 저하가 없으면 더 무거운 메이스를 휘두를 수 있었을 것이라며 아쉽게 여겼지만, 그건 생각해도 소용없는 일이다.

현재의 근심거리는 금속제 무기를 들고 있는 몬스터가 늘어나기 시작했다는 것이다. 육체 강화가 있다고는 해도 가슴에 칼이 박히면 상처 없이 넘어갈 수 없을 것이다. 솔로로 활동하고 있는 사람으로서 피탄에 세심하게 주의하려고 마음을 쓰고 있어도, 만일의 경우를 생각한 대책을 짜는 것을 게을리 해서는 안된다.

그런고로 난 지금 방어구를 사러 모험가 길드에 있는 방어구점에 와있었다.

학교의 공방에서도 방어구는 팔고 있지만, 기본적으로 주문 제작이라서 완성될 때까지 시간이 걸린다. 이번에는 당장 갖고 싶어서 기성품을 사러 온 것이다.

방어구점의 입구에는 유리 쇼케이스에 든 풀 플레이트 메일이 장식되어 있었고 조명의 빛을 마구 반사해서 정말 눈에 띄었다. 마수의 가죽과 송곳니를 사용한 가벼운 갑옷과 판타지 금속인 미스릴 합금제 방어구도 있는데 아래에 적혀있는 금액이 무시무시했다. 집도 한 채 살 수 있을 것 같아 덜덜 떨면서 바라보면서 걷고 있으니.

"오오, 형씨. 어떤 게 필요하지?"

수염이 텁수룩하고 앞치마를 두른 산적─ 같은 아저씨가 말을 걸어왔다. 크다…… 그리고 근육이 대단하다. 앞치마에 가게의 마크가 들어가 있으니 점원인가.

"아, 그러니까. 가벼운 방어구 중에서 좋은 게 없을까 해서."

"어느 곳의 방어구가 필요하지? 예산은 어느 정도고."

이야기를 들어보니 가게 주인이라고 한다. 내 나이와 살이 찐 정도를 보면서 '형씨 아직 고등학생 정도인가. 근데 체격이 상당히 좀 그렇네…… 너무 비싼 건 어려울 것 같고……'라며 뭔가 생각했다.

"상반신을 지키는 방어구로 5만 엔 정도 생각하고 있어요."

"그렇다면……."

가게 안쪽으로 가더니 검은 가죽으로 만들어진 재킷과 장갑을 가져왔다.

"이건 마랑의 가죽을 써서 만든 방어구다. 어지간한 나이프 정도로는 관통되지 않고, 무엇보다 몬스터 소재라서 다소의 사이즈 조절 효과도 있지. 그 어깨에 있는 프로텍터도 달 수 있으니 5만 엔이면 싸다고?"

속이고 있는 것 같지는 않지만 바로 《간이감정》으로 물건을 봤다.

　[마랑의 재킷], 방어 +6, 화내성 +5%

　[마랑의 장갑], 방어 +3, 화내성 +3%

　확실히 마랑의 가죽이다. 재킷은 전면과 옆구리를 지켜주고, 뒤는 가죽끈뿐이라 생각보다 가벼웠다. 장갑은 팔과 손목 두 곳을 고정하는 식으로 손등부터 팔꿈치까지 지키도록 만들어져 있었다. 장갑이라기보다는 건틀릿이려나. 게임에서는 그리 멋진 방어구는 아니지만, 실물은 검고 멋있었다. 마음에 들었다.

　"예산이 좀 더 있었으면 아래 방어구도 팔 수 있었을 텐데. 이래 봬도 서비스 해준 거라고."

　지난주에 친하게 지내는 마랑 사냥 파티로부터 대량의 가죽을 싸게 매입해서 마랑 제품은 싸게 팔고 있다고 한다. 던전 6층에 리젠되는 마랑을 잡으면 낮은 확률로 마랑의 가죽을 떨어뜨리는데, 그걸 무두질해서 가공하면 이런 검은 가죽이 만들어지는 것이다.

　"그럼 두 개 주세요."

　"감사합니다! 지금 장비하고 갈 텐가?"

　빌린 검을 들고 숄더 아머에 재킷과 장갑을 장비. 판타지에 나오는 전사처럼 됐나 싶어 기대하며 전신거울을 봤지만…… 비치고 있는 것은 세기말 애니메이션에 나올 법한 악역 엑스트라였다. 이 체형에 멋 같은 걸 기대해서는 안 되겠군. 후우.

　돈이 모이면 아래쪽 방어구도 사러 올까. 모처럼이니 마랑 세트를 갖춰보는 것도 좋을지도 모른다. 게이머라는 존재는 세트 방어구를 동경하는 법이다.

방어구 조정을 받으면서 주인과 잡담을 했다.

최근에는 모험가의 인기가 높아져 던전 공략이 활발해져 던전 산 금속과 광석, 포션 공급이 수요를 따라잡지 못해 값이 올라가고 있는 등, 시장의 가격 변동도 심한 듯했다. 그리고 던전 안의 치안도 나빠지고 있으니 주의하라는 조언과 함께 할인권도 받았다.

그러면, 새 방어구를 샀으니 던전에서 잘 움직이는지 시험해 보자. 신난다!

오늘은 4층에 가고자 한다.

3층까지와는 달리 4층부터는 드물긴 하지만 함정이 나타나게 된다. 함정은 발동하면 일정 시간이 되면 장치가 부활하고 다른 곳에 다시 출현하는 경우도 있지만, 대개 같은 장소에 나타나니 이미 발동했더라도 장소를 기억해 두는 건 유효하다.

재밌게도 '던익'의 함정은 몬스터도 걸린다. 아직 작동하지 않은 함정이 어디에 있는지 알면 몬스터에게도 쓸 수 있는 것이다. 하지만 4층에 있는 함정은 구덩이 함정뿐이다. 구덩이 아래에는 검이나 창 등이 튀어나와 있는 게 아니라 떨어져도 죽지 않고, 발목 삐는 정도의 대미지밖에 안 입는다. 그리고 떨어진 몬스터를 잡으려면 원거리 무기나 마법이 필요하다. 현시점에는 학교의 공방에서 빌린 근접 무기밖에 없으니 함정은 이용하지 않고 평범하게 사냥하기로 했다.

(4층에 도착…… 여기에 오기까지 3시간 가까이 걸렸어. 돌아갈 때는 5층에서 돌아가는 편이 좋겠어.)

5층까지 가면 1층과 왕래할 수 있는 '게이트'를 쓸 수 있게 된다. 게이트를 쓰고 있는 사람은 확인하지 못해서 확실히 쓸 수 있는지 어떤지는 모르겠지만, 그것도 포함해서 돌아가는 길에라도 확인하러 갈 생각이다.

4층 입구의 광장은 천장의 높이가 30m 정도고, 그 천장까지 최대로 쓴 8층짜리 숙박시설이 있다. 그렇다기보다는 끼워 넣어진 것처럼 지어져 있다. 1층은 레스토랑이고 세련된 요금표가 세워져 있었다.

(돼지꼬리정. 1박 4만 엔부터. 토스트 세트가 1500엔…… 너무 비싸잖아.)

단말기로 이 숙소의 입소문을 봤는데 '주변에 있는 저렴한 숙소 수준의 서비스에 이 가격은 아니지!'와 같은 글이 적혀있었다. 목욕을 할 수 있고, 이 숙소에 묵는 것도 던전 다이브 하는 느낌이 들어서 나름의 정취가 있을지도 모르지만, 수만 엔의 장비를 갖추는데 낑낑대는 수준인 나로서는 이용을 참는 수밖에 없다.

그래도 이 숙소에는 관광객이 꽤 들어와 있는 듯했다. 층과 층을 잇는 메인 스트리트를 벗어나지 않으면 입구에서 여기까지 싸우지 않고 안전하게 올 수 있는 데다가 비자와 외국의 모험가 증만 있으면 외국인도 이 던전에 들어올 수 있다. 기념으로 던전에 가는 외국인 관광객도 많다고 들었다.

테라스석에는 외국인 관광객이 드문드문 보였다. 세계에는 수십 개의 던전이 확인됐는데, 일본에는 여기밖에 없어서 던전을 관광하러 온다면 이 던전밖에 없다.

한편 보통 모험가는 숙소에 묵지 않고 광장 가장자리에 텐트를 치거나 자리를 깔고 여러 사람이 뒤섞여 자고 있었다. 뭐, 보통 수만 엔이나 내고 안 묵겠지……

그 외에는 마석 매매소나 분식을 파는 포장마차도 보였다. 오늘은 시간도 늦어졌으니 다른 곳에 들르지 말고 사냥터로 가자.

4층은 3층만큼 붐비진 않았지만, 이 층을 사냥터로 삼고 있는 모험가는 많다. 사람으로 붐비는 광장에서 5층으로 이어지는 메인 스트리트를 걸어 오크 방이 있는 곳으로 향했다. 곳곳이 이미 발동한 함정으로 인해 구덩이가 파여 있었지만, 이 정도로 사람이 많으면 일단 걸릴 일은 없다.

4층의 사냥터가 될 오크 방은 3층과 넓이가 비슷하지만 리젠되는 건 오크 치프, 고블린 아처, 고블린 메이지로 전부 몬스터 레벨 4 이상이다.

고블린 아처는 랜덤 리젠이며, 대신 레벨5인 고블린 솔저가 나오는 경우가 있다. 몬스터 레벨이 5라고는 해도 고블린 계열은 기본적으로 내구력이 낮아 무방비한 상태나 뒤잡기로 퍼스트 어택을 노릴 수 있다면 좋은 상대다.

제일 처음 도착한 오크 방은 파티가 싸우고 있어서 거기서 제일 가까운 다른 오크 방으로 향했다. 살짝 안을 엿보니──.

(……있네. 고블린 아처 두 마리랑 오크 치프인가. 오크 치프는 흉갑을 입고 있어.)

그럼 바로 오늘의 사냥을 시작하자. 섬광탄을 벨트에서 끌러 핀을 뽑아 던져놓고 섬광이 잦아들 때까지 눈을 꼭 감았다.

빛이 사라진 직후에 방에 파고들어 우선 내구력이 낮은 고블린 아처 두 마리의 손발에 참격을 날리고 떨어뜨린 활도 파괴. 두 고블린 모두 숨통은 남겨 놓고, 오크 치프의 옆구리를 한 번 베었다. 비틀거리면서 꾸르르륵 하고 소리치며 무기를 잡았지만 이미 늦었다. 레벨5가 된 내 일격은 묵직하고, 다리가 꼬여 휘청이는 오크의 둔기를 튕겨내고 두꺼운 목을 날려 버렸다. 옆에서 발버둥 치고 있는 고블린을 시간차를 두고 잡고 그제야 한숨 돌렸다.

검을 휘둘러 보고 알았지만, 《대식가》 때문에 STR이 내려간 상태라고는 해도 처음과 비교해서 힘이 상당히 올랐다는 것을 깨달았다.

지금 쓰고 있는 검은 전에 쓰던 메이스와 무게가 거의 비슷하지만, 양손으로 쓰면 휘둘러도 부담되는 일은 없다. 레벨1 때 쓰던 목제 배트를 휘두르는 정도의 느낌이다. 주력도 순조롭게 올라가고 있는지, 아직 100kg를 넘는 뚱보인데도 상당한 속도가 나오게 되었다. 이대로 레벨을 올려 나가면 이 체형으로도 히어로 영화에 나오는 초인처럼 될 수 있을까. 기대되기도 했고 무섭기도 했다.

이번에도 사냥은 순조롭다. 매번 기습이나 무방비한 상태를 노리다 보니, 한 마리를 잡는 데 걸리는 시간이 짧아서 10분 간격으로 리젠되는 몬스터가 세 마리 있어도 여유가 꽤 생긴다. 가까이에 몬스터가 보이면 유인해서 잡거나 뒤잡기를 걸거나 해서 2시간 만에 40마리 정도 사냥할 수 있었다.

도중에 오크 방 주변을 돌던 오크 치프에게 습격당했을 때는 당황했지만, 레벨4였을 때와 비교하면 상대의 움직임이 잘 보이게 되어서, 정작 싸워도 그렇게 고전은 하지 않았다. 레벨1 차이라 하더라도 동체시력이나 육체적인 능력이 종합적으로 강해지기 때문에 전투능력 차이도 크다는 걸 실감했다.

결국 고블린 솔저는 마지막까지 나오지 않았다. 3층의 오크 치프도 그랬지만 랜덤 리젠 몬스터 출현율은 게임과 비교해서 상당히 낮은 편인 모양이다. 두 개의 활을 드랍했지만 매직 아이템이 아닌 데다가 너덜너덜하고 활시위도 끊어져 있어서 폐품수집상도 사주지 않을 것이라 판단해 버리기로 했다.

돌아갈 때는 3층으로 올라가지 않고 게이트를 쓸 수 있는지 확인하기 위해 예정대로 5층으로 가기로 하자.

5층에도 매점과 포장마차와 휴게소가 있어서 많은 모험가들이 모여 있었다. 저녁 이 시간에는 자신의 텐트 등을 치고 저녁밥을 하는 파티를 많이 볼 수 있다.

게이트 방이 가까운데 이 광장에서 1박을 한다는 것은 게이

트가 알려져 있지 않거나 못 쓸 가능성이 높은데…… 과연 어느
쪽일까.

내 기억으로는 입구에 있는 광장 왼편으로 1km 정도 가면 게
이트 방이 있었을 것이다. 그곳의 벽에는 기하학적인 도형 같은
마법진이 그려져 있고, 마력을 흘려 등록하면 1층까지 가는 게
이트가 열리고 워프할 수 있게 될…… 것이다.

게이트는 상급 직업인 [소서러]도 똑같은 마법을 배울 수 있
는데 게이트 방은 5층마다 설치되어 있어서 현재로서는 그런 스
킬이 없어도 괜찮다. 뭐, 같은 편에 [소서러]가 있다면 긴급탈출
수단으로 소중히 잘 쓰겠지만.

게이트 방 앞에 도착해서 안을 들여다보니…… 아무도 없다.
그보다 이 부근에도 아무도 없다. 역시 게이트의 존재가 알려져
있지 않은 건가. 그렇다면 고위 모험가는 몇 주, 몇 달이나 들여
서 1층에서 사냥터까지 이동하고 있는 걸까.

알려져 있지 않다면 익명으로 공표한다는 방법도 잠깐 생각했
지만, 하지 말자.

게이트가 알려지면 던전 공략은 분명 극적으로 진전될 것이다.
하지만 동시에 테러리스트와 같은 위험한 무력 조직까지 강화되
어 세계가 더욱 혼란해질지도 모른다. 그렇다면 언젠가 들킨다
고 하더라도 알리지 않는 편이 나을 것이라는 느낌이 들었다.

주위에 아무도 없는 것을 확인하고 벽에 그려진 마법진에 천
천히 마력을 흘려봤다. 그러자 마법진의 홈이 짙은 파란색으로
빛났고, 동시에 어떤 장치가 기동하는 듯한 부웅 하는 짧고 낮

은 소리가 울렸다. 금방 보랏빛으로 구불구불 빛나는 게이트가 열렸다.

"이 세계에서도 게이트는 제대로 쓸 수 있잖아. 그럼, 가볼까."

1층의 게이트 방에는 누군가가 있을지도 모르지만, 이쪽에서는 확인할 방법이 없으니 신경 쓰지 않고 가보기로 했다. 게이트를 빠져나오니 사악 하는 소리가 나고 순식간에 시야가 바뀌었다.

빠져나온 곳은— 뭔가 어둑어둑한 곳이었다.

"어라, 던전 1층이 아니야…… 여긴 학교인가?"

이곳에도 게이트 마법진이 있으니 제대로 된 게이트 방인 듯했지만 마법진이 있다는 것 외에는 학교의 교실과 똑같았다. 하지만 창문은 없었다. 주위를 확인하고 있으니 20초 정도 지나자 게이트가 닫히고 벽에는 마법진 모양의 홈만이 남았다. 그 벽의 반대 방향에는 책상이 산더미처럼 쌓여있었다.

교실과 비슷한 어둑어둑한 게이트 방에서 밖으로 나와 봤다. 생각한 대로 모험가 학교 내부인 듯했고, 계단을 올라가자 본 적 있는 1층 입구가 있었다. 그렇다는 건 게이트 방은 학교의 지하 1층에 있는 건가.

"어떻게 된 거야……? 왜 던전 외부에 게이트 방이 있는 거지."

게임을 할 때도 몇 번이나 게이트에 신세를 졌지만, 던전 바깥으로 나온 적은 한 번도 없었다. 던전의 구조나 시스템이 게임과 다르다는 것은 원래 게임을 했던 플레이어의 이점이 사라지

는 것이라 어쩔 수 없이 계획을 변경해야 할지도 모른다. 이거
골치 아픈 문제가 될 수도 있겠네.

애초에 왜 이런 곳에 게이트 방이 있는 것인가. 인위적으로 만
들어진 건가? 만약 인위적으로 게이트 방을 만드는 기술이 있다
면, 일본은 던전 공략 부문에서 좀 더 리드하고 있어도 이상하
지 않을 것이다.

시험 삼아 한 번 더 돌아가서 구석구석 조사해 봤지만 판단할
만한 재료는 아무것도 찾지 못했다. 음~.

하지만 학교 안에서 시큐리티를 거치지 않고 던전 안에 들어
갈 수 있는 건 즐거운 오산일지도 모르겠다. 가족을 던전에 들
이기 위해 《게이트》 스킬이나 매직 아이템을 준비하려고 했는데
이로써 그 문제는 해결된 셈이다.

매번 인파에 휩쓸리는 정규 입구는 지긋지긋하니 다음부터는
이곳을 몰래 이용하도록 하자.

제12장 ✦ 부활동 권유식

　오늘은 오후 수업이 없고 강당에서 부활동 소개를 한다고 한다. 반 친구들은 어느 부활동에 들어갈지 즐겁게 이야기하고 있었다.

　이 학교의 부활동은 오리엔테이션 때 들었듯이 던전 다이브를 위한 부활동이 메인이다. 검술부나 궁술부 등의 무기를 다루는 부활동과 위자드 연구부나 워리어 연구부 등의 직업을 연구하는 부활동으로 나뉘어져 있다. 그리고 장래에 던전과 관련된 연구자나 장인이 되고 싶은 사람에게는 아이템 제작부와 대장장이부도 인기 있다.

　어쨌든 자신이 지향하는 방향에 있는 선배들과 이야기하고 지도를 청할 수 있다면 이보다 든든할 수가 없을 것이다.

　A반부터 E반까지 1학년 일동이 다시 거대한 강당에 모였다. 정해진 시간이 되자 조명이 꺼지고 학생회 임원인 남학생이 단상에 올라왔다.

　"지금부터 부활동 권유식을 진행한다. 부활동에는 다양한 혜택이 있고 성적에 반영되는 것도 있다. 유망한 신입생은 많은 권유를 받았을 텐데, 이 권유식을 참고해서 선택해 줬으면 한다. 그럼 시작한다."

　E반은 권유 같은 건…… 못 받았다. 반 친구들도 권유를 받은 사람이 있는지 두리번거리고 있었다.

(이건 E반만 따돌림당하고 있는 건가.)

입학하고 며칠이나 지나면 다른 반과도 조금은 교류를 할 줄 알았는데 아무래도 E반은 외부생이라서, 라기보다는 단순히 약자로 여겨지고 있어서 다른 반과의 관계가 굉장히 좋지 않았다. 교류는커녕 싸움을 걸 정도로 깔보이고 있었다. 이는 1학년뿐만 아니라 2학년, 3학년 E반도 마찬가지인 듯했다.

어떤 부활동이든 소개할 때 상위 반만을 보며 열심히 어필했다. E반의 가입을 거절하지는 않지만, 환영하는 느낌은 전혀 들지 않았다.

──그런 가운데.

"E반 신입생 여러분, 저희 제4검술부는 누구든 환영합니다. 스폰서 같은 건 없지만, 다른 부활동처럼 E반이라고 해서 잡일만 시키거나 하지 않습니다. 진지하게 부활동을 열심히 하고 싶은 분, 향상심이 있는 분. 견학만 해도 좋으니 구경해보지 않겠습니까?"

하카마*를 입은 여학생이 이쪽을 보며 권유했다.

저 사람은 주인공의 스토리에서 중요인물이자 서브 히로인이기도 하며 규** 선배라 불리는 2학년 마츠자카 유나 선배. 나중에 아카기와 함께 제4검술부를 이끌고 제1검술부와 대전쟁을 벌이는 대쪽 같은 심성의 여자다.

규 선배의 말에 의하면 지금까지 E반이 상위 반이 운영하는

---

* 기모노의 한 종류로 통이 매우 넓은 하의.

** 일본의 유명 소 품종 중 하나인 마츠자카규(松阪牛)에서 따온 별명

부활동에 들어가도 제대로 연습도 못하고 잡일만 하게 되는 데다가, 괴롭힘당하는 일도 많이 일어나고 있다고 한다. 때문에 E반은 E반 전용 부활동을 만들어 활동을 하게 되었고, 제4검술부도 그런 내력으로 만들어진 부활동이라는 설명을 들었다.

그녀의 말투에서는 부드러운 분위기가 느껴졌지만, 이야기하는 내용은 심각했고 반 친구들도 이 설명을 듣고 다른 반이 들어가는 부활동은 위험하다는 걸 깨달은 듯했다.

"피라미는 피라미끼리 모이라고!"

"하지만 잡일 담당은 필요하잖아."

"그래 그래, 그래도 조금은 단련시켜 줘도 괜찮잖아."

아직 규 선배가 이야기하고 있는데 다른 반에서 야유를 퍼부었다. 선배에 대한 태도가 그게 뭐냐.

(……하아. 이러니 앞으로 강해져서 다시 보게 만드는 이벤트가 잔뜩 일어나지.)

주인공인 아카기도 스토리에서는 이런저런 이유로 상위 반에 트집을 잡혀 결투 이벤트를 자주 일으켰다. 이후에도 A반만 있는 제1검술부에 입부하려다가 'E반'이라는 이유로 문전박대를 당하는 이벤트가 있었을 것이다. 그때 아카기는 규 선배와 E반의 선배들이 있는 제4검술부에 거두어져 제1검술부에 앙갚음하기 위해 필사적으로 노력하게 된다.

그 이벤트를 진행해서 무사히 클리어하면 능력이 비약적으로 향상되는 보너스도 있지만, 그 과정에는 상당한 어둠이 있다. 응원한다고.

"칫…… 던전에 조금 빨리 들어갔다고 되게 우쭐거리네."

같은 반인 마지마는 사족인 만큼 자존심도 세다. 물론 마지마 뿐만 아니라 모두가 실력을 키워 복수하고 싶다고 생각하고 있겠지만…… 현시점에는 E반이 무리를 짓는다고 해도 상위 반에는 이길 있는 건 아니다.

D반의 카리야만 해도 이미 레벨11이고 [파이터] 직업을 가지고 있다. 레벨3 이하의 E반 학생은 한 방에 쓰러뜨릴 수 있을 정도로 강하다.

나도 레벨을 1에서 5까지 올렸는데, 육체 강화를 하지 않은 어지간한 격투가를 쓰러뜨릴 수 있는 정도는 됐을 것이다. 레벨을 1만 올리면 각 능력의 향상폭이 미미하다. 하지만 동체시력, 완력, 체력, 내구력 등 모든 능력치가 올라가기 때문에 종합적인 전투 능력은 크게 상승한다.

반 친구들은 고민에 빠진 것처럼, 또는 분한 듯이 고개를 숙였다. 복수하고 싶어도 실력이 없다.

이 학교에는 투기 대회나 품평회도 있어서 부활동 단위로 좋은 성적을 남기면 반 승진에도 좋은 영향을 주는 시스템을 취하고 있다.

저렇게 노골적인 태도를 취하는 부활동에 들어갈 바에는 E반의 선배들이 세운 부활동에 들어가는 게 무난하게 느껴지지만, A반이 들어가는 부에는 스폰서가 큰돈을 투자하고 있어서 시설도 지도자도 차원이 다르게 수준이 높다. 제1검술부의 부실은 어느 부호의 콘도냐! 라는 생각이 들 정도로 고급스러운 느낌이 굉장했던 걸 기억하고 있다. 그걸 보고 포기하라는 것도 참 가혹한 처사다.

한편 규 선배가 재적하고 있는 제4검술부는 '교내의 부지 안에서 빌릴 수 있는 곳은 없다'며 허가가 떨어지지 않아 교외에 있는 허름한 공동주택의 방 하나를 빌려 겨우겨우 활동하고 있다. 그리고 매직 필드 안에 있는 좋은 연습장은 상위 반이 있는 부활동이 거의 다 확보하고 있어서 제4검술부는 연습 장소를 찾는 것도 상당히 고생하고 있을 것이다. 뭐, 그것도 상위 반과 학생회가 뒤에서 손을 쓰고 있어서지만.

A반 입성을 목표로 입학해서 지금까지 노력해온 E반의 학생들. '어느 부활동에 들어가야 하는가'라는 문제 이전의 문제에 머리를 싸매고 있었다.

즉 팔방이 꽉 막힌 상태다.

환영식이 시작되기 전까지는 그렇게나 즐거워 보였는데, 돌아가는 길에는 답답한 분위기에 휩싸여 있었다. 교실에 돌아와도 대화는 거의 없었다. 얼굴을 가리고 조용히 우는 아이도 있었다.

"얘들아, 이게 맞아? 확실히 지금의 우리는 약할지도 몰라. 어떻게든 이 학교를 바꿔 나가자!"

오오미야가 눈물을 글썽이면서 호소했다. 나도 이런 실력지상주의에 차별적인 학교는 별로야. 게임이었을 때는 그런 설정이구나, 라고 생각하면서 적당히 흘려넘기고 즐겼지만.

"그래도 말이야, 그놈들이 찍소리 못하게 하려면 역시 강해지는 수밖에 없잖아."

"되갚아 주고 싶지만…… 지금의 우리로서는……."

머리카락이 짧은 여자아이가 '반드시…… 반드시 강해질 거야'
라며 손을 꼭 쥐고 말했다.

그렇다고는 해도 상위 반도 필사적이다. B부터 D반의 학생들
도 호시탐탐 A반 입성을 노리고 노력하고 있다. 상위 반이 중학
교, 고등학교 합쳐서 6년 동안 승부하고 있는 것에 비해서 E반
은 고등학교 생활 3년만으로 따라잡아야만 한다. 게임 지식이
있다면 몰라도 그렇지 않다면 보통 수준의 노력으로는 불가능
할 것이다.

(뭐, E반에는 주인공과 핑크 등 차원이 다른 주인공이나 히로
인도 있고 에이전트도 있는 지극히 특이한 반이다. 내가 뭔가 안
하더라도 이대로 계속 약자 포지션에 머무를 것 같진 않지만.)

"하지만 난 제1검술부에 가볼까 해. 처음에는 인정받지 못하
는 것도 어쩔 수 없지."

역시 산뜻한 미남 주인공 아카기다. 긍정적이네. 역시 나중에
A반 사람만 있는 제1검술부에 돌격하는 건가. 말투가 거칠어지
는 날도 얼마 남지 않았다.

타치기는 아까부터 미간을 찌푸리고 생각에 잠겨있다. 그와
핑크, 카오루가 아카기를 잘 서포트 할 수 있도록 기도해두자.
폭주하면 귀찮으니까.

그리고 현시점에 상당한 실력자이자 미국의 에이전트이기도
한 쿠가가 신경 쓰이는데, 그녀는 자기는 무관하다는 태도를 취

하고 있었다. 턱을 괴고 창밖을 보고 있었다. A반 입성 같은 걸 노리고 있을 리가 없으니 당연한 일이다. 다만 시나리오에 따라서는 움직이는 경우도 있으니 주시해야 하는 인물이다.

"저기저기~. 나루미는~, 어느 부에 들어갈 거야~?"

반의 상황을 멍하니 바라보고 있으니, 앞에 앉아있던 안경소녀 닛타가 말을 걸어왔다. 그녀도 쿠가와 마찬가지로 권유식에 대해서는 크게 신경 쓰지 않는 것처럼 보였다.

"지금 당장 들어야 하는 것도 아니라서 천천히 생각해 볼까 싶어."

"그렇지~. 나도 사실은 제1궁술부에 들어가고 싶었는데~. 어려울 것 같으면 E반 선배가 만든 부활동을 둘러볼까~."

사실대로 말하자면 난 부활동에 들어갈 생각은 전혀 없고 관심도 없다.

모험가 대학에 가고 싶은 것도 아니고, 꼭 A반에 들어가고 싶은 것도 아니다. 부활동에 소속된 사람만이 참가할 수 있는 대회는 있지만, 참가하지 못해도 다소 불리해지는 정도다. 무리하게 부활동에 들어갈 필요는 없는 것이다. 그럴 시간이 있으면 던전에 가서 레벨을 1이라도 더 올리는 게 낫다.

그리고 오늘부터 겨우 효율 좋은 사냥터에 갈 수 있을 것 같다. 잘하면 레벨을 크게 올릴 수 있다. 기대된다.

그런 생각을 해서인지 닛타가 **물끄러미** 내 얼굴을 보고 있다는 걸 알아차리지 못했다.

부활동 권유식 때문에 분위기가 무거워진 교실을 뒤로 하고 오늘도 역시나 던전에 간다.

렌탈 무기와 도구를 확인하고 할 일을 준비하기 시작했다. 집으로 돌아가 멋있는 —그렇게 생각하고 있다— 새 방어구를 입으면 기분도 엄청 들뜬다.

들뜬 기분으로 다시 학교로 돌아와 발소리를 죽이고 살금살금 걸어서 교사 지하 1층에 있는 빈 교실, 다시 말해서 게이트 방에 와봤다. 여전히 어둑어둑하고 아무도 없다.

"그럼, 여기서도 게이트는 쓸 수 있을까?"

지난번에 5층의 게이트 방에서 마력을 등록했으니 여기서 마법진을 작동시키면 5층으로 가는 워프 게이트가 열릴 것이다. 과연 될까…….

손바닥으로 마력을 천천히 반죽하듯이 벽에 방출하자 그려져 있는 마법진이 푸르게 빛나고 낮은 소리를 내면서 게이트가 열렸다.

"발동했네. 게이트가 제대로 기능한다면 다음부터는 매번 여길 쓸까."

던전 안으로 들어가는 일반적인 방법, 다시 말해서 길드 앞 광장을 통해서 가면 어쨌든 많은 모험가들로 혼잡하다. 일요일의 혼잡한 시간대에는 던전에 들어가는 것만으로도 30분이 걸리는 일도 흔하다고 한다. 가능하다면 이 게이트 방을 쓰고 싶었으니 일단 안심이다.

바로 열려있는 게이트를 통과하자. 시야가 구불 하고 일그러지나 싶더니 순식간에 재구축되었다. 단말기로 현재 위치를 확인해 보니 제대로 5층이라 표시되어 있었고, 방의 모습을 봐도 던전 안으로 워프가 성공했다는 걸 알 수 있었다.

이 게이트 방은 6층으로 가기 위한 메인 스트리트의 반대 방향에 위치한다. 그 때문인지 주변에 모험가가 없는 것도 좋았다.

그럼, 5층에서 사냥 시작이다.

평면으로 전개됐던 4층까지의 구역과는 달리 5층 구역은 입체구조로 되어 있어서 곳곳에 계곡이 있거나 흔들다리로 연결되어 있는 등, 상당히 복잡했다.

단말기 상에는 바로 위에서 보는 시점의 평면 맵밖에 표시되지 않기 때문에 입체적으로 뒤얽힌 5층은 단말기의 지도를 의지하면 길을 잃는 경우가 있어서 요지에서 정보를 더할 필요가 생긴다.

지금부터 가는 사냥터도 그런 식으로 뒤얽힌 곳 너머에 있는 흔들다리 중 하나다. 거기에 몬스터를 끌어들인 다음 다리를 끊어서 떨어뜨려, 싸우지 않고 경험치를 얻는 전술이 있다.

당연히 몬스터는 낙하하기 때문에 드랍 아이템을 회수하려면 낙하지점까지 가야만 하고, 다리를 끊어서 떨어뜨린 장소에 따라서는 회수를 포기해야만 하는 경우도 있다.

그리고 이곳 5층에는 숨겨진 보스 캐릭터 같은 존재인 오크 로드가 출현한다. 이 오크 로드는 5층에 리젠됨에도 불구하고, 몬스터 레벨이 10이라 이 주변에 리젠되는 몬스터와 비교하면 훨씬 더 레벨이 높다. 전투력도 현재의 나로서는 상대하는 것도 어려울 정도로 강하며 무기 스킬도 쓴다. 게다가 성가신 것은 《포효》를 함으로써 레벨이 6인 오크 솔저를 여럿 불러들이고, 거기에 더해 주변에 있는 오크 전원의 전투력을 강화하는 흉악한 스킬을 가지고 있다.

5층에서는 오크 로드를 모르는 모험가 파티가 건드려서 사상자가 다발하고 있기 때문에 모험가 길드에서 주의를 환기하고 있을 정도의 몬스터다.

──하지만.

오크 로드의 다리는 그렇게 빠르지 않아 《포효》로 계속해서 오크 솔저를 불러들이는 것을 이용하면 넓은 구역을 뛰어다니지 않아도 대량의 몹몰이를 할 수 있다. 그렇게 모은 몬스터를 상대로 다리를 끊어 떨어뜨리면 큰 경험치 보너스가 있는 오크 로드에 더해서 대량의 오크들을 한 번에 섬멸할 수 있어서 이 이상으로 좋을 수가 없는 상대다.

오크 메이지나 오크 아처 등, 원거리 공격을 할 수 있는 오크는 불러들이지 않는 것도 아주 좋다.

이 구역에서 오크 로드는 동시에 한 마리만 출현하며 잡아도 1시간이 지나야 리젠된다. 흔들다리를 끊어서 떨어뜨려도 함정과 마찬가지로 다리도 1시간 지나면 자동으로 수복되니, 다리가 수복된 정도를 보면 오크 로드가 리젠되는 시간을 알 수 있다. 이곳에는 마치 다리를 끊어 주세요라고 말하는 것처럼 좋은 환경이 갖춰져 있다.

하지만 다리를 끊으려면 몇 가지 확인해야 하는 사항이 있다.

이게 가장 문제인데, 우선 누가 다리를 끊고 있으면 내가 할 수 없으니 목적지의 다리가 끊어지지 않았는지 확인. 어쨌든 게임에서는 플레이어가 너무 많아서 제대로 다리를 끊지 못했으니까.

다만 이 세계에서는 오크 로드가 주의 환기의 대상이라면 다리 끊기는 안 하고 있을 가능성이 높다. 다리 끊기를 하고 있다면 오크 로드는 계속 사냥당해서 오크 로드 방은 항상 텅 비어 있을 것이기 때문이다.

다음으로 흔들다리에서 오크 로드 방까지 가는 길의 함정 확인이다. 몹몰이 중에 구덩이 함정 같은 것에 걸리면 웃을 수 없는 사태가 벌어진다. 좁은 구덩이 속에서 오크 로드와 인파이트를 하는 건 악몽 그 자체다. 그리고 맵을 기억하고 있다고는 해도 헤매지 않고 확실하게 다리까지 갈 수 있도록 단말기로 경로를 봐두는 편이 좋을 것이다.

마지막으로 여러 모험가가 오크 로드 방 주변에서 서성이고 있으면 몹몰이에 휘말릴 가능성이 있으니 주위도 확인해야 한다.

뭐, 전부 확인만 하는 거라 그렇게 어려운 일은 아니다. 빨리 실행에 옮기자.

도중에 고블린 솔저가 몇 마리 있었지만, 모퉁이에서 기다리거나 뒤를 노려 청소하거나 하면서 다리가 끊어지지 않은 것을 확인. 그 후에 맵의 서쪽 끝에 있는 오크 로드 방에 도착.

(주변에 모험가는 없었지. 오크 로드는…… 찾았다. 게임에서 본 오크 로드보다…… 훨씬 더 셀 것 같은데.)

사방으로 20m 정도 되는 방 안에 있는 것은 오크 로드 단 한 마리뿐. 어지간한 오크와는 달리 키는 2m를 족히 넘고, 팔도 터질 것처럼 두껍고, 거대한 곤봉─이라기보다는 통나무─을 쥐고 있었다. 움직이지 않아서 서서 자는 것처럼 보이기도 했다. 가끔씩 꾸륵 하고 혼잣말을 해서 어떤 꿈을 꾸고 있는 것일지도 모른다.

잘됐다. 예상은 하고 있었지만 아무도 오크 로드를 다리에서 떨어뜨려서 잡지 않는 건 행운이다. 이게 가능한 건 5층에 있는 그룹 중에서도 한 그룹뿐이다. 다리에서 떨어뜨려 잡지 못하면 레벨 업이 조금 귀찮아질 뻔했다.

(그럼, 가볼까.)

라이터로 준비해온 폭죽에 불을 붙이고 던져넣었다.

빠방! 빠바방! 하고 큰 파열음을 내는 폭죽. 오크 로드는 무슨 일이 일어났는지 주위를 둘러보고 방 입구에 있던 나와 눈이 마주치자 의기양양하게 씨익 웃었다. 그리고 처음부터 갑자기 《포효》를 발동했다.

《꾸르ㅇㅇㅇㅇㅇㅇㅇㅇㅇㅇㅇㅇ윽》

오크 로드 주변에 다섯 개의 검은 안개가 일제히 나타나 큰 나대*처럼 날이 구부러진 철검과 가죽 갑옷을 장비한 오크 솔저가 차례차례 태어났다.

자, 몹몰이 시작이다!

대량의 몬스터를 데리고 목적지인 흔들다리를 향해 전속력으로 달렸다.

뒤에서 쫓아오는 오크 로드는 다시 《포효》를 사용하여 오크 솔저를 차례차례 불러들였다. 거기에 더해 도중에 리젠된 고블린 솔저도 합류해 몹몰이 승객이 불어났다.

오크 로드는 어지간한 일반적인 오크와 주력이 똑같다는 설정이라 확실하게 도망칠 수 있을 것이라 생각하고 있었는데──.

"우오오! 목숨이 달려있는 몹몰이는 솔직히 너무 무섭다고!"

달리면서 곁눈질로 뒤를 돌아보니…… 날 죽이기 위해 오크들이 흙먼지를 일으키면서 눈에 핏발을 세우고 쫓아오는 게 보였다. 저놈들한테 잡히면 분명 죽을 것이다. 무서워서 식은땀이 멎지 않았고 몸이 움츠러들 것만 같았다.

다시 이를 악물고 다리에 힘을 더 줘서 던전 안을 필사적으로 달리길 1분 남짓. 전방에 목적지인 다리가 차차 보이기 시작했다.

다리는 두 개의 와이어에 매달려 있는 현수교 방식이라 그 와이어를 자르기만 해도 간단히 끊어지는 구조로 되어 있다. 5층

* 찍어서 나무 따위를 자르는 데 쓰는 연장.

에는 이곳 외에도 끊을 수 있는 흔들다리는 많이 있지만, 오크 로드 방과 가깝고 드랍 아이템 회수가 용이한 다리라고 하면 이곳이 최고다. 다른 곳은 멀거나, 고도가 부족하다거나, 회수하기 위해 길을 크게 우회할 필요가 있다.

"이, 이 다리 꽤나 흔들리네."

서둘러 흔들다리를 건너려고 하니 생각보다 많이 흔들려서 미끄러질 뻔했다. 혹시 체중이 너무 무거워서 그런 건가. 가능한 한 신중하고 흔들리지 않도록 서둘러 건너려고 다리 위를 달리고 있으니 오크 집단도 차례차례 다리에 도착했다. 전장 50m, 폭 1.5m 정도의 다리 위에 수십 마리의 오크와 고블린이 몰려와서 아까 전보다 더 흔들리기 시작했다.

몸집이 한층 더 큰 오크 로드가 집단의 선두를 달리고 있었다.

흔들림과 대량의 몬스터에 대한 공포로 움츠러들 것만 같았지만, 오크 로드가 바로 뒤까지 와있어서 우물쭈물할 시간은 없다. '우오오오' 하고 외치는 내 목소리와 '꾸르르륵' 소리를 내며 쫓아오는 오크들의 목소리가 뒤섞여 던전 계곡에 더러운 음색이 메아리쳤다.

심장이 터질 것만 같은 가운데, 몸에 채찍질을 해서 머리부터 건너편에 미끄러져 들어가 어떻게든 다리를 건넜다. 서둘러 허리에 찬 렌탈 나대를 들고 다리를 지탱하고 있는 두 개의 와이어를 힘껏 내리찍었다.

"헤헤헤…… 죽어라!!"

"꾸륵? 꾸르ㅇㅇㅇㅇㅇㅇㅇㅇㅇㅇㅇ……ㅇㅇ……."

다리를 끊을 줄은 전혀 몰랐는지 눈을 휘둥그레 뜨고 떨어지는 오크들. 낙하지점은 80m정도 아래. 이 높이에서의 위치 에너지는 상당해서 일단 살 수 없을 것이다.

10초 정도 지나자 몸에서 열이 솟구쳐 레벨 업의 징후가 나타났다.

"하아하아…… 이거 경험치가 엄청나네, 바로 레벨6인가."

최종적으로 30~40마리 정도 있었을 오크 집단. 더 우위에 있는 상대라서 경험치 보너스가 붙은 오크 로드와 오크 솔저에 더해 고블린 솔저도 많이 섞여 있어서 단 한 번의 다리 끊기로 레벨이 오를 정도로 대량의 경험치를 얻을 수 있었다.

한숨 돌린 후에 살짝 비틀거리면서 일어나 드랍 아이템을 회수하기 위해 오크가 떨어진 골짜기 밑바닥으로 내려갔다. 낙하지점에는 수십 개의 마석 외에 몇 개의 반짝이는 물건이 흩어져 있었다.

"하아…… 이건…… 던전 통화네."

던전 안에는 다양한 종족의 주민이 운영하는 가게가 있다. 어떤 가게든 숨겨진 장소에 있어서 찾기 어렵지만 희귀한 매직 아이템이나 감정 아이템을 팔고 전직도 할 수 있어서 게임에서는 플레이어들의 쉼터 역할을 했다.

그런 특수한 가게들을 이용할 때 주의해야만 하는 점은 일본 엔은 쓸 수 없으며 던전 통화, 혹은 마석으로만 상품을 살 수 있다는 점이다. 마석은 교환비가 낮아 가격이 터무니없이 비싸지기 때문에 던전 통화를 모아서 사는 게 베스트다.

참고로 오크 로드가 떨어뜨린 던전 통화는 동화 세 닢. 한 닢에 1릴이다. 이 동화가 최소 단위이며 은화면 10릴, 금화면 100릴의 가치가 있다. 1릴은 10층 몬스터의 마석과 동등한 가치가 있으니 10층의 숨겨진 상점을 이용할 것이라면 꼭 가지고 있어야 한다.

다음 다리 끊기까지 1시간 가까이 있다. 마석과 동전을 다 주운 뒤에는 가져온 스포츠 드링크를 홀짝홀짝 마시면서 휴식을 취했다. 가져온 돗자리를 깔고 벌렁 드러누우며 숨을 고르면서 쫓겼을 때를 회상했다.

비만에 AGI 반감이라는 디버프 효과를 가지고 있는 나는 주력이 불안해서 주변에 있는 오크로 실험하여 괜찮다고 확신을 얻은 후에 다리 끊기에 임했지만, 생각보다 아슬아슬한 몹몰이가 되었다.

땅울림이 나는 오크 로드의 추격에 예상 이상의 공포를 느껴 몸이 움츠러들 것만 같았다……. 배팅하는 게 자신의 목숨이라는 사실도 실행에 옮기기 전까지 잊고 있었다. 그보다 실감이 나지 않았다. 이런 부분이 게임을 할 때의 던전 공략과 비교해서 난이도가 현격하게 올라가는 큰 요인이라는 것을 다시금 느꼈다.

오늘은 시간을 거의 들이지 않고 사냥터에 와서 앞으로 다섯 번 정도는 다리 끊기를 할 생각이었지만, 단 한 번 한 것만으로도 정신력을 상당히 소모해버려 기진맥진했다. 애초에 비만하고 디버프 스킬을 가지고 있는 풍뎅이는 일반적인 레벨5와 똑같다고 생각해서는 안 될지도 모른다. 제대로 휴식하지 않으면 몸이 못 버틸 것 같네.

한편으로 게임과 똑같이 다리 끊기가 성공한 건 기쁠 따름이다. 이로써 버스가 가능하다는 게 거의 확정됐다.

"내 레벨이 충분히 오르면 가족을 데리고 올까."

다리 끊기. 다리를 끊은 사람에게 거의 모든 경험치가 가기 때문에 내가 오크 로드를 유인해서 레벨을 올리고 싶은 사람이 다리를 끊으면 간단히 버스를 태울 수 있다. 하지만 아까 전과 같은 아슬아슬한 몹몰이는 사고가 일어날 가능성이 있으니, 여기서 착실히 레벨을 올려줘야 한다.

지형과 함정을 이용한 레벨링 장소는 이곳 외에도 몇 곳 더 있는데, 동생은 더 이상 기다릴 수 없는 눈치였으니 다음에 데려와 주자. 아버지도 오랫동안 4층 공략에 애먹고 있다면, 여기서 같이 레벨을 올리는 게 좋을 것이다. 어머니는…… 던전에 관심이 있는지 다음에 물어보자.

"자 그럼, 가는 길에 있는 고블린 놈들을 청소하고 다음 몹몰이도 열심히 해볼까."

가는 도중에 고블린 솔저 몇 마리를 잡아봤다. 이제 고블린이 가하는 공격은 잘 보이고 몸의 움직임도 좋아서 맞을 것 같지가 않았다. 더는 기습하지 않아도 편하게 잡을 수 있는 것 같다.

결국 그날은 세 번의 몹몰이로 체력과 정신력의 한계가 와서 마무리했고 레벨은 7이 되었다.

밤 8시를 넘어서 집에 도착. 레벨 업을 하면 어째서인지 평소 이상으로 배가 고픈 느낌이 든다. 뭔가 먹으려고 거실에 가니, 가족이 다 같이 텔레비전에 열중하고 있었다.

'네, 현재 32층 보스 플로어 앞에 도착한 참입니다. 다만 현장 의 온도가——.'

화면에 비치는 건 던전 속인 것 같은데 무슨 방송이냐고 물어 보니, 이 층을 공략하면 일본 던전 공략 기록 갱신이라 일본 국 민이 크게 주목하고 있는 방송이라고 한다.

32층 공략 중이라는 건 현재 일본 던전 공략 기록은 31층인가.

31층부터는 빙설지대. 원래라면 금속제 갑옷은 온도가 낮아 서 피부에 달라붙어 버리기 때문에 쓸 수 없지만, 내한 장비와 프리스트의 내한 버프로 많은 전위가 금속 중장비를 입을 수 있 다고 리포터가 하얀 입김을 뿜으면서 해설했다.

"오빠, '컬러즈' 클랜이야! 코타로 님이 나오고 있어!"

아무래도 동생이 좋아하는 클랜인 것 같다. 하얀색, 빨간색, 파란색, 노란색, 초록색으로 5색의 세로 줄무늬 클랜기가 트레 이드마크이며 일본 굴지의 던전 공략 클랜 중 하나라며 동생이 눈을 반짝이며 빠르게 말했다.

공략 클랜이란 던전 최전선 공략을 주목적으로 하는 클랜을 뜻한다. 다방면에서 우수한 인재를 많이 갖출 필요가 있어서 클랜의 규모는 필연적으로 백 명 이상으로 커진다. 대기업이나 관료와의 관계도 깊으며 스폰서도 많이 있다고 한다. 일본에는 유명한 대규모 공략 클랜이 10개 정도 있으며, 함께 격전을 벌이고 있다고 한다.

'30분 후에 보스 공략을 개시한다고 합니다. 그때까지 컬러즈의 구성과 경력을 다시 봅시다.'

두꺼운 코트를 입은 리포터가 정보를 정리한 화이트보드를 가리키며 설명했다.

클랜 리더 타사토 코타로는 대단한 미남이며 패션 잡지나 텔레비전 방송에도 자주 나온다. 최근엔 남작 작위를 받았다던가. 젊은 여성층으로부터 절대적인 지지를 얻고 있는 듯하다.

그리고 일본에서 십수 명밖에 없는 상급 직업인 [사무라이]이며 오오타치라 불리는 약 150cm 정도의 장대한 칼이 메인 무기다. 그 칼에는 불꽃 마법이 부여되어 있는지 칼날이 검붉게 빛나고 있었다.

컬러즈는 다섯 명으로 시작한 클랜이며 창설자이자 리더인 타사토는 모험가 학교 29기 졸업생이다. 우수한 학생은 모험가 대학에 갈 줄 알았지만, 그렇게 하지 않고 졸업 후에 바로 모험가가 되어 클랜을 세웠다고 한다. 파죽지세로 공략을 계속해서 현재는 128명이 컬러즈에 재적해 있다. 공략 클랜 중에서는 지금 가장 기세가 좋다던가.

이번에도 구성을 엄선해서 70명으로 던전 다이브를 하고 있다. 게다가 컬러즈에는 다섯 개의 하부 조직도 있으며, 각 조직의 색을 클랜 깃발의 색으로 삼고 컬러즈 승격을 위해 서로 경쟁하고 있다고 한다. 그들을 포함하면 천 명 이상의 큰 집단이 된다고 하니 놀랍다.

그건 그렇고 이쪽 세계의 미디어는 던전 관련 방송이 정말 많다. 매일 어딘가의 방송국이 던전 특집을 하고 있고 유명 모험가가 장르를 불문하고 다양한 방송에 출연하고 있다.

그리고 서점에 가면 모험가나 클랜 전문지가 수없이 놓여 있고, 던전 코너가 상당한 면적을 차지하고 있을 정도다. 클랜 특집과 랭킹 선정 등은 인기 카테고리이며 지금 텔레비전에 나오고 있는 컬러즈는 표지를 장식하는 일도 많다.

"엄마는 사나다 씨가 좋아."

컬러즈의 부리더, 사나다 유키카게. 직업은 [프리스트]이며 후위 전체의 지휘와 철수 판단을 맡고 있는 안경을 쓴…… 미남이다. HP회복, 상태 회복을 수십 명에게 동시에 할 수 있는 지적인 캐릭터로 항상 파란 로브를 입고 있다. 이쪽은 부인에게 열광적인 지지를 얻고 있는 듯하며 우리 어머니도 큰 팬인 것 같다. 확실하진 않지만 아르바이트를 하는 모험가 길드에서 사나다와 그 일파를 응대한 적이 있다나 뭐라나.

"사나다 씨도 멋지지~. 하지만 남자는 역시 야성적인 모습이 제일 중요하다고나 할까……."

"어머, 엄마는 쿨한 모습이 제일이라 생각해."

아이돌에 대해 대화하는 것처럼 됐어. 뭐, 이렇게 강하고 잘생기면 팬도 많이 생기겠지. 던전 공략 최전선에 있으면 수입도 굉장할 테고. 윽…… 안 부럽거든!

"아빠는 쿠노이치 레드가 제일 좋으려나."

쿠노이치 레드. 여성 [시프]만으로 구성된 색기가 가득한 클랜이다. 빨간색에 노출도가 높은 닌자 슈트를 클랜의 제복으로 지정해뒀다. 리더인 미카미 하루카는 가슴이 상당히 크다. 실은 어딘가의 귀족 아가씨라거나 전설의 직업 [닌자]라는 소문이 돌고 있는 수수께끼가 많은 여자라고 한다.

[닌자]는 상급직인 [어쌔신]과 [섀도 워커]의 직업 레벨을 최대까지 올리고 어떤 시련을 통과하면 될 수 있는 최상급 직업이다. 뭐, 쿠노이치 레드에서 귀여워해 준다면 [닌자]가 되어줄 수도 있다. 으흐흐.

"그런 건 컬러즈와 비교하면 쓰레기야, 쓰레기."

"엄마는 그런 상스러운 클랜은 인정 안 해."

아무래도 우리 집의 여성진에겐 쿠노이치 레드의 평판이 좋지 않은 것 같다. 그런 시시한 이야기를 하고 있으니.

'플로어 보스는 언데드 최강의 일각, 리치. 지난 번에는 공략에 실패해서 네 명이 희생되었습니다만, 이번에는 잘 될까요. 일본이, 아니, 전세계가 지켜보고 있습니다…….'

리치인가. 여러 종류의 속성 마법을 다루고 오크 로드처럼 언데드 부하를 소환하는 성가신 몬스터다. 마법 내성이 높고 HP 재생력도 높아서 고화력 물리 공격으로 한 번에 밀어붙이는 게 최선의 공략 방법이었을 건데…… 컬러즈인지 뭔지의 실력이 어떤지 한 번 볼까.

리치가 있는 큰 방은 사방으로 100m 정도이며 천장의 높이도 50m 이상이다. 70명의 토벌대도 여유롭게 들어갈 수 있는 넓이다.

카메라맨은 방송국이 고용한 듯했고, 몇 명의 경호원이 항상 지키고 있다는 걸 알 수 있었다.

컬러즈의 구성은 역시 [워리어]와 [아처]와 같은 물리 어태커가 주체였다. 상대에게 마법이 잘 안 통해서인지 [위자드]는 적은 편이었다. 장비도 내화, 내한, 내뢰로 세 종류의 내성 링을 완비하여 리치 대책에는 만전을 기하고 있었다.

여러 명의 [프리스트]가 마법 저항을 올리는 《안티 매직 I》과 STR이 올라가는 《스트렝스 I》을 돌격 예정인 어태커에게 걸어주고 컬러즈 전체가 바쁘게 움직이기 시작했다.

버프는 효과 시간이 있어서 전투 직전에 거는 게 상식이다. 슬슬 때가 됐나.

'맨 처음에는 [아처]가 돌격합니다. 갑니다.'

'[아처]반, 가자!'

놀랍게도 첫 공격은 [아처]가 하는 모양이다. 리치가 있는 방에 들어가자마자 관통력을 높인 화살 세 발을 동시에 날리는 《트리플 샷》을 십수 명이 일제히 쐈다. 화살을 발사했다고는 생각할 수 없는 두둥 하는 충격음이 리치 주변에 울렸다.

몇 초 후, 대검을 든 [워리어] 20명이 돌격진을 짜고 들려들어 고속 연속 베기인 《딜레이 슬래시》를 잇따라 날렸다. 리치는 거대한 지팡이로 몸을 지키려고 했지만 꼼짝없이 전방위에서 가해지는 대검 스킬을 계속해서 맞았다.

시작은 상당히 유리하게 진행하고 있다고 봐도 좋을 것이다. 첫 공격이 근접 공격이었다면 달려들기 전에 리치가 반응해서 이렇게까지 대미지를 줄 수 없었을지도 모른다.

부리더인 사나다가 감정 아이템을 써서 리치의 현재 상황을 자세히 보고했다. 지금 공격으로 리치의 HP는 3할 정도 깎인 듯했다.

이때 리치는 중얼중얼 하고 말로 표현할 수 없는 주문을 외웠다. 육망성과 이중원을 합친 마법진 문양을 보니 소환 마법이라는 걸 알 수 있었다. 부하 언데드인 '카오스 솔저'를 소환할 것이다.

네 개의 검은 안개가 동시에 나타났고, 중장비에 뒤덮인 스켈레톤의 그림자가 생겨났다. [아처]가 바로 무방비 상태일 때 화살을 쏴서 퍼스트 어택으로 대미지를 가했다.

카오스 솔저는 마법 내성이 있는 타워 실드를 가지고 있어서 리치와 마찬가지로 마법이 잘 안 통한다. 그리고 사정거리가 20m 정도인 참격 《소닉 슬래시》를 날리기 때문에 후위 집단에 접근하지 못하도록 각각의 카오스 솔저 네 마리에 몇 명의 [워리어]가 둘러싸고, [프리스트] 한 명이 서포트로 붙어 대응했다.

지금부터는 지구전이다.

쿨타임이 있는 스킬은 연발할 수 없기 때문에, 개전과 동시에 스킬을 연타한 후에는 통상 공격이 주체가 된다. 컬러즈의 전위는 물 흐르듯이 멤버를 교체하고 공격하면서 리치가 공격 대상을 좁히지 못하게 하는 전술을 썼다.

리치는 다시 처음부터 새로 시작하고 싶은지 주위에 번개 마법을 날려 달라붙는 컬러즈로부터 거리를 벌리기 위해 움직였다. 하지만 컬러즈는 그렇게 하게 두지 않겠다는 듯이 카이트 실드를 든 [워리어]를 앞으로 보내 거리를 좁히는 것을 반복했다.

이때의 최대의 어태커는 쿨타임이 적은 스킬을 많이 가진 [사무라이] 타사토다.

《딜레이 슬래시》와 《트리플 샷》은 화력이 높지만 몇 분부터 10분 정도의 쿨타임이 발생하는 큰 기술이다. 한편, [사무라이]의 공격 스킬인 《거합》이나 《대신(對神)의 검》은 1분 정도 지나면 재사용이 가능하다. 그리고 적의 공격을 간파해서 피하는 《간파》라는 스킬도 있어서 일시적으로 회피탱커로도 기능한다.

[사무라이]라는 직업 자체가 [워리어]의 상위 직업이기도 하기 때문에 《딜레이 슬래시》도 사용 가능하다. 그 공격력은 다른 컬러즈를 압도한다.

'간다! 나, 적을 베는 칼날을 초래하노니! 《대신의 검》.'

'프리스트 1반! 타사토의 HP를 케어해라! 서둘러라!'

칼 중에서도 특히 큰 오오타치에 혼신의 힘을 담아 날리는 타사토의 [사무라이] 스킬, 《대신의 검》. 찰나의 휘두름에 터무니없는 《오라》와 힘이 담겨있다는 걸 알 수 있었다.

TIPS / **회피탱커** : 보통 탱커는 방어력이 높고 방패를 장비한 사람이 상대의 공격을 받아내지만, 회피탱커는 방패를 쓰지 않고 공격을 피해 탱커 역할을 수행한다.

리치도 번개를 두른 지팡이로 타사토에게 반격했지만, 아군 [프리스트]들이 바로 회복 마법을 써서 타사토를 백업했다.

"이러면 된 거 아냐? 소타는 어떻게 생각해."

"HP가 20%이하 남았을 때부터가 승부지. 저 녀석은 **발광**할 거야."

너무나도 순조로운 보스 공략전에 아버지가 승부가 났다고 말했다. 하지만 이 리치는 만만치 않다.

보스에 따라서는 남은 HP가 적어지면 강력한 스킬을 쓰는 '발광'이라 불리는 상태가 된다. 리치 같은 경우에는 HP가 20% 이하가 되면 강력한 광역 암흑 마법《다크 베이퍼》를 쓰는데, 이걸 맞으면 대미지는 물론이고 실명이나 마비 상태 이상이 부여되어 전위가 한 번에 붕괴할 위험이 있다.

발광 상태가 되면 무턱대고 공격하지 말고 아군의 회복과 강화를 우선하며 태세를 정비한 뒤에 단숨에 HP를 깎아내는 게 최선이지만 말하기는 쉬우나 행하기는 어렵다.

'남은 HP 23%! 어태커는 슬슬 암흑 내성 방어구로 바꾸고 대비해라!'

지난번에는 이 발광에 잘 대처하지 못해 전위가 무너져 [워리어] 몇 명이 죽어 버려 어쩔 수 없이 철수하게 되었다고 한다. 이번에는 그 부분에도 만전을 기해 도전하고 있는 듯했다.

'온다! 프리스트 전원, 케어해라!'

'상태 이상이 낫지 않는 분은 신호를 주세요.'

'방어진 구축, 빨리!'

남은 HP가 2할이 된 순간, 리치의 발치에 갑자기 거대한 마법진이 그려지고, 몇 초도 되지 않아 검은 파동이 사방으로 한 번에 확산됐다. 《다크 베이퍼》다.

이에 대항하는 컬러즈는 방패를 든 사람을 전면에 세워 방어진을 구축. 거기에 더해 프리스트 1반이 상태 이상 회복 《큐어》를, 2반이 범위 회복 《서클 힐》을 바로 썼다. 사나다가 남은 프리스트 반을 움직여 전원의 HP를 컨트롤해서 회복이 부족한 어태커를 케어하기 위해 언성을 높였다.

'쿨타임이 끝난 놈부터 스킬을 때려 박아라!'

타사토가 우렁차게 소리치며 리치에게 돌격하여 무기 스킬을 발동. 그런 타사토를 뒤따라 [워리어] 부대가 다시 공격진을 짜서 일제히 《딜레이 슬래시》를 쓸 태세를 취했다.

이날, 일본의 던전 공략 최심부 기록은 32층이 되었다.

리치 공략이 성공하여 어떤 방송이든 긴급 속보로 컬러즈의 위업을 알렸고, 특별 프로그램을 방송하던 방송국은 방송 시간을 4시간이나 연장했다. 32층 공략 리플레이 영상을 방송하면서 전 모험가가 해설을 하고 있었다.

컬러즈의 열렬한 팬인 어머니와 동생도 늦은 밤까지 텔레비전 앞에 달라붙어서 공략 성공을 기뻐했다. 참고로 아버지는 아침에 일찍 일어나야 해서 이미 자고 있었다.

"벌써 12시 넘었으니까 자는 편이 좋지 않아?"

새로운 층 공략으로 전국이 축제 분위기가 된 것에 놀랐는데 방송은 언제까지고 하니 끝이 없다.

"내일부터 쉬니까 괜찮아!"

"어머나, 내일은 일하러 가야 했지."

그러고 보니 물어보고 싶은 게 있었지.

"엄마는 모험가가 될 기회가 있으면 어떻게 할 거야?"

"이미 아줌마니까…… 몬스터와 싸우는 건 어렵지 않을까?"

나이를 생각하면 체력은 내리막. 지금부터 모험가가 된다고 해도 보통은 어렵다고 생각할 것이다. 그래서 던전에서 육체 강화를 하면 안티 에이징 효과가 있다고 하니…… 득달같이 달려들었다.

"왜 그걸 빨리 말 안 하는 거야! 내일 일을 마치고 돌아오는 길에 슬라임 사냥이라도 갈까."

"에에~ 나도 가고 싶어!"

안티에이징 효과가 있다는 사실은 길드 도서관에서 모험가 전문지를 봤더니 적혀있었다. 이 나라의 [성녀]님이 말하길 '젊음의 비결? 그야 던전이지'라고 한다. 거짓말 같으면 [성녀]님한테 말해라. 그보다 2차 대전 전부터 던전에 갔고 지금도 현역이라는데 대체 몇 살일까. 얼굴 노출은 안 되는 건지 연령 미상이다. 뭐, 그건 제쳐 두고.

살짝 애매하게 말하면서 '평범하게 싸우는 건 어려울 것이다, 5층에 좋은 레벨링 장소가 있다'는 느낌으로 말해 봤다. 최전선의 던전 공략을 목표로 한다면 싸움에 익숙해질 필요가 있지만 강해지기만 할 것이라면 버스로 레벨을 올리는 편이 빠르다. 전술이나 지식은 레벨을 올리면서 차차 배워나갈 것이니 시간은 충분히 맞출 수 있을 것이다.

"오빠는 벌써 5층에 갈 수 있는 거야? 너무 빠르지 않아?"

"아빠는 아직 4층인데 모험가 학교는 대단하네."

달력을 보면서 '오빠의 던전 경력은 2주밖에 안 됐지?'라고 말하며 손가락으로 숫자를 세면서 고개를 갸웃하는 동생. 아버지만 하더라도 주말에 파티를 모집해서 10명 가까이 되는 인원으로 느릿느릿 순회하면 레벨 같은 건 안 오르겠지.

레벨이 높아지면 파티를 짜는 편이 압도적으로 효율이 좋지만, 얕은 층에서는 좋은 사냥터를 확보해서 솔로 혹은 페어로 레벨을 올리는 편이 효율이 좋다. 게임 지식이 필요하지만.

"엄마는 일이 있으니까 시간이 있을 때 하고. 카노랑 간다고 치면 모레인 일요일이겠네. 내일은 안전하게 버스하기 위해서 레벨을 좀 더 올리고 싶어."

"아싸~! 근데 어떻게 던전에 들어가? 모험가증 같은 건 없어."

"그래, 카노는 아직 14살이잖아. 모험가 길드도 허가하지 않을 거야."

던전은 국가가 입장도 엄격하게 관리하고 있다. 게이트는 일반적으로 알려지지 않은 것 같으니 보통은 들어갈 수 없을 거라고 생각할 것이다. 애초에 던전 공략에 게이트를 쓰지 않는 것도 좀 어떤가 싶지만.

"좋은 방법이 있어. 거긴 괜찮으니까 안심해."

"아싸~!"

"그래? 하지만 위험하면 무리하면 안 된다."

그런 말을 남기고 어머니는 잠들었다. 텔레비전에서는 계층 공략 성공을 기리는 방송이 이어졌다.

"그러고 보니 컬러즈는 돌아오면서 또 보스를 잡으면서 돌아오는 걸까."

"플로어 보스는 한 번 잡으면 더는 나오지 않거나 다른 곳에 리젠되니까, 층을 이동하기만 하는 거라면 잡을 필요는 없어."

"그렇구나."

5층에 있는 오크 로드도 초기에는 플로어 보스였다. 그런 걸 레벨5 전후의 [뉴비]가 제대로 잡으려고 한다면 상당한 인원이 필요할 것이다. 뭐, 다리 끊기를 하면 편하지만.

"그럼, 일요일 기대할게. 오빠 잘 자."

"그래, 잘 자."

그럼 나도 이를 닦고 잘까. 그렇다고는 해도 역시 그 던전 공략을 본 뒤부터 피가 끓어서 잠이 올 것 같지가 않았다……

침대에 누워서 떠올렸다. 그건 틀림없이 목숨을 건 아슬아슬한 싸움이었다.

누구도 잡은 적 없는 플로어 보스 공략, 그리고 미도달 계층 공략은 게임을 할 때도 일대 이벤트였다. 강대한 몬스터를 상대로 싸우는 모습은 던익 플레이어 선망의 대상이며 가장 자주 화제가 되었다.

플로어 보스는 그 층에서 나오는 일반적인 몬스터보다 훨씬 강하며 몇 사람으로 구성된 파티만으로 잡는 것은 지극히 어려운 일이다. 다만 잡지 않으면 다음 층으로 갈 수 없다.

때문에 게임에서는 수많은 클랜이 합동으로 플로어 보스에게 도전하고는 깨졌고, 트라이&데스의 반복으로 공략을 진행했다. 내가 이쪽 세계에 오기 직전에는 100층 공략 멤버를 모집하는 클랜으로 크게 북적였던가.

하지만 아까 전에 텔레비전에서 방송한 그 싸움은 게임과는 차원이 달랐다. 자신과 동료들의 목숨을 걸고 도전하고 몸부림치는 모험가들의 모습이 있었다.

컬러즈는 옆에서 보면 화려해 보이지만 무수한 실패를 경험하고 상상 이상의 압박감과 공포에 계속 저항하고 있다는 걸 쉽게 상상할 수 있었다. 이 세계에서는 트라이&데스 같은 건 결코 허용되는 행동이 아니기 때문이다.

나도 오크 로드 몹몰이로 통감했지만 게임과 똑같은 감각으로 던전 공략 플랜을 생각하는 건 빨리 수정할 필요가 있다.

그건 그렇고. 리치전을 보고 몇 가지 안 것이 있다.

우선은 스킬의 매뉴얼 발동에 대해서.

영상만 봤을 때 그들은 오토 발동만 했고 마법진을 그리거나 스킬 모션을 섞거나 하는 매뉴얼 발동은 한 번도 쓰지 않았다. 텔레비전에 나오니까 보여주지 않았다고 생각하기는 어렵다. 매뉴얼 발동이 있으면 쿨타임을 더욱 단축할 수 있고 스킬 위력도 더 커진다. 그렇게 아슬아슬한 싸움을 하는데, 보통은 힘을 아끼거나 하지는 않을 것이다.

그렇다면 매뉴얼 발동은 이 세계에 알려져 있지 않거나 어떤 제약이 가해져 엄중하게 은폐, 관리되고 있다고 생각할 수 있을 것이다. 어느 쪽인지를 고르면 전자일 가능성이 높은가.

직업에 대해서도 알아낸 것이 있다.

엄호 회복직은 중급직인 [프리스트]에서 멈춰있다. 컬러즈에는 [프리스트]가 그렇게나 있었음에도 불구하고 상급 직업인 [클레릭]은 한 명도 없었다. 사나다라는 청년도 [클레릭]에 도달하지 못했다. 필요 직업 경험치는 리치와 싸울 수 있는 레벨이라면 충분히 모았을 텐데.

탱커 역할도 어태커인 [워리어]에게 방패를 들려주고 시키고 있었다. 그 싸움에서는 같은 중급 직업이라도 [나이트]가 물리,

마법 내성이 둘 다 높고 스킬 면을 생각해 봐도 굳이 뺄 이유가 없다.

그럼 [클레릭]이나 [나이트]의 전직 방법은 알려지지 않은 건가.

[클레릭]에 대해서는 정보가 없어서 모르겠지만, 검색해 보니 [나이트]는 유럽의 일부 국가에서 확인되었다고 한다. 던전 정보는 악용될 위험성이 있어서 민간에는 정보가 충분히 공유되지 않고 고도의 기밀인 경우가 많을 것이다.

예를 들면 [사무라이]는 일본에서만 확인된 상급 직업이다. 이는 일본 정부가 [사무라이] 전직 방법을 국가 기밀로 취급하고 있기 때문이며, 국가가 충성을 받는 대신 유망한 젊은이에게 직업을 부여하는 방식을 취하고 있다. [나이트]도 아마 특정 국가가 일본과 마찬가지로 '특권'이라는 형태로 부여해서 늘리고 있을 가능성이 높다. 어떻게 보면 높은 레벨의 모험가는 국가 전력 취급을 받을 것이다.

알 수 없는 것도 있었다. 왜 리치전에 [성녀]를 투입하지 않은 것인가.

[성녀]의 스킬인 《턴 언데드》는 마법 저항이 높은 리치에게도 큰 대미지를 줄 수 있었을 것이며, 어쩌면 [사무라이]인 타사토를 뛰어넘는 대미지를 줄 수 있었을 것이다. 그리고 광역 회복을 하는 것과 동시에 언데드에게는 대미지를 주는 《생츄어리》가 있으면 네 마리 있었던 카오스 솔저를 상대로 그렇게 고전하지 않았을 것이다.

그리고 무엇보다 중요한 스킬이 사자소생 마법 《리바이브》다.

플로어 보스와 같은 강적과의 싸움에 있어서, 설령 쓸 기회가 없다고 하더라도, 이 소생 마법이 있다는 것만으로도 [성녀]는 필수적인 존재라 할 수 있다.

이 나라에도 [성녀]는 있을 터인데 왜 컬러즈는 협력을 구하지 않은 것인가. 혹시 [성녀]는 컬러즈와 같은 국내 굴지의 클랜조차 접촉할 수 없는 존재인 걸까. 혹은 [성녀]의 존재 자체가 허풍일 가능성도 있겠구나.

정말로 있는지 없는지 지금은 확인할 방법이 없으니 제쳐두고, [성녀]는 핑크가 이벤트를 진행하면 될 수 있는 직업인 것도 문제다.

만약 그녀가 간단히 [성녀]가 되면 일본과 세계는 어떻게 나올 것인가. 게임과 똑같이 간다고 해도 변수가 너무 많아서 예상이 안 된다. 주인공의 [용사]를 포함해서 알려지지 않은 직업이 세계에 어떻게 영향을 끼치는지 알아봐야 할까…….

이 부분은 일본의 [성녀]…… 까지는 아니더라도 고위 모험가를 만나서 이런저런 이야기를 한 번 듣고 판단하고 싶다. 하지만 우선 레벨을 올려 당당하게 만나러 갈 수 있게 되는 편이 좋을 것이다. 지금의 난 레벨7인 [뉴비]에 불과해서 문전박대만 당할 것이다.

어려운 생각을 하고 있으니 금방 졸리는구나…….

어제도 오크 로드 몹몰이를 열심히 해서 레벨은 8까지 올랐다. [뉴비]의 직업 레벨도 최대치인 10이 되어 무사히 《스킬 칸+3》을 배웠다.

현재 스킬 칸은 이하와 같다.

《대식가》

《간이감정》

《비어있음》

《비어있음》

《비어있음》

《스킬 칸+3》은 그 이름대로 스킬 칸을 3개 확장하는 스킬이다. 던익에서는 스킬 칸이 적어서 스킬을 충분히 챙기지 못해 스킬의 취사선택에 고통 받고 있었다. 그래서 이것만큼은 꼭 배워두고 싶었다.

그리고 사실은 지금 [뉴비]에서 싹 전직해서 새 직업을 즐기고 싶지만, 모험가 길드에서 전직하면 단말기 정보까지 수정되어서 현재 레벨이 반 친구들에게 확실하게 들킨다. 10층에 있는 할머니의 가게에 갈 수 있게 될 때까지는 참아야만 한다.

한편 육체 강화는 순조롭다. 처음 몹몰이를 한 레벨5 때와 비교하면 레벨8이 된 현재는 주력이 상당히 올라서 디버프가 딸린 살찐 몸으로도 여유롭게 달릴 수 있었다. 지금 100m 달리기 기록을 재면 어느 정도의 시간이 나올까. 매직 필드 안에서라면 슬슬 올림픽에서 우승할 수 있을 정도의 속도가 나올지도 모른다.

주력이 올라간 건 다이어트가 상당한 페이스로 성공하고 있기 때문이기도 하다. 최근에 깨달았는데 이 몸은 식욕과 마찬가지로 기초 대사량도 이상하게 높아서 필요 섭취 칼로리도 상당했다. 식사를 제한하고 공복의 고통을 참기만 하면 꽤 빠른 속도로 지방을 줄이는 게 가능하다. 체중도 전체적으로 근육이 붙기 시작했음에도 불구하고 곧 100kg 이하로 내려갈 수 있을 정도다. 이대로 다이어트를 계속해 나가고 싶다.

육체 강화와 다이어트를 동시에 진행해서 주력을 극적으로 올릴 수 있었지만, 반대로 생각해 보면 레벨1 때 오크 로드 몹몰이를 했으면 영 좋지 않았을 것이라는 걸 깨달았다. 여기에 막 왔을 때는 바로 5층까지 가서 몹몰이로 편하게 레벨을 올릴까 하는 생각을 했지만, 그 늘어진 몸으로는 제대로 움직일 수 없었을 테고 공포 때문에 주력이 부족해 따라잡힐 가능성도 있었으니 안 하길 잘했다.

그리고 《대식가》에 대한 고찰은 10층에 갈 때까지는 미룬다. 어느 정도로 HP와 VIT에 보정이 들어갔는가, '???'라는 항목이 무엇인지는 계측하면 알 수 있으니 그걸 알아낸 후에라도 삭제할지 말지 판단해도 늦지 않을 것이다. 그때까지는 공복과의 싸움이다.

"물통에 도시락이랑~, 가지치기용 가위랑~, 그리고 과자……

준비됐어~. 이 모습 어때, 이상하지 않아?"

"뭐, 괜찮지 않을까. 그럼 간다."

"정말, 대답이 건성인데! 그래서 어떻게 가는 거야!"

밝은 색의 아노락 후드에 청바지라는 캐주얼한 옷을 입은 동생이 빙글 돌았다. 복장은 움직이기 쉬우면 운동복을 입어도 좋다고 생각하지만, 그런 말은 하지 않았다. 동생의 기분이 급강하할 것이라는 걸 알고 있기 때문이다.

그리고 던전에 들어가는 방법은 물론 학교의 게이트 방에서 들어가는 것이다. 모험가 학교의 정문에서는 경비원이 눈을 번뜩이고 있지만, 샛길 따위는 얼마든지 있다. 통학하는 데 쓰는 큰길에서 벗어나 작은 산에 들어가는 좁은 길을 걸었다.

오늘은 동생에게 버스를 태워 줄 예정이다. 레벨 업 효율과 속도를 생각하면 좀 더 나중에 하는 편이 좋지만, 슬슬 이벤트 아이템을 회수해야 하고 특정 몬스터를 공략하는데 솔로로는 어려운 부분이 나오기에 이참에 가족 모두를 버스 태워서 파티를 짜는 작전을 진행하기로 했다. 주인공의 행동과 선택에 따라서는 이른 시기에 성가신 시나리오에 돌입할지도 모르니 가족도 지금 버스 태워 둬야겠다는 생각도 있다.

"에엑…… 여기서 가는 거야~?"

"바로 빠져나갈 수 있어. 조금만 참아."

학교 뒤쪽의 산길…… 이라는 이름의 짐승들이 다니는 길을 빠져나갔다. 이 주변은 국유지라서 건물은 없다.

원래는 작은 산의 기슭에 던전 입구가 나타나고 이후에 산 대부분을 깎아 세운 학교. 산이 전부 제거된 것은 아니라 뒤쪽은 아직 경사가 져 있는데 거기로 학교에 들어갈 계획이다. 봄이 되어 풀도 자라 조금 걷기 어려웠지만 지나가지 못할 것도 없었다. 몇 분 만에 빠져나와 겨우 학교 부지 안에 들어갈 수 있었다.

"작은 벌레가 꼬였어! 이런 곳을 지나가면 방충 스프레이를 가져올 걸 그랬어!"

"좋아, 아무도 없네…… 교사 뒤쪽으로 들어가자."

퉷퉷 침을 뱉으면서 괴로움에 몸부림치는 동생을 제쳐두고 학교 안의 다른 사람의 눈을 확인하면서 교사에 들어갔다. 비상문을 몰래 열어뒀으니 거길 통해 지하 1층의 빈 교실로 가는 것이다.

"헤에~ 호오~, 역시 천하의 모험가 학교. 우리 중학교와는 돈을 들인 정도가 전혀 달라. 아, 이 트로피 굉장해!"

"야, 진정해. 그보다 서두르라고."

"꺄웃."

두리번거리는 동생의 목덜미를 잡고 계단을 내려와 어둑어둑한 게이트 방에 아무도 없는 것을 확인하고 안으로 들어갔다.

"여긴 어디야~? 이 문양은 뭐야~?"

"지금부터 오빠가 이 문양에 마력을 흘릴 테니까 잘 봐둬."

손에 마력을 모아 천천히 흘려 넣어 게이트를 기동시키자 눈을 휘둥그레 뜨고 놀라는 동생. 가볍게 설명하고 바로 이동하자.

"이 안에 들어가면 5층에 도착해. 따라와."

"그렇게 바로 갈 수 있어? 아, 기다려."

사악 하는 소리가 나고 순식간에 경치가 바뀌고 5층의 게이트 방으로 나왔다. 얼마 안 있어 동생도 뒤에 있는 게이트에서 쭈뼛거리며 나왔다.

"여기 던전 안이야? 벌써 5층이야?"

"그래. 여기서부터는 몬스터가 나올지도 모르니까 내 뒤에서 떨어지지 마."

"알았어~."

가는 길에 고블린 솔저가 있어서 정면에서 두 동강을 냈다. 레벨이 올라서 검의 중량을 올려봤는데 문제는 없는 것 같다.

"그렇게 잡는 거 징그러워…… 여자애를 좀 더 배려하라구!"

"바보야. 앞으로 던전에 다닐 거면 이런 것에 익숙해져야 한다고."

그 후에도 세 마리 정도 청소하고 목적지인 다리 끊기 포인트에 도착. 한참을 꿍얼거리던 동생은 던전 안이 신기한지 벽을 찰싹거리며 만지거나 마석을 손으로 굴리는 등 분주했다.

"여기까지 몬스터를 대량으로 데려올 테니까, 내가 다 건너면 저기랑 여기 있는 두 개의 와이어를 잘라서 다리를 끊어주면 좋겠어."

"그래서 가지치기용 가위가 필요하구나. 근데 끊을 수 있으려나~ 저 줄 두꺼운데."

그리고 보니 이 와이어 꽤 두껍구나. 레벨1의 힘없는 중3 여자도 자를 수 있는지 불안해지기 시작했다.

"……다른 다리로 자를 수 있는지 시험해볼까."

"응."

지금 있는 곳에도 30m 정도 아래로 내려간 곳에도 다른 다리가 있으니 거기서 실험하자. 길은 완전히 포장되어 있지 않아 곳곳에 큰 단차와 바위가 있었다. 동생은 내려오는 데 시간이 걸리는 듯했다. 나도 육체 강화가 없으면 저랬을지도 모른다.

"좋아, 여기 잘라 봐."

"네~. 에잇! 에잇! 딱딱해~."

가지치기용 가위로 5초 정도 힘을 줘서 겨우 하나가 잘렸다. 이 속도라면 몹몰이 중에 두 개의 와이어를 자를 여유 따위는 없다. 나랑 똑같이 나대로 자르라고 해볼까. 근데 나대 같은 걸 다룰 수 있을까……

"점~프 베기! 아, 잘렸다. 지금 건 코타로 님의 필살기 중 하나로……."

"나대로 하면 될 것 같네. 그럼 돌아갈까."

"잠깐! 제대로 들어!"

안전을 위해서 내가 첫 번째 와이어를 자르고 동생이 두 번째 와이어를 자르는 작전으로 갈까. 나도 시험 삼아 가지치기용 가위로 잘라 봤는데 확실히 힘이 필요했다. 나대가 더 자르기 쉬울지도 모르겠다.

다리 부근은 몬스터가 리젠되지 않기 때문에 다른 곳에서 데려오지 않는 한은 안전하다. 동생은 거기서 숨어서 대기하도록 했다. 걱정되는 것은 동생이 어딘가로 하롱하롱 가버릴지도 모른다는 것인데, 그렇게 되지 않도록 몇 번이나 주의해 뒀다.

"그럼 갔다 올 건데……, 그래 그래, 오크를 대량으로 데려올 거니까 겁먹지 마라?"

"괜찮아. 저 줄을 자르기만 하면 되잖아?"

"몇 분 안에 돌아올 테니까 움직이지 마. 그럼 갔다 온다."

"네~, 다녀오세요~."

경로에 있는 몬스터를 청소하고 함정 유무를 확인하면서 오크 로드 방으로 서둘러 갔다. 목적지까지 100m 정도 남은 곳에 다가가보니, 오크 솔저가 배회하고 있었다.

(이상한데?)

이 층에서 오크 솔저는 오크 로드가 불러들인 것 외에는 존재하지 않는다. 자연스럽게 리젠되지는 않는다. 즉, 누군가가 오크 로드가 소환하게 만들었다는 뜻이다.

누가 싸우고 있나…… 아니 잠깐만. 누군가가 쓰러져 있어!

여성 모험가가 배회하고 있는 오크 솔저에게서 숨는 것처럼 벽의 움푹 팬 곳에 등을 기대고 웅크리고 있었다. 숨을 죽이고 가만히 있었다. 아무래도 팔을 다친 것 같았다.

말을 걸려고 해도 오크 솔저가 방해되니 우선은 쓰러뜨리기로 했다. 기습 공격을 노리기 위해 사각으로 돌아서 발소리는 줄이면서 가능한 한 빠른 속도로 달렸다.

오크에게 도달하기까지 5초 남았을 때 내 발소리가 그제야 들렸는지 황급히 뒤돌아봤지만…… 이미 늦었다. 한손 찌르기 자세로 칼끝을 방어구로 보호되지 않는 목에 찔러 넣자 오크 솔저는 소리 없는 비명을 지르며 털썩 고꾸라졌다. 검에 실리는 무게가 리얼하구만.

"괜찮나요."

"큭…… 으으, 저쪽에 본 적도 없는 오크가…… 아직 동료가 안에……."

여자는 팔이 아픈지 몸을 웅크린 채로 얼굴만 들어 이야기했다. 다친 곳을 잘 보니 푸르딩딩하게 부어있었다…… 뼈는 부러졌어도 목숨에는 별 지장 없으려나.

그리고 '저쪽'은 역시 오크 로드 방을 뜻할 것이다. 모험가 길드에서도 주의를 환기하고 있을 텐데 왜 오크 로드를 건드리는 것인가. 뭐, 지금은 그걸 추궁해도 별 수 없다.

"지금부터 상황을 보러 갈게요. 안전한 곳까지 혼자서 걸어갈 수 있나요."

"……그래…… 미안하다. 난 괜찮아. 부디, 꼭 동료를 잘 부탁한다."

그녀는 식은땀을 흘리면서도 간청하듯이 '동료를 도와달라'며 나에게 빌었다. 아직 살아있을 가능성이 있는지 모르겠지만 서두르는 편이 좋을 것 같다.

되도록 발소리를 내지 않고 달려서 살금살금 오크 로드 방 입구까지 이동. 살짝 얼굴을 내밀어 방 안을 들여다보니 피가 어지러이 흩어져 있었다. 시체는 보이는 것만 해도 둘. 생존자는……

아직 있다. 안에 세 명이 서있는 걸 확인할 수 있었다.

오크 솔저는 이미 열 마리 이상 소환되어 있었고 오크 로드를 포함한 집단에 포위되어 있었다. 살아남은 모험가 세 명 중에 탱커로 보이는 사람은 이미 왼팔이 부러져 강한 충격을 받은 것으로 보이는 움푹움푹 패인 방패를 오른손으로 그저 들고 있을 뿐이었다. 뒤에 있는 두 사람은 공포에 질린 나머지 울적해하고 있었다. 아무래도 오크들은 단숨에 죽이지 않고 가지고 놀고 있는 듯했다.

(흐음. 어떻게 할까.)

레벨8이 됐다고는 해도 저 오크 집단에 뛰어드는 건 리스크가 크다. 하지만 못 본 채 해도 양심의 가책이 심하게 느껴질 것이다. 어떻게 할지 고민할 시간도 없다. 꾸물대면 한가함을 주체하지 못한 동생이 주변을 여기저기 돌아다닐지도 모른다. 그것도 위험하다.

(잡을 수 있는 만큼 잡고, 유인할 수 있다면 유인한다. 어려울 것 같으면 도망친다. 이렇게 하자.)

오크 솔저들은 모험가를 괴롭히는 데 열중하고 있는지 이쪽에 주의를 돌리지 않았다. 보아하니 살아남은 모험가들은…… 오크 솔저에게도 못 이기겠지. 일단 두세 마리 줄여볼까.

몰래 발소리를 죽이고 다가가 가장 가까이에 있는 오크 솔저의 목 뒤를 노리고 찌르기. 일단은 한 마리. 뒤돌아본 옆 오크의 왼쪽 옆구리에서 오른쪽을 향해 역사선베기를 먹였다. 고통에 비명을 지르며 쓰러졌지만 아직 죽지 않았다.

그때 오크 로드와 솔저들이 일제히 내 존재를 알아차렸다. 왼쪽에 있던 오크 솔저의 내려치기를 피하고 칼끝을 목에 대고 그었다. 대량의 피가 뿜어져 나왔고, 이걸로 두 마리째다. 바로 아까 전에 쓰러진 오크의 숨통을 끊어 세 마리째.

《꾸르르르르르르르르르르르르륵》

오크 로드의 《포효》로 인해 검은 안개가 나타나고 새로운 오크 솔저가 네 마리 태어났다. 거기에 더해 《포효》의 효과로 인해 주위에 있는 오크 솔저들은 빨간 이펙트를 띠며 공격력이 2레벨만큼 강화되었다.

재밌게 노는데 방해당해서인지 오크 로드가 격분하여 나를 노리고 손에 든 통나무를 휘두르려고 했지만 가까이에 있는 오크 솔저를 맞혀 벽까지 날려 버렸다. 엄청난 파워다.

침입자는 허용하지 않겠다며 두 마리의 오크 솔저가 이쪽으로 돌진하여 혼신의 힘을 담아 녹슨 철검을 내리치려고 했지만─ 난 도망쳤다. 이 이상은 무리다.

"제가 유인할게요! 틈을 봐서 도망치세요!"

꼬리를 말고 도망치는 나를 본 오크들은 한순간 어이없어했지만, 불을 붙인 폭죽을 세 개 정도 오크들에게 던지니 정신을 차리고 차례차례 나를 향해 맹렬하게 대시하기 시작했다.

""""꾸르르르르륵!!""""

"아직 저 물량은 이길 수 없구나, 하지만 유인은 잘 됐어."

오크 로드는 날 쫓아오면서 몇 번이나 《포효》를 발동해서 오크 솔저가 전에 없을 정도로 양산되었다. 흔들다리까지 가는 경로를 지나는 도주는 이미 익숙해져서 몹몰이를 하는 몹들이 흩어지지 않도록 도주 속도를 조정하며 추가로 폭죽을 적당히 던졌다. 좋았어, 다리 끊기 포인트까지 조금만 더 가면 된다.

"여기야~ 오빠! ……히이익."

"로프를 자를 준비를 해둬!"

그야 겁을 먹겠지. 이거 50마리는 가볍게 넘지 않았을까. 역대 최고 기록이라고.

다리는 흔들리지만 중심을 낮춰 하반신으로 가능한 한 흔들림을 없애고 이동하는 것이 가장 안정적이라는 것을 알고 있다. 처음 했을 때와 비교하면 다리를 건너는 기술은 하늘과 땅만큼의 차이가 있었다.

"내가 다 건넌 직후에 잘라야 해. 아직이야!"

"아, 알았어~!"

겨우 다 건너서 가지치기용 가위를 꺼냈다. 하지만 와이어를 자르는 건 좀 더 나중이다.

오크 집단이 20m정도 앞까지 다가와 있었다. 오크 로드의 핏발 선 눈이 보이고 숨소리도 들리기 시작하는 거리. 흔들다리가 크게 흔들려 몇 마리가 떨어졌지만 오크 집단은 아무도 신경 쓰지 않고 나에 대한 살의만 띠고 돌진해왔다.

집단의 뒤를 보니…… 드디어 뒷줄도 다리에 올라선 것 같았다.

"카노, 지금이야!"

"점~프…… 베기!!"

필살기인지 뭔지 모르겠지만 한 방에 와이어를 자르는 데 성공하여 단말마와 함께 떨어지는 오크들. 동생은 '오~ 대어다~'라며 골짜기 밑바닥을 즐거운 듯이 바라봤다.

"상상 이상으로 많았는데…… 아얏, 뭐지? 괴로워…….'"

"레벨 업 증상이구나."

"으읏…… 응? 뭔가…… 힘이…… 넘쳐흘러어어!"

급격한 레벨 업으로 육체 강화가 시작되었고, 그게 끝나자 전능감에 찼는지 팔을 힘차게 붕붕 휘두르는 동생. 레벨1인데 오크 로드와 그 집단을 이렇게 잡으면 레벨이 3이나 4정도는 한 번에 오를 것 같네.

"아직 스킬……《간이감정》은 안 배웠지?"

"《간이감정》? 아, 뭔가 둥실둥실한 느낌이 들어. 이거 세팅해도 되는 거지?"

"돼. 전직은 하지 말고 그대로 [뉴비]의 직업 레벨10까지 올리는 거야."

"네~."

그 말은 지금 한 단 한 번의 몹몰이로 레벨은 5, 직업 레벨은 7에 도달한 건가.

"그러고 보니 오빠. 피를 뒤집어썼는데 무슨 일 있었어?"

"다른 모험가가 아까 전에 본 오크들에게 공격을 당하고 있었어."

원래는 오크 로드를 자극하고 도망치기만 하는 간단한 몹몰이지만, 이번에는 이미 교전 중이라서 몇 마리의 오크 솔저를 쓰러뜨리면서 한꺼번에 유인했다고 이야기했다.

"아마 도망쳤겠지만, 한 번 더 가서 어떻게 됐는지 보고 와야 겠지."

"호에~ 난 어떡할까?"

"내버려 두면 아이템이 사라져 버리니까 같이 가더라도 회수 는 해두자."

내가 봤을 때 오크 로드 방에 있던 오크들은 전부 유인해 냈을 것이다. 구조대를 불렀다면 더 이상 우리가 할 수 있는 일은 없 겠지만, 혹시 모르니 보러 가자.

그 전에 골짜기 밑바닥까지 80m 정도 내려가야만 한다. 살살 내려오던 동생은 자신의 육체가 강화되어 놀라고 있었다.

"뭔가 몸이 엄청 가벼워."

"너무 까불면 굴러떨어진다."

영차영차 소리를 내며 골짜기 밑바닥의 마석이 흩어져 있는 곳까지 내려왔다. 상공을 보니 끊어진 다리가 낭떠러지에 매달 려 있었다.

"대단해~! 이거 얼마야? 아, 이 반짝거리는 동전은 뭐야? 저 기에 아이템이 떨어져 있어!"

"진정해. 마석 같은 건 팔아서 네 장비값으로 쓸 거니까 징수 할 거야."

"네~."

이건…… 유니크 아이템이다. 《간이감정》으로 보니 [오크 로 드의 문장]이라 나왔다. 아인에 대한 공격 대미지 10% 증가, 받는 대미지 10% 감소 효과가 붙은 돼지 마크 배지. 아인은 종류가 많고 심층에서도 나오기 때문에 대아인 특효 아이템은 오래 쓸 수 있다. 게임에서도 오크 로드를 사냥할 때 쟁탈전이 벌어질 정도로 인기 있었던 건 이 배지 때문이기도 했다.

참고로 유니크 아이템은 특정 플로어 보스의 드랍이나 보물 상자에서만 얻을 수 있는 희귀한 아이템이다. 게임에서는 쟁탈전이 벌어지는 경우도 많고 고가에 팔리던 물건이다.

"이 아이템은 너한테 줄게. 《간이감정》으로 봐."

"해볼게…… 에잇! 오오…… 어, 이거 센 거야?"

"호신용으로 달아둬. 그거 꽤 귀중한 거니까 잃어버리지 마."

돈~ 돈~ 이라며 어떤 노래의 가사만 바꾼 노래를 부르면서 덩실거리는 동생. 이거 팔면 안 된다고 주의를 주는 편이 좋겠군.

배지 외에는 마석 수십 개와 던전 통화 3개. 한 번의 몹몰이로 수만 정도는 벌었다는 계산이 나온다. 이것만 해도 먹고 살 수 있는 거 아냐? 와 같은 소시민적인 생각에 홀릴 뻔했다.

"그럼 오크 로드 방을 보러 갔다 올 건데, 카노는 어떡할래?"

"기다리는 것도 심심하니까 같이 갈래!"

오크 로드 방에 가려면 온 길을 되돌아가는 게 가장 가깝지만, 다리를 끊어 버려서 약간 멀리 돌아가는 다른 루트를 지나가야만 한다. 아이템을 전부 회수하고 수분 보충을 한 뒤에 이동하기 시작했다.

도중에 고블린 솔저가 있어서 들고 있던 금속 무기를 쳐서 떨어뜨린 다음에 동생에게 싸움을 경험시켜 봤다. 쥐어 준 나대를 에잇 에잇 하고 휘둘렀지만 좀처럼 치명적인 대미지를 주지 못해 피투성이가 되기만 해서 오히려 징그러워졌다. 공격하고 있는 동생은 울상이었다.

"목 같은 급소를 노리거나 전투능력을 봉쇄할 수 있는 팔이나 다리를 노리는 게 좋아."

어쩔 수 없이 내가 일격에 고블린의 목을 쳤다. 고블린 솔저는 가죽 갑옷을 입고 있어서 막무가내로 공격해도 효과가 별로 없다. 그래도 시간을 들이면 못 잡을 것도 없지만, 다른 몬스터가 난입해서 다대일이 될 위험성도 있다. 언제 어느 때에 몬스터가 나타날지 모르는 던전에서의 전투는 되도록 단시간에 끝내는 게 최고다. 징그러운 것에 내성이 없는 건 익숙해지는 수밖에 없다.

그런 일을 하면서 10분 정도 만에 오크 로드 방 앞에 도착. 방 안을 들여다봐도 아무도 없었는데, 살아남은 모험가들은 무사히 도망친 듯했다. 그런데 그들의 동료의 시체도 없어졌는데 같이 옮긴 걸까. 5층에는 구조대 외에 시체를 옮기는 길드 직원도 있다. 연락해서 도움을 구했을지도 모른다.

"여기에…… 오크 로드가 나오는구나. 흔들다리까지 불러들인 다음에 떨어뜨리면 되는 거야~?"

1시간이 지나면 오크 로드가 리젠되고 다리도 딱 1시간 뒤에

TIPS **난입** : 근처에 있는 몬스터가 전투에 참가하거나 증원을 부르거나 하는 것. 이 경우에 플레이어는 다수의 몬스터를 상대해야만 하는 상황에 빠진다.

자동 수복된다. 다리 끊기로 잡은 경우, 어느 한 쪽을 보면 다음 다리 끊기를 할 수 있는지를 알 수 있다.

함정과 경로에 있는 몬스터 청소, 모험가 유무 등의 주의사항도 가르쳤지만, 그 이상으로 레벨7까지는 주력이 부족할 가능성이 있으니 안 하는 게 좋다는 말도 해뒀다.

"그리고 기본적으로 던전 정보는 극비야. 알려지면 모처럼 좋은 사냥터를 빼앗기거나 나쁜 놈에게 악용당할 가능성도 있어. 정보를 노리고 무서운 녀석들이 위해를 가할지도 모르고."

"알았어~."

"그럼, 오늘은 몇 번 더 해보자. 그러고 보니, 초기 스킬은 뭐 있어?"

나 같은 경우에는 《대식가》라는 스킬이 처음부터 있었다. 일반적으로 초기 스킬이 있는 경우가 드물어서 동생에게 초기 스킬이 없을 가능성이 높았지만, 한 번 물어보니——.

"음, 《간이감정》 외에는 《이도류》라는 스킬이 있어."

"……진짜?"

《이도류》는 [사무라이]가 배우는 엑스트라 스킬로 양손에 각각 무기를 쥐면 공격력, 명중이 크게 상승하고 무기 스킬을 발동할 때는 공격 횟수도 늘어나는 상급 스킬이다. 두 번 공격하는 스킬을 《이도류》로 쓰면 네 번 공격하게 되고 빈틈이 적어지는 특성도 있다.

엑스트라 스킬은 상급 이상의 직업으로 끝까지 전직하고 특수 퀘스트를 완료하여 습득 가능한 스킬이다. 이 세계에서는 처음부터 이런 스킬이 있다는 것은 큰 어드밴티지가 될 수 있다.

왜냐하면 엑스트라 스킬을 배우는 특수 퀘스트를 완료하려면 40층에 가야만 하기 때문이다. 게임을 할 때는 고레벨 플레이어를 따라간다는 수단을 쓸 수 있었지만, 공략 기록이 32층인 이 세계에서는 그것도 불가능하다. 스스로 배우러 가는 수밖에 없다.

컬러즈의 리더 타사토도 [사무라이]이긴 하지만 특수 퀘스트 특성상 《이도류》는 아직 배우지 못했을 것이다. 실제로 공략 방송에 나온 타사토의 메인 무기는 칼 한 자루뿐이었다. 거꾸로 말하자면 타사토는 [사무라이]로서는 아직 불완전한 상태라고 할 수 있다.

《이도류》도 몇 가지 스타일이 있다.

던익 플레이어들 사이에서는 STR을 집중적으로 올려 양손에 각각 양손무기를 장비하는 고화력 스타일과 AGI를 특화시켜 공격 횟수가 많은 스킬을 연발하는 다단 공격 스타일이 주류였는데, 동생은 어느 쪽이 좋은지 넌지시 물어봤다.

"음~, 좋은 무기가 들어오면 그걸로 해보고 싶으려나~."

"시험 삼아서 그 나대랑…… 이 가지치기용 가위로 고블린을 공격해 볼래?"

"《이도류》를 쓰라는 말이야? 할 수 있을까~. 그보다 이 나대, 꽤 무거워서 한 손으로 휘두를 수 있을지…… 아, 되는 것 같아."

날씬한 중3 여자라도 레벨이 5까지 오르면 어지간한 성인 남성 수준이나 그 이상의 완력이 생기니 문제는 없을 것이다. 시험 삼아 아까 전과 똑같이 고블린 솔저와 싸우게 해봤더니 '원래 양손잡이였으니까. 오른손으로도 왼손으로도 글을 쓸 수 있어'라는 말을 하면서 몰라볼 정도의 움직임으로 공격을 퍼부었다.

경이로운 전투 센스를 자랑하는 동생을 앞에 두고 살짝 설 자리를 잃어가는 오빠였다.

버스 도중에 점심시간을 가지고 세 번 정도 몹몰이를 하고 끝냈다. 오늘이 던전 첫날인 동생은 즐거운 듯이 까불며 떠들었지만, 실감이 나지 않더라도 긴장을 할 테고 피곤하기도 할 테니 무리는 최대한 피하고 싶다.

돌아갈 때도 게이트 방을 통해 바로 나올 수 있어서 왕복하는 데는 시간이 거의 걸리지 않았다. 원래 있던 세계에서의 통근 시간도 그랬지만, 이동 시간을 줄일 수 있다는 건 그만큼 시간을 유효하게 활용할 수 있으니 아주 큰 어드밴티지가 된다.

시간을 확인해 보니 아직 오후 2시. 끝내기에는 일러서 모험가 길드의 방어구점에 들러 동생의 방어구를 보기로 했다.

"어서옵쇼~! ……응? 마랑 방어구를 사준 형씨잖아."

"아, 안녕하세요."

전에 왔을 때 마랑 재킷을 팔았던 수염이 텁수룩하고 앞치마를 두른 아저씨다. 오늘은 어쩐 일이냐고 물어봐서 동생이 입을 가벼운 방어구가 없는지 물어봤다. 아직 마랑의 가죽 재고가 있으면 마랑의 흉갑이라도 주문해 볼까.

"잠깐만! 예쁜 게 좋아!'

"예쁜 거라니…… 팔랑거리는 건 가죽이라 무거워질 건데?"

물리공격으로부터 몸을 지키는 것을 상정한 가죽 방어구는 아무래도 두꺼운 가죽을 사용하기 때문에 무거워진다. 어떻게 설득하면 좋을지 생각하고 있으니, 팔랑팔랑한 부분은 천으로 할 테니 플레어 스커트 중에 좋은 건 없냐며 내 동생이지만 참 바보 같은 말을 했다.

팔랑팔랑한 부분은 있으면 방해만 되고, 전투를 하는데 스커트를 입겠다니 무슨 생각이냐고 말하며 말렸다. 아무래도 애니메이션 캐릭터를 참고한 예쁜 드레스 같은 방어구를 가지고 싶었던 모양이다. 애초에 예쁜 것이나 팔랑팔랑한 것 이전에 오빠의 지갑도 걱정해 줬으면 한다.

"뭐, 가죽 방어구라는 건 굳이 말하자면 딱 붙는 느낌이 되겠지. 하지만 아직 레벨1이라면 중량도 상당히 줄여야 하는데……."

"나 이미 레벨6이야!"

"뭐야아?!"

동생은 키가 150cm도 안 돼서 중3치고도 작은 편이다. 게다가 상당한 동안. 그런 여자아이가 레벨6이라는 걸 알자 앞치마를 두른 아저씨는 눈을 크게 뜨고 몸을 젖히면서 놀랐다.

"그, 그렇다면 5kg 정도의 방어구라면 아무 문제 없겠구나."

"카노야…… 오늘은 흉갑과 장갑 정도로 참거라."

"에엥~ 부츠! 부츠도 갖고 싶어! 예쁜 거!"

이래저래 해서 마랑의 흉갑과 장갑 외에 마랑의 니하이 부츠도 사서 오늘 벌어들인 돈은 고사하고 어제 벌어들인 돈도 탈탈 털렸다. 동생은 희희낙락하여 미소를 짓고 콧노래를 부르면서 걸었다.

뭐, 이건 초기 투자다. 앞으로 많이 벌어 주셔야죠. 무기는 학교에서 작은 무기를 두 개 빌리면 되려나. 내 명의로 빌려도 문제가 되진 않을 것이다.

자. 카리야와 아카기가 결투하는 날이 다가오고 있다. 레벨은 제대로 올렸을까. 결과에 따라서는 E반의 분위기가 더욱 침울해지니 힘내줬으면 하는데…… 어떻게 될는지.

―― 하야세 카오루 시점 ――

평소라면 아침 홈룸 5분 전에 도착할 수 있게 등교하지만, 오늘은 특별한 날이다. 일찍 등교할 생각이다.

유우마가 E반의 대표로서 시비를 걸어온 D반과 싸우는 날을 맞이한 것이다.

얼마 전의 부활동 권유식에서 E반의 입지를 알고 모험가 학교생활에 꿈과 희망을 품고 있던 반 친구들이 절망적인 상황에 내몰린 것이 새록새록 기억났다. 바로 회복한 사람은 드물었다. 아직 침울해하는 반 친구들도 많으며 E반에는 무거운 비통함과 앞이 보이지 않는 꽉 막힌 분위기가 감돌고 있었다.

그렇기에 질 수 없다. 더 이상 다른 반에 업신여김당하고 얕보일 순 없다. E반도 할 때는 한다는 걸 알리기 위해서라도, 그리고 우리가 가슴을 펴고 앞으로 나아가기 위해서라도.

요 한 달 동안 늦게까지 던전에 다니며 몬스터를 계속 사냥해왔다. 학교에 있는 시간에는 대인전 트레이닝. 짬이 나면 작전 회의 등, 할 수 있는 일은 전부 해왔다고 생각한다. 그래도 불안은 떨쳐낼 수 없었고, 나도 모르게 부정적인 생각에 빠져들고 말았다. 그런 때는 엄격한 훈련을 떠올리며 시뮬레이션했다──.

카리야라는 남자가 상당한 《오라》를 뿜는 것을 보면 보통내기가 아니라는 것은 알고 있다. 레벨도 지금의 유우마보다 높다는 것도. 그리고 1학년 중에서는 유명한 대검 사용자라는 정보도 나오토가 가르쳐 줬다. E반 학생이 경험한 적도 없을 정도로 수준 높은 싸움을 할 것이라는 건 틀림없다.

그런 상대와 싸운다면 당연히 대책도 없이 갈 수는 없다. 자신의 레벨을 올리는 것은 물론이고 상대의 스타일과 전술을 철저하게 연구하여 이기기 위한 길을 개척해야만 한다.

난 어릴 때부터 검도를 했지만, 대검을 쓰는 사람과 제대로 실전을 치른 적은 없다. 그렇다고는 해도 모험가가 한 시대를 풍미하는 요즘 세상. 대검 사용자가 싸우는 장면을 찍은 동영상은 찾으면 인터넷에 널려 있다. 그런 영상들을 다 같이 보고 연구를 거듭하는 것이다.

대검은 일반적인 한손검과 비교해서 중량도 길이도 많이 다르다. 검도는 죽도를 상대의 정중선에 딱 맞추고 그대로 칠 수 있는 간격까지 거리를 좁히는 전술을 쓰거나 하지만, 질량이 크고 높은 공격력을 자랑하는 대검을 상대로 지근거리에서 정면으로 치고받을 수도 없다.

하지만 대검은 크고 무겁다는 무기 특성상 검을 들어 올린 다음에 하는 공격이 많아 틈을 노리기 쉽다는 약점도 있다. 때문에 카리야전에서 유우마가 취해야 하는 스타일은 필연적으로 카운터 스타일이 된다.

우선은 카리야의 움직임을 보고 어떤 공격 패턴이나 습관이 있는지 알아낼 것. 그러기 위해서는 위치나 간극을 파악하지 못하도록 끝없이 움직여야만 한다.

어느 정도 패턴이 파악되면 공격할 틈을 철저하게 노린다. 그리고 틈을 노릴 뿐만 아니라 틈을 만드는 움직임을 보여 꾀어낼 것. 카운터 스타일은 행동과 공격 스피드를 올리는 것이 중요해진다.

E반에는 유우마의 실력에 맞는 대검 사용자가 생각나지 않아 내가 대검을 써서 연습 상대가 됐는데…… 솔직히 잘 해냈다는 자신은 없다. 레벨이 올라 내 몸도 크게 강화되었다고는 해도 10kg에 가까운 금속 무기를 휘두르는 데는 그에 상응하는 기술력이 요구된다는 걸 알았기 때문이다.

육체 강화로 힘이 세졌다고 해도 내 체중이 느는 것은 아니라 무거운 무기를 휘두르면 중심도 흔들흔들 움직인다. 움직임이 빠른 상대와 싸우는 와중에 대검을 휘두르면서 중심을 안정시키는 것은 난이도가 굉장히 높았다.

한 손으로 100kg의 무기를 가볍게 들 수 있는 힘이 있다고 가정했을 때, 그런 무기를 휘두르려고 하면 자기가 무기에 휘둘린다고 하면 이해가 쉬울까.

그러니 무거운 무기를 휘두르려면 그 무기의 관성에 저항하는 힘과 기술력, 경험이 필요하다. 중심을 안정시키려고 무기를 휘두르는 속도를 늦추면 쉽게 카운터를 당하고, 빠르게 하면 관성이 커져 자신도 무기에 휘둘리고 만다. 유우마와 싸우면서 나도 공부의 연속이었다.

그런 느낌으로 매일 주먹구구로 연습을 계속하고 움직임을 촬영한 영상으로 확인하면서 대책을 세워 어떻게든 모양새가 잡혔다고 생각한다. 유우마도 대검을 상대하는 감은 잡았다고 했으니 조금이라도 도움이 되었다면 다행이다.

하지만 모든 것을 완벽하게 한 것은 아니다.

우선 유우마가 대검의 충격을 제대로 경험하지 못했다는 것. 자유 대련이라고는 해도 유우마를 다치게 할 수는 없었기 때문이다. 결투에서 쓰는 무기는 날을 무디게 했다고는 해도 잘못 맞으면 큰일 난다. 하물며 우위에 있는 사람이 상대라면 더더욱.

그리고 레벨도 생각보다 오르지 않았다. 카리야의 레벨은 단말기의 데이터베이스로는 왜인지 참조할 수 없었지만, 입학식 때의 오라의 양을 보면 레벨10 전후. 게다가 [파이터] 스킬도 소지하고 있을 것이다. 우리도 겨우 전직까지 하긴 했지만, 기본 직업 스킬 획득까지는 못했다.

무기 스킬 대처도 문제다. 아마 《슬래시》라는 소드 스킬을 쓸 것이다. 나는 쓸 수 없어서 영상을 반복해서 보며 상상하기만 했다.

이렇게 부정적인 요소가 있긴 하지만, 그걸 웃돌 정도로 긍정적인 요소도 있다. 유우마는 검술 재능이 향상되는 《검술 마스터리》라는 대단한 성능을 가진 초기 스킬을 가지고 있다. 대인전에 관한 센스나 감도 뛰어나다.

그리고 카리야에 대한 대책도 있다. 그 대책이 잘 먹히면 확실하게 이길 수 있을 것이다. 유우마도 어떻게든 될 것이라며 자신감을 보였으니 괜찮을 것이다. 동료인 내가 그를 믿지 않으면 어쩌겠나.

──그런 느낌으로 대검 사용자와의 전투를 몇 번이고 몇 번이고 시뮬레이션하고 불안에 사로잡혀 스스로에게 괜찮다고 계속 타이른 탓에 잠이 부족한 것을 실감하고 있다. 내가 무슨 생각을 하든 이제 와서 변하는 것은 없는데. 할 수 있는 일은 유우마가 자신감을 가지고 결투에 임할 수 있도록 웃는 얼굴로 배웅해 주는 것뿐이다.

긴 머리칼을 높이 묶고 옷차림새를 체크하고 오늘도 변함없이 소타를 마중하러 갔다. 마중을 하러 간다고 해도 맞은편 집이라 걸어서 10초 거리지만.

노란 바탕에 검은 글자로 '잡화점 나루미'라고 적혀있는 약간 낡은 간판. 그 아래쪽에 있는 나루미가의 벨을 누르자 경쾌한 리듬의 소리가 울렸다.

"안녕하세요. 소타를 데리러 왔어요."

"어머나, 카오루. 잠깐만 기다려~."

계단 아래에서 언제나처럼 '소타~ 카오루가 왔어~'라며 소리치는 쾌활한 나루미 아줌마. 데리러 오는 시간이 약간 빨랐던 탓인지 소타의 동생인 카노와 엇갈렸다. 생글생글 미소를 짓고 말을 걸어봤다.

"카노, 안녕."

"아, 네……."

잠깐 이야기하고 싶었지만 카노는 짧은 말과 가벼운 목례만 하고 바로 나가 버렸다. 서두르고 있었다…… 기보다는 역시 미움받고 있는 걸까. 눈도 한순간밖에 맞춰 주지 않았다.

약간 우울한 기분을 느끼고 있으니 소타가 하품을 하면서 저벅저벅 계단을 내려왔다. 오늘이 무슨 날인지 기억도 못하고 있을 것이다. 정말 긴장감 없는 얼굴이다. 딱히 기대 같은 건 안 해서 아무렇지도 않지만.

"그럼, 가자."

"그래."

언제나처럼 내가 앞에 가고 약간 뒤에 소타가 따라오는 형태의 등교. 평소에는 딱히 할 이야기도 없어서 말을 안 하지만 오늘은 물어보고 싶은 게 있다.

"그러고 보니…… 봤는데."

"뭘."

어제 저녁의 일이다. 오늘 있을 결투에 대해 생각하면서 멍하니 창밖을 보고 있으니 소타와 카노가 걸어가고 있는 걸 봤다. 그때──.

"검은색 방어구를 입고 있었지……."

"검은색? 아아, 마랑의 흉갑 말이지."

그래, 마랑. 6층에 있는 검은 늑대의 드랍 아이템으로 만드는 가죽 방어구. 중급 모험가에게는 메이저한 물건이다. 실은 나도 던전 공략을 위해·각 부위의 마랑 방어구를 갖추고 있었다. 그걸 슬라임을 상대로 고생하는 소타가 입고 있었다는 건 인정해도…….

"그 방어구를 왜…… 카노도 입고 있었던 거야?"

"……."

카노는 현재 중학교 3학년이며 내년에 모험가 학교에 응시한다고 들었다. 던전에는 아직 들어갈 수 없을 텐데, 어째서인지 던전에서 전투하기 위한 방어구를 입고 있었다. 마랑의 장갑이나 흉갑 같은 무거운 것을 평상복으로 입을 리가 없다. 이건 대체 어떻게 된 일인가.

따지려고 하자 소타는 시선을 이리저리 돌리며 얼버무리듯이 엉뚱한 방향으로 고개를 돌렸다. 게다가 서투른 휘파람을 불기 시작했다.

"……그 형편없는 휘파람으로 얼버무리려고 하지 마."

"으힉."

"뭐 숨기고 있어?"

"어어, 사실은……."

여전히 갈피를 잡을 수 없는 설명을 하려고 했다. '내년에 수험을 보니까 지금 가지고 있어도 괜찮다'던가 '내가 입고 있는 것을 보고 갖고 싶어 했다'던가. 가능성이 없는 건 아닐지도 모르지만 구차한 변명이다.

"그럼 왜 카노가 허리에 무기를 차고 있었던 거야……?"

"…………히익."

소타는 땀을 많이 흘리지만, 이 땀이 식은땀이라는 것을 알고 있다. 그리고 이 얼굴은 뭔가를 숨기려고 하는 얼굴이다. 옛날부터 변하지 않았다. 무슨 일이 있으면 감정이 금방 얼굴에 드러나는데 포커페이스로 숨기는 게 성공할 것이라 생각하다니, 우습다.

"아아! 오오미야다! 안녀어어어엉~."

"어, 아, 나루미? 그, 안녕……."

때마침 앞에서 걷고 있던 오오미야를 발견하고 서둘러 달려가는 소타. ……도망쳤네.

오오미야는 누구에게나 상냥하고 지성도 있어서 유우마와는 다른 의미로 반을 이끌어 갈 수 있을 정도의 우수한 학생이다. 그런데 왜 소타랑 같이 있는 일이 많은지 신경 쓰였다. 처음엔 반 친구들이 소타를 기피하는 걸 보고 동정심 때문에 말을 걸었을 뿐이라 생각했는데 그렇지 않았다.

그녀들이 소타를 보는 눈이 없는 건가. 아니면 사실 입학한 뒤부터 소타가 변한 걸까──.

(변했다는 느낌도 들어.)

입학 전보다 확실히 살이 빠졌다. 그렇게나 터무니없는 폭음 폭식을 반복하고 나태해서 움직이려고 하지도 않았는데. 그때를 생각하면 정말 놀라운 일이다.

하지만 얼버무리는 방식이나 도망치는 방식은 역시 평소의 소타였다.

오늘은 평소보다 약간 빠른 등교를 했는데, 그 이유는 교실에
들어가면 일목요연하다. 반 친구들이 아카기의 자리 주변에 모
여 '힘내'라며 격려하고 있었다.

아카기는 어쩌고 있는가 하니, 반 친구 한 사람 한 사람에게
고맙다는 말과 함께 웃으며 대답해 주고 있었다. 중요한 결투
날에도 예민해지지 않고 제대로 대답을 하고 있는데, 이런 게
거물의 그릇인 걸까.

카오루도 교실에 도착하자마자 사람의 무리 속에 들어가 격려
했다. 요 한 달 동안 아카기의 던전 다이브나 연습에 계속 어울
려 주며 늦게까지 노력한 걸 알고 있다. 오늘이라는 날이 걱정
돼서 견딜 수가 없었을 텐데, 그래도 웃으며 응원하니 역시 히
로인이라고 해야 할까.

카오루가 아카기에게 접근해도 뚱땡이 마음이 이전만큼 쿡쿡
쑤시는 일은 없어졌지만, 그래도 아직 상당히 괴롭다. 사람을
좋아한다는 것은 그리 쉽게 체념할 수 있는 일이 아니라고 뚱땡
이가 가르쳐 주고 있다는 느낌이 들었다.

아카기의 무기 거치대에는 천에 든 얇은 무기가 기대어 세워
져 있었다. 속은 안 보이는데 저걸로 싸우는 걸까…… 설마 게
임이랑 똑같은 공략법으로 싸우거나 하진 않겠지. 그렇다고는
해도 그 공략법이 이 세계의 카리야에게 통하지 않을 것 같지도

않지만.

(속에 있는 무기가 그것이라면…… 게임 공략법을 알고 있는 게 되는 건가?)

잠시 사고의 소용돌이 속에 있으니 교실의 미닫이문이 힘차게 열렸다.

"여어, E반의 얼간이들. 그러니까 누구였지, 나한테 대든 쓰레기는……."

카리야와 그 측근들이 갑자기 교실에 쳐들어왔다. 질 리가 없다는, 우리를 완전히 깔보는 눈빛이었다. 교만한 자는 오래 가지 못한다는 말을 해주고 싶다. 한편 아카기도 겁먹지 않았고 싸우고 싶은 것 같았다.

"그래서. 어디서 하지?"

"으응? 아아, 너였나. 방과 후에 투기장 4번 방을 예약해 뒀다. 도망치지 말라고."

"그래 그래, 아카기라는 이름이었지. 카리야 씨, 본보기로 두들겨 팹시다."

같은 학년이고 앞으로 같은 학교에서 노력해야 하는 때인데. 강하다고는 해도 인간이 이렇게까지 저속해질 수 있을까. E반은 아직 던전에 간지 한 달밖에 안 됐으니 레벨이 낮고 약한 것도 당연할 것이다. 입사한 지 몇 년 된 사람이 신입사원과 겨루는 것과 마찬가지다.

"E반 열등생 놈들아! 너희도 꼭 와라. 그리고 너희의 처지가 어떤지 가르쳐 주지."

카리야가 《오라》를 뿜었다. 짜릿짜릿한 분위기가 E반의 교실을 채웠다.

역시 레벨11 정도일까. 데이터베이스에서는 왜인지 카리야의 정보가 보이지 않아 등록되어 있는 레벨은 불명이지만, 게임과 똑같다면 11일 것이다. 《간이감정》은 쓰지 않는다. 쓰면 상대도 썼다는 걸 알아차리기 때문에 쓸 때는 주의해야만 한다.

반 친구들은 강자의 《오라》에 기가 꺾여 몇 명은 고개를 떨궜다. 레벨8이 된 내가 보기에 위압감은 이전과 비교하면 그다지 크지 않았다. 하지만 이렇게 자주 《오라》를 쓰면 참을 수가 없다.

(카리야와 싸우게 되면 레벨7, 8 정도가 커트라인이라 생각하는데…….)

단말기를 봐도 아카기의 레벨은 5라고 표시되어 있었다. 나처럼 레벨을 은닉하고 있을 가능성이 있지만, 만약 레벨이 5라면 상당히 숙련된 플레이어 수준이 아니면 이기는 것은 어려울 것이다. 카리야가 이기면 D반의 잡일 같은 걸 떠맡게 될 것 같으니 아카기가 힘내 줬으면 한다.

점심시간 동안에도 D반의 도발은 계속됐다.

"E반 주제에 우리 반에 맞선다는 게 진짜야~?"

"분수를 모르네~ 카리야한테 이길 수 있을 리가 없는데."

"우리도 E반 토벌에 참가해 버릴까."

"꺄하하, 그거 좋을지도~."

학생 식당에서 E반을 업신여기는 발언을 가까이에서 큰 소리로 하는 D반. [파이터]를 지망하는 같은 반 여자아이가 어깨를 부들부들 떨면서 어떻게든 참고 있었다. 오오미야와 닛타도 다른 이야기로 관심을 돌리면서 달랬다.

아침에 카리야가 방문한 후에 반 친구들끼리 이야기하여 도발이 계속돼도 다 같이 참자는 결론이 나왔지만…… 물론 E반에 있는 모두가 느긋한 건 아닌데.

"짜증 난다고, 너희도 중학교 최하위 반 아니냐고."

사족인 마지마다. 그는 노력가지만 자존심도 세서 불합리한 멸시를 참지 못했을 것이다. 확실히 D반은 내부생 중에선 최하위 반이지만, 외부생인 E반의 실력과 비교하면 그 차이는 크다.

"아아~앙? 이 자식 뭐냐. 지금 바로 패줄까."

"싸울까~? E반 주제에 같은 곳에서 밥을 먹다니, 밥맛이 없어진단 말이지~."

"[뉴비] 주제에 너무 건방져."

당황한 반 친구들이 중재하며 D반 녀석들에게 사과하면서 마지마를 달래기 시작했다. 지금 싸워도 이길 수 있을 리가 없으니 참는 수밖에 없다.

"젠장!"

"우리도 한시라도 빨리 강해지지 않으면 도발이 멈출 것 같지가 않네."

마지마는 솔선해서 E반 강화를 위해 움직여 온 사람이라 조금 딱했다. 이쪽에도 강자가 있긴 하지만, 지금 단계에서는 정식으로 무대에 나올 일은 없다. 나도 시시한 도발 때문에 눈에 띄고

싶진 않고, 던전에 관한 지식을 가지고 있다는 사실이 알려져서
는 안 된다.

그런데 왜 이렇게나 E반을 도발하는 것인가.

카리야뿐만 아니라 D반 전체가 시비를 걸러 온 것처럼 느껴
졌다. 위를 목표로 한다면 아래는 신경 쓸 상황이 아닐 텐데. 뭔
가 목적이 있을 것 같은데…… 게임이었을 때의 카리야 이벤트
는 어땠었지.

메인 스토리는 기본적으로 주인공인 아카기와 핑크의 시점에
서만 서술되어서 스토리에 관여하지 않는 캐릭터와 그 배경에
대해서는 생략된 경우가 많다. 카리야도 초반 중보스 같은 취급
이라 쓰러뜨린 뒤에는 더는 등장하지 않았…… 던 것 같다.

그보다 어드벤처 모드에서 초반 대화 같은 건 거의 다 건너뛰
었고, 금방 잡힐 중보스의 숨겨진 설정 같은 건 일일이 기억해
놓을 정보도 아니었다. 이럴 줄 알았으면 구석구석까지 제대로
읽었을 텐데, 이제 와서는 늦었다.

어쨌든 이렇게 E반을 도발하는 이유는 반드시 있을 테니, 카
리야 이벤트가 끝나고 여유가 있을 때라도 찾아볼까.

그리고 방과 후.

반에 찌릿찌릿한 분위기가 감돌았다.

"어이, 아카기! 그리고 E반 떨거지들! 투기장 4번 방으로 모
여라!"

담임인 무라이 선생님이 홈룸이 끝났다고 알린 순간에 우르르

밀어닥친 카리야의 추종자들. 선생님은 이곳에 있는데도 아무 말도 하지 않고 아무런 관여도 하지 않겠다고 선언하듯이 교실을 뒤로 했다. 혹시 이것도 교육의 일환이라 생각하는 걸까.

아카기는 조용히 무기가 든 포대를 들고 가슴을 펴고 든든한 발걸음으로 교실에서 나갔다. 이런 상황에도 당당한 태도를 취할 수 있다는 점은 E반 학생으로서도 믿음직하다.

"힘내, 아카기."

"보러 갈게!"

"D반 따위는 해치워 버려!"

반 친구들도 투기장으로 줄줄 이동하며 괜찮다, 괜찮다고 서로 말했다. 기대하고 싶은 마음은 이해하지만 솔직히 상당히 불리하다는 생각이 들었다. 그럼 나도 투기장 4번 방인가 하는 곳에 견학하러 가볼까.

투기장은 당연하게도 모든 구역이 매직 필드 안이며, 시설 자체도 육체 강화를 전제한 내구성을 지니고 있다. 내부는 1번부터 4번까지 구역이 나뉘어져 있으며, 1번 방이 가장 크고, 작은 편인 4번 방이라도 수십 명이 연습할 수 있을 정도로 넓었다. 마석을 쓰면 마법 방어 실드를 펼칠 수도 있는 본격적인 훈련 투기장이다.

이 투기장은 보통 많은 부활동이 연습장으로 쓰는데, 4번 방이라고는 해도 하위 반이 결투를 벌인다는 이유 따위로 방과 후에 예약을 할 수 있는 것도 참 이상한 이야기다. 게임에서는 배후에 B반의 두목이 있었던가.

"도망치지 않고 용케 왔구나, 아카기."

"도망칠 생각은 없어."

투기장 중앙에서 마주보는 두 사람. 큰 체격의 카리야가 아카기를 내려다보며 째려봤다. 아카기도 키가 작은 게 아니지만, 190cm를 넘는 키에 근육질인 카리야와 비교하면 체격 차이는 뚜렷했다.

"카리야, E반 따위는 해치워 버려~."

"분수를 깨닫게 해줘, 카리야!'

외야의 야유가 시끄럽다. 그보다 카리야는 인상이 안 좋고 항상 위압적인 태도를 취해 주위 사람에게 겁만 주는 줄 알았는데 D반 학생에게는 의외로 인기가 있었다. 사실 퉁○이처럼 주변 사람을 잘 챙긴다는 설정이 있는 건가.

한편 아카기는 D반의 야유와 도발이 전혀 효과가 없는지 냉정한 표정으로 카리야를 보고 있었다. 꽤나 여유로워 보이는데 레벨은 괜찮을까.

던전에 가보고 안 것인데, 한 달 안에 카리야의 레벨을 따라가는 건 어려우며, 따라서 정공법으로 쓰러트리는 것도 어렵다는 걸 실감할 수 있었다. 던익 플레이어라면 카리야의 전투 스타일을 잘 알고 그에 대한 대책도 있지만, 그렇지 않은 아카기에게는 까다롭게 느껴졌다. 뭔가 작전이 있을까.

양자의 대립이 끝나고 방어구를 장착하러 서로의 진지로 돌아갔다.

방어구로 갈아입기 위해 학생복을 벗는 카리야. 장신일 뿐만 아니라 이제 막 고등학생이 됐다고는 생각되지 않는 몸매. 목부터 어깨에 걸쳐 근육이 부풀어 오른 것을 보니 육체 강화 외에도 상당한 트레이닝을 하고 있다는 걸 알 수 있었다.

장비하려는 것은 곳곳에 금속제 플레이트가 붙은 레더 아머다. 총 중량은 20kg을 넘을지도 모르지만 레벨10을 넘었고 좁은 투기장 같은 장소 한정이라면 행동에 문제가 생기지는 않을 것이다.

꺼낸 무기는 투핸디드 소드라 불리는 양손으로 쓰는 대검이다. 중량은 10kg 이상, 길이도 1.5m 정도. 파고드는 거리와 팔의 길이를 합치면 검의 최대 리치는 3m를 넘는다. 공격 범위를 확인할 때는 주의해야만 한다.

이에 대적하는 아카기는 검은색 마랑제 경갑옷이다. 튼튼하고 가볍고 던전산 소재로 만든 것 치고는 싸서 인기가 많다. 배 부분에 금속 보강이 들어가서 내장을 지키도록 만들어져 있다. 그리고 포대에서 꺼낸 무기는…….

(역시 저건 [스태틱 소드]…… 게임이랑 똑같은 전법을 쓸 생각인가.)

아카기가 꺼낸 것은 가늘고 날카로운 도검. 백소드라고도 불리는 외날의 직도로 레이피어의 도신의 폭을 약간 넓힌 듯한 형상을 하고 있다. 칼날은 무디게 해뒀지만 칼끝은 날카로워서 강화된 힘으로 휘두르면 적지 않은 대미지를 줄 것이다.

문제는 저게 그냥 검이 아니라 매직 웨펀이라는 것이다.

 [스태틱 소드]는 공격력이 높지는 않지만, 명중시킨 상대에게 AGI 저하, 일정 확률로 마비를 추가로 부여하는 효과가 있다. 물론 초반 무기라서 상대의 레벨이 높으면 통하지 않지만, 레벨이 11인 카리야가 상대라면 충분히 통한다. 주인공의 서브 이벤트를 클리어하면 얻는 무기다.

 게임에서의 카리야는 크게 휘두르는 모션이 있는 소드 스킬 《슬래시》를 많이 쓰기 때문에 그에 맞춘 카운터가 공략의 열쇠가 된다. 하지만 레벨 차이가 있으면 그 틈을 찌르는 것조차 어렵기 때문에 AGI 저하+마비가 부여된 무기를 쓰는 공략이 정석이 된 것이다.

 AGI는 이동 속도뿐만 아니라 통상 공격 모션이나 스킬 발동 속도와도 관련이 있는 중요한 파라미터다. 저 검을 명중시켜서 카리야의 AGI를 낮출 수 있다면, 혹은 마비가 성공하면 《슬래시》에 카운터가 들어가기 쉬워져서 카리야 공략 난이도가 격감할 것이다.

 하지만──.

 (저 검을 입수하는 이벤트를 발생시키려면 꽤 성가시게 돌아가야만 할 텐데…… 누가 훈수해 준 건가?)

 처음부터 저 검의 존재를 알고 있다면 카리야 타도를 위해서 노리고 입수 이벤트를 발생시키는 것도 쉽지만, 모른다면 그렇게 간단히 얻을 수 있는 물건이 아니다. 애초에 저 검으로 카리야를 쓰러뜨리는 건 원래 숨겨진 기술 같은 것이다.

게임에서는 실제로 몇 번인가 싸워보고, 시작한 지 한 달 만에 카리야를 쓰러뜨리는 어려움과 자신의 낮은 레벨을 통감하고 효율적으로 레벨 업을 하면서 시행착오를 반복해서 정면으로 격파하는 것이 통상적인 공략법이다.

그에 비해 레벨을 많이 올리지 않아도 카리야를 쓰러뜨리는 방법으로 고안된 것이 [스태틱 소드]를 쓰는 전술이다. 카리야 전이 어떤 것인지 모르면 떠올리는 것은 어려울 것이다.

물론 우연히 이벤트를 발생시켜 손에 넣었다고 생각할 수도 있다. 그리고 카리야가 대검 사용자라는 분석을 통해 카운터 성공률을 올리기 위해 AGI를 저하시키는 [스태틱 소드] 전술이 유효하다고 판단했을 가능성도 없지는 않다.

하지만 입수가 필연이라면. 그렇다면 아카기의 배후에 '던익 플레이어'의 그림자가 어른거린다는 뜻이다…… 지나친 생각인가?

방어구를 다 장착하고 무기를 들고 투기장 중앙에서 서로 마주 보는 둘. 모험가 학교의 결투는 세이프티 룰을 채용하고 있다. 항복이 가능하며 기절하면 패배, 죽이는 건 당연히 안 된다.

그리고 공식적인 결투라서 학생회 한 명과 부상을 입었을 때를 위해 [프리스트] 선생님이 동석한다. 관객석을 보니 D, E반 이외의 반에서도 몇 명인가 견학하러 온 듯했다.

반 친구들도 마른침을 삼키며 지켜봤다.

"……호오, 그럼 준비는 됐나?"

"난 언제든지 좋아."

투핸디드 소드라 불리는 대검을 쥐고 자세를 잡는 카리야. 처음부터 무기 스킬 《슬래시》를 쓸 생각인지 대검을 옆으로 휘두르려고 중심을 낮췄다.

이에 대적하는 아카기의 무기는 비교적 가늘고 가벼운 도검이라 대검을 쥔 카리야와 비교하니 갭이 굉장했다. 아무리 저게 매직 웨펀이라고는 해도 정면으로 맞붙는 건 피하는 편이 좋을 것이다. 《슬래시》의 틈을 찌르는 것보다 AGI를 저하시키기 위해 어디든 좋으니 우선은 맞히는 것이 중요한 작전이다.

"그럼…… 간다."

처음에 《슬래시》를 쓸 줄 알았더니 보통 횡베기로 들어가는 카리야. 그렇게 아카기를 깔봤는데 경계하고 있는 걸까. 처음에만 약간 동작이 큰 공격을 보여줬지만, 그 이후로는 거리를 유지하면서 빈틈이 적은 작은 공격으로 견제했다. 이렇게 보니 카리야의 전투 기술도 상당했다.

(큰일이네, 레벨 차이도 꽤 나. 아카기는 어떻게 봐도 레벨 10에는 도달하지 못했어…… 레벨 5나 6 정도인가.)

견제 목적의 공격이라고는 해도 11레벨의 대검을 제대로 받아낼 수는 없어서 고전하고 있다는 걸 확실히 알 수 있었다. 어쨌든 공격을 맞히고 싶은 아카기는 카리야의 공격을 크게 우회해서 피하면서 큰 기술에 맞춰 카운터를 노리는 움직임에 전념했다.

하지만 아까 전부터 카리야에게 유리한 간격을 강제당해서 안으로 파고들지 못했다. 그래서 처음부터 다시 진입하려고 잠시 빼서 거리를 벌리려고 했지만, 그 움직임에 맞춘 리치가 긴 돌진을 섞어 다시 최적의 거리로 서로간의 간격을 좁히는 카리야.

게임에서의 카리야는 시종일관 상대를 얕봐서 빈틈이 큰 공격을 하는 일이 많았다. 오래 끌면 《슬래시》에 의지했을 텐데…… 이상하다. 저 움직임은 [스태틱 소드]를 알고 있는 건가?!

"하아…… 왜 그러냐, 카리야. 작은 공격만 하잖아, 겁먹었나?"

"흥, 너야말로 왜 그러나. 이대로 가면 서서히 상황이 안 좋아질 건데?"

"하아하아…… 그럼 원하시는 대로……."

카리야가 《슬래시》를 쓰게 하려고 도발했지만 불발로 그쳤다. 끝이 안 날 것이라 본 아카기는 비장의 수단으로 찌르기 스킬 《더블 스팅》을 사용했다. 오토 발동이다.

《더블 스팅》은 [시프]가 배우는 찌르기 2회 공격 스킬이다. 단말기 상으로 아카기는 [시프]가 된 지 얼마 안 됐고 직업 레벨이 1로 표시되어 있었다. 설마 여기서 직업 레벨 5때 배우는 무기 스킬이 올 줄은 몰랐을 것이다.

카리야는 갑작스러운 스킬에 놀라 순식간에 몇 걸음 후퇴했지만, 아카기는 그 한순간에 어떻게든 무기를 스치게 하는 데 성공했다.

"하아하아…… 이제 네 움직임을 판별할 수…… 큭."

"흥! ……내 움직임이 어쨌다고?"

겨우 카리야에게 공격이 명중해 긴장이 풀린 순간. 역으로 카운터를 날려 아카기를 날려 버리는 카리야.

카리야의 상태를 보면 마비되기는커녕 AGI가 조금도 떨어진 것처럼 보이지 않았다. 아카기는 놀라움과 절망을 뒤섞은 듯한 표정을 짓고 있었다. 그도 그럴 것이다. AGI가 떨어지지 않는다는 것은 아카기의 작전이 근본부터 붕괴됐다는 것을 의미하니까. 역시 대책을 세워두고 있었나.

하지만 대책을 세워두고 있었다는 것은. 즉——.

투기장의 4번 방에 환성과 비명이 섞였다.

카리야는 가차 없이, 그리고 집요하게 공격했다. 아카기는 이미 팔이 부러지고 일어날 수 없게 되었다. 이건 이미 시합이 아닌 그냥 가지고 노는 것이다.

"카리야, 역시 대단해~."

"가라~ 카리야!"

"세계 나와서 뭔가 있을 줄 알았는데 허세였나."

"당연하지, 그래봤자 E반 피라미라고."

야구를 관전하는 것처럼 환호성을 지르는 D반에 비해 E반은 비통함 그 자체였다. 여자 중에는 얼굴을 가리고 울고 있는 아이도 있었다.

오오미야가 말리려고 일어섰지만 닛타에게 제지당하는 모습이 보였다. 카오루는 이를 꽉 깨물고 눈을 감고 있었다…… 움직일까.

"이…… 이제, 그만해……."

"누구한테 말하는 거냐! '해주세요'라고 해야지? 아앙?!"

"크아아아아아악."

카리야가 아카기의 옆구리에 대검을 내리쳤다. 그 부분은 금속으로 보강되어 있다고는 해도 지금 한 공격으로 갈비뼈 몇 대가 부러졌을 것이다. 나도 슬슬 기분이 나빠지기 시작했다. 말려야 하나. 살짝 일어났을 때.

"이제 그만해! 더 이상 걔한테 상처 주지 마!"

말린 사람은 핑크, 산죠 사쿠라코다.

그녀는 카오루와 아카기와 함께 오랫동안 노력해 온 사람이다. 이 참상을 지켜볼 수 있을 리가 없었다. 하지만 지금 카리야 앞에 나서는 것은 위험하다.

"아앙? 네놈도 나한테 이래라 저래라 하는 거냐? ……죽인다."

산죠라고는 해도 살기를 내뿜는 카리야는 무서운 모양이다. 하지만 떨면서도 필사적으로 아카기를 지키려고 양팔을 펼쳤다. 카리야가 무기를 겨누자 아무래도 위험하다고 생각했는지 카오루와 타치기, 그 외 몇 명의 반 친구도 일어서서 달려가려고 했다.

"E반 쓰레기놈들아아! 아직도 모르겠냐~?"

카리야가 일갈. 산죠 곁으로 달려가려던 E반의 움직임이 멈췄다.

"너희는 이 학교에선 약자란 말이다. 졸업 전까지 몇 명은 D반에 올라올 수 있을지도 모르지만, 그 정도 수준이다."

다시 반 친구들에게 살기를 담은 《오라》를 뿜는 카리야. 레벨 차이가 나고 더 우위에 있는 사람이 째려보면 기가 죽을 수밖에 없다.

"누가 강하고, 누가 위고, 누구를 따라야 하는지. ……이제 알 겠지?"

누구도 한마디 말도 할 수 없었다.

아카기도 나름대로 레벨은 올라 있었다. 아마 한 달 동안 대부분의 E반 사람보다 레벨을 더 올렸을 것이다. 뿐만 아니라 도검을 다루는 기술에 카리야의 대검을 피하는 전투 센스는 놀라웠다.

그런데도 레벨11이라는 커다란 벽에는 당해낼 수 없었고, 철저하게 깨졌다. 이걸 보고 맞서라고 하는 것도 말도 안 되는 이야기다.

카리야는 계속해서 말했다.

"그러니 네놈들에게 지시를 내리겠다. 잡일 담당이 필요하다고 상위 반에게 부탁을 받았거든. E반이 만든 부활동에 들어가는 건 그만둬라. 들어간 놈은 내가 직접 쳐죽인다. 알겠나."

그런 말을 남기고 볼일은 다 봤다는 듯이 투기장을 뒤로했다.

"역시 E반은 별것 없네."

"진짜 진짜. 위세만큼은 좋았지만 역시나라는 느낌."

"너희들 잡일 담당으로 부려 먹어 줄 테니까 각오해 두라고."

심한 말을 들었다. 하지만 누구도 대꾸하지 못했다.

실력 차이를 이렇게까지 똑똑히 보여줘서 동급생으로서, 라이벌로서 나란히 설 수 있을 리가 없다는 것을 억지로 이해하게 된 반 친구들. E반이라는 존재 자체가 부정당한 것이다.

하지만…… 그런 거였단 말이지. 이 투기장 4번 방은 상위 반 선배들의 부활동이 엮여있어서 간단히 예약을 할 수 있었던 건가.

상위 반이 들어가는 부활동에서도 써먹기 좋은 잡일 담당은 필요하다. E반 선배들이 만든 부활동에 들어가면 곤란해진다. 그래서 카리야와 1학년 D반을 움직여 E반과 싸움을 붙여 실력 차이를 인지시켜 협박한다. 그리고 반항의 싹을 제거한다.

뒤에 카리야에게 지시를 내린 다른 배후자가 있는 건 확정인 가. B반의 우두머리 외에도 상급생이 이래저래 암약하고 있을 것 같다.

정말이지, 귀찮은 짓을 한다. 학생회나 학교의 선생님들도 이걸 알고 있을 가능성도 있겠어. 게임을 할 때도 그런 느낌은 있었지만, 막상 당하니 굉장히 답답했다. 이렇게 되면 굳이 한 반 수준의 외부생을 받아들이는 의미도 의심스러워진다. 입학 첫날 E반 모두의 눈은 희망에 차서 반짝이고 있었는데 지금은 절망의 색으로 물들어 있지 않은가.

그렇다고는 해도.

난 딱히 복수하고 싶지는 않다. 상위 반에 올라가고 싶다는 생각도 하지 않거니와 이 학교를 바꾸고 싶다는 생각도 없다. 반 친구들에게 그렇게 친근감이 있는 것도 아니다. 불합리한 이유만으로 당했다면 몰라도 아카기도 카리야의 도발에 응했다. 그렇게까지 심하게 당할 이유는 없지만, 자업자득이라 할 수 있는 부분도 있다. 격정에 휩쓸릴 일은 없다. 잡일 담당을 원한다면 한두 번은 해줄 수 있다.

지금 생각해야 하는 건 그게 아니다. 문제는———.

'누가 카리야에게 [스태틱 소드] 전술에 대한 대책을 조언했는가'이다.

처음 아카기에게 [스태틱 소드]를 사용한 전술을 전수한 게 누구인지도 궁금하다. 이는 어쩌면 아카기 무리가 고안한 것이지 플레이어가 조언한 것이 아닐지도 모르고, 플레이어가 조언했다 하더라도 악의가 느껴지지 않으니 나중에 생각한다.

아카기의 공격이 명중해도 카리야에게 아무런 변화도 없었던 이유는 어떤 내뢰, 마비 내성 아이템을 장비하고 있었기 때문일 것이다. 그렇지 않으면 [스태틱 소드]가 스친 시점부터 카리야의 공격 속도가 떨어지거나 마비되어 아카기가 이겼을 가능성도 있다.

그리고 카리야의 전투 방식도 이상했다. 원래라면 견제하며 아카기의 상태를 살펴보는 짓은 안 했을 것이다. 《슬래시》도 결국 한 번도 쓰지 않았다. 이걸 가르쳐 준 건…… 높은 확률로 플레이어일 것이다.

이 플레이어는 위험하다. 아카기에 대한 악의마저 느껴진다. 게임 정보를 독점하기 위해서인가, 혹은 산죠나 카오루와 얽힌 게 원인인가, 아니면 단순한 쾌락범일지도 모른다. 하지만 자칫 잘못하면 살의를 품고 다른 플레이어를 배제하려 할 가능성도 있다.

카리야에게 조언한 플레이어가 E반 학생이라 단정은 할 수 없다. 카리야에게 물어보고 싶지만, 지금의 나 같은 건 상대해 주지 않을 것이다.

(……큰일이네, 플레이어는 그렇게 위험하게 보지 않아서 플레이어에 대한 대책은 그다지 생각하지 않았어.)

결과를 보고 생각해 보면 아카기에게 조언한 인물과 카리야에게 조언한 인물은 동일인물이 아닐 가능성이 높다.

애초에 플레이어는 몇 명이 있는 거지. 나랑, 아카기에게 조언한 플레이어, 그리고 카리야에게 조언한 플레이어. 세 명이 있을 가능성이 있다. 나처럼 기존 캐릭터인가. 아니면 던익에서는 이름도 나오지 않은 학생인가. 아카기나 산죠가 사실 플레이어였다는 가능성도 버릴 수 없다. 내 몸을 지키기 위해서라도 레벨 업은 서두르는 편이 좋겠어.

이미 [프리스트] 선생님이 아카기를 진찰하고 있었고, 그 선생님이 말하길 골절된 부분은 몇 군데 있지만 후유증이 남는 부상은 없으며 마법 시술로 충분히 회복할 수 있다고 한다. 만일을 위해 엑스레이를 찍는다고 하여 들것에 실려 의무실로 갔다. 학교 안에서 입은 상처는 [프리스트] 선생님이 무료로 봐주니 든든하다.

그 정도 상처로 끝났다는 건 카리야도 일단은 봐준 걸까.

그리고 난 자리에서 일어나 아카기 주변에 모인 반 친구들을 멀리서 바라봤다.

결국 E반은 복수하기 위해 성공하거나, 약자라는 입장을 받아들이고 강자를 따르는 수밖에 없을 것이다. 어느 쪽을 선택할지는 반 친구들의 판단에 맡기도록 하자.

나에겐 그 문제에 관심을 가질 정도의 열의는 없고 관여할 여유도 없으니까.

투기장에서의 소동이 끝나고 교실에 가방을 가지러 돌아온 다음 귀로에 올랐다. 대부분의 반 친구들은 아직 투기장에서 비탄에 잠겨 있지만 어떻게든 포기하지 않고 힘내줬으면 한다. 진짜 방해는 지금부터니까.

뭐라 형언할 수 없는 암울한 학교생활에 대해 이런저런 생각을 하면서 교문 부근을 걷고 있으니.

"아아, 넌!"

누굴까, 캐주얼한 차림을 한 젊은 남자가 나에게 말을 걸어왔다. 팔에 한 깁스가 애처로웠다.

"전에 도와준 모험가지. 고맙다고 말하고 싶어서."

그는 키쿠구치 씨라고 하며 동생을 버스 태워주러 갔을 때 오크 로드 방에서 공격당하고 있던 모험가라고 한다. 다친 것 같지만 어떻게든 탈출해서 다행이다.

이야기를 들어 보니, 탈출한 후에 나에게 감사한 마음을 전하고 싶었지만 이름도 몰라서 곤란했다고 한다. 하지만 다시 생각해 보니 고등학생 정도의 젊은 나이에 그렇게 강하다면 모험가 학교의 학생일 가능성이 높다고 생각해서 정문에서 그럴듯한 사람은 없는지 찾고 있었다고 한다.

"고마워! 한심하게도 두 명의 동료를 잃었지만, 그래도 나를 포함해서 네 명이 살았어. 네 덕분이야. 정말 고마워!"

눈물을 글썽이면서 머리를 숙이고 나에게 감사를 전했다. 그래도 두 사람의 죽음은 견디기 힘들 것이다.

"아니에요. 다친 곳은 어때요?"

그는 너덜너덜한 방패를 들고 있던 탱커인가. 다수의 오크에게 상당한 공격을 받아 팔이 부러져 지금도 깁스를 하고 있다. 학교의 학생이 아니라 [프리스트]의 시술을 받으려면 많은 비용이 든다. 보통 사람은 골절 정도라면 자연 치유를 선택한다.

"이런 건 별것 아니야. 동료의 부상도 후유증은 없고 시간이 지나면 원래대로 돌아오는 부상이야."

딱하게 웃으며 건강한 모습을 어필하는 키쿠구치 씨. 허세라도 부리지 않으면 우울감에 빠져 버릴지도 모르겠다. 그리고 나에게도 의문이 있다. 왜 위험한 오크 로드 방에 갔냐고 슬며시 물어보니, 속았다고 한다.

"……그게 무슨 말이죠?"

"거기에 보물 상자가 있다는 말을 들어서…… 설마 거기가 오크 로드의 방일 줄은 몰랐어."

5층에서 만날 약속을 하고 기다리고 있던 키쿠구치 씨의 동료에게 집요하게 작업을 거는 파티가 있어서 거절하는 데 고생하고 있었다. 그때 키쿠구치 씨가 사이에 들어가 중재해서 어떻게든 사태를 수습했는데, 상대 파티 중 한 명이 최소한의 속죄라며 보물 상자가 있는 곳을 가르쳐줬다고 한다. 그 호의를 받아들여 지도를 잘 확인하지도 않고 보러 가버렸다고 한다.

그곳이 오크 로드의 방이라는 것도 모르고.

오크 로드는 모험가 길드에서 자주 주의를 주고 있지만, 실제로 본 사람은 많지 않아서 그게 오크 로드라는 걸 몰랐다고 한다. 일격에 동료가 나가떨어지고 지원을 요청하기 위해 동료 한 명만은 어떻게든 탈출시켰지만, 오크 솔저 집단에게 앞을 막혀 궁지에 몰린 게 그때의 전말이다.

애초에 5층에 보물 상자는 출현하지 않는다. 호의를 베푸는 것처럼 오크 로드 방을 가르쳐 주는 것을 보니, 작업을 건 파티의 악의가 느껴졌다.

"……저, 저 녀석들!"

키쿠구치 씨의 시선 끝에는 D반의 학생이 이쪽을 향해 오는 것이 보였다. 그 중 한 명은 카리야를 추종하는 학생이다. 얼굴은 기억하고 있다.

"이, 이봐! 어제는 잘도 속였겠다! 동료가 둘이나 죽었다고!"

"아앙? ……아아, 전에 본 조무래기 파티인가. 오크 로드 맛은 어땠냐?"

"이, 이 자시이익!"

그는 너무 지독한 말을 들어 덤벼들었지만 D반 학생은 간단히 피했고, 오히려 반격을 당해 나가떨어졌다. 이 일대도 매직 필드 안이라서 육체 강화의 차이는 크게 났다. D반 학생은 '조무래기 주제에 우리의 권유를 거절해서 그런 거다'라고 말했다.

……야 야, 그런 하찮은 이유로 오크 로드 방에 안내한 거냐. 사람의 목숨을 뭘로 보는 거냐.

"바보네, 5층에 보물 상자 같은 게 있을 리가 없는데."

"그래봤자 일반인이니까, 무지하면 목숨을 잃을 수가 있다고."

"E반이랑 아는 사이인 것 같은데, 조무래기끼리 알고 지내는 거냐?"

뭐가 재밌는지 웃으면서 떠나가는 D반 녀석들. 키쿠구치 씨는 심한 슬픔과 서글픔에 힘이 빠져 몸을 웅크리고 그 자리에서 오열했다.

이 학교의 학생은 인간이길 포기한 걸까. E반을 깔보기만 하는 거라면 좀 낫다. 하지만 외부인인 일반인마저 깔보는 데다가 화가 났다고 MPK 같은 짓을 주저 없이 하는 건 너무 심하다.

두 사람이나 목숨을 잃었다는데 저 녀석들에게서는 어떤 반성하는 태도도 볼 수 없었고 지금도 유쾌하게 이야기하면서 걸어가고 있었다. 명백하게 도를 넘었다. 저런 녀석들이 멋대로 날뛰게 두면 이 학교는 물론이고 이 나라의 미래도 어둡다.

"……키쿠구치 씨. 옷 더러워져요."

"큭…… 우으…… 미안하다……."

쓰러져서 우는 키쿠구치 씨를 일으켜 세우고 먼지를 털어냈다. 아카기가 당했을 때는 D반에 대항하고자 하는 열의는 그다지 없었다. 그게 이 학교의 방식이라면 어쩔 수 없다는 생각도 있었다. 하지만 키쿠구치 씨를 보고 '여유가 있으면 벌을 줄까'라는 생각을 할 정도로 열이 올랐다.

TIPS MPK(Monster Player Kill) : 몬스터를 이용해서 유인하거나 싸움을 붙이거나 해서 고의로 플레이어를 죽이는 행위.

"뭐, 약속은 할 수 없지만…… 언젠가 저 녀석들을 혼내 줄 테니까 오늘은 이만 돌아가세요."

"으으…… 네, 네가? 하지만 저 녀석들 엄청 강하고…… 너한테도 피해가 가지 않을까……."

확실히 지금 하면 보통 일로는 안 끝날지도 모른다. 체형도 엄청 비만하고 강해 보이지 않으니 걱정이 되는 것도 이해한다. 그렇다면 몸매를 관리하고 단련하면 된다. 레벨을 올리고 전직하고 여러 스킬을 배워서 강해지면 된다.

"진심으로 단련할 거예요. 그리고 저 실은 대단하다구요?"

"우으…… 미안해…… 으으, 고마워……."

얼굴을 찌푸리며 나에게 고맙다고 하는 키쿠구치 씨. 이름도 모르고 나이도 어린 나를 일부러 찾아와서 고맙다고 말하러 올 정도다. 예의 바르고 동료를 잘 챙기는 사람일 것이다.

D반 놈들은 여전히 즐거운 듯이 대화를 하며 웃는 소리를 냈다. 사람이 죽었는데 실실 쪼개고 자빠졌어.

약하다고 뭐가 나쁜가. 강하다고 뭐가 잘났는가. 강하면 약한 자에게 무슨 짓을 해도 좋다는 건가.

모험가로서가 아니다. 놈들에게 인간으로서 무엇이 옳고 무엇이 그른지를 가르쳐주고 싶어졌다.

카리야를 포함해서 D반 놈들에게 벌을 주기 위한 최소 조건으로 레벨 10 이상에 10층의 할머니의 가게에 가서 전직을 할 필요가 있다. 뒤에 있는 배후자를 생각하면 레벨을 더 올리고 싶다.

가뿐하게 레벨을 올리고 싶지만 레벨이 8쯤 되면 1시간에 한

번 하는 다리 끊기는 효율이 안 좋아진다. 최근에는 다이어트를 하면서 코어를 단련하는 데도 시간을 써서 던전에 가지 않는 날이 있었다. 그것도 레벨 업 속도가 둔화된 원인이다.

그렇다면 어떻게 하면 좋은가 하니——.

"그래서 오빠. 오늘은 어디로 가?"

구입한 마랑 장비를 바로 입고 훌륭한 리듬으로 새도복싱을 하고 있는 나의 동생. 하얀 블라우스 위로 검은 마랑 재킷과 장갑을 장비하고, 아래는 퀼로트에 마랑 니하이 부츠. '베테랑 모험가 같지?'라며 나에게 감상을 물었다.

베테랑 모험가라. 90층에서 어슬렁거리던 공략 클랜 멤버는 마신 시리즈나 용왕 시리즈 등의 아티팩트 방어구로 온몸을 무장한 자들뿐이었다. 그 장비가 하나라도 있었다면 하고 망상을 했지만, 지금 레벨로는 그런 건 취급할 수 없고 애초에 무거워서 입을 수 없다. 그건 뭐 상관없다.

"우선 5층에서 카노의 레벨을 7로 만들자. 그리고 7층으로 내려가서 레벨9까지 올릴 거야. 그 다음에 단숨에 10층 공략을 노리자."

"10층?! 그렇게 깊은 곳에 갈 수 있어?"

10층이라고 하면 일반적인 모험가는 다다르는 게 어려워지는 층이라고 한다. 필요 레벨도 두 자리 수에 돌입하고 전투력도 육체 강화로 인해 일반인의 범주를 넘어서기 시작한다. 여기에 도달할 수 있으면 어지간한 클랜 한두 곳에서 부를 정도다.

"갈 수 있어. 그 전에 무기야. 나이프를 두 자루 준비해 뒀어.

처음부터 긴 무기 두 자루를 다루는 건 어려울 것 같아서."

"와아~ 고마워~."

눈을 반짝이면서 나이프를 받고는 슉슉 하고 야무지게 들고 휘둘렀다.

"그럼 게이트 방으로 가자."

"네~."

내 다리에 매달려 몸을 웅크리던 키쿠구치 씨를 떠올렸다──.

분명 그는 자신의 한심함을 언제까지고 계속 자책할 것이다. 하지만 그건 내일의 나일지도 모른다.

학교에서도 던전에서도 D반 놈들처럼 자신의 힘에 취한 바보들은 산더미처럼 많다. 그 녀석들에게 아무리 올바름이나 선량함을 설파해도 상관없이 악의로 뒤덮을 것이다. 내가 그런 이들에게 대항하기 위해서라도, 그리고 소중한 사람들을 지키기 위해서라도, 더 나아가서는 이 세계에서는 무엇을 하든 힘이 필요하다.

메인 스토리만을 생각하고 느릿느릿 내 페이스대로 하면 예기치 못한 불합리한 일이나 악의에 휘말렸을 때 대응하지 못할지도 모른다. 정체불명의 플레이어들도 언제 적으로 돌아설지 알 수 없다. 힘을 키울 때까지 속도도 요구된다.

(기합 넣고 열심히 해볼까.)

뒤에서 서투른 콧노래를 부르면서 따라오는 귀여운 동생을 위해서도.

"됐다~ 올랐어! 이제 레벨7이 됐으려나~?"

동생은 레벨 업 한 뒤의 전능감을 빙글빙글 돌면서 표현했다. 세 번의 다리 끊기로 동생의 목표 레벨인 7에 도달해서 일단 5층은 종료다. 레벨8이 될 때까지 여기서 올려도 좋지만, 두 명이라면 다음 사냥터로 이동하는 편이 효율이 좋을 것이다. 골짜기 밑바닥으로 내려가 드랍 아이템을 주우면서 앞으로의 예정을 설명했다.

"우선 6층부터는 와르그라는 마랑이 나와. 나랑 카노가 입고 있는 가죽 방어구가 마랑으로 만든 건데, 그 마랑이야."

"늑대지? 오크보다 싸우기 쉬울 것 같아."

"나름대로 크고 재빨라서 오크보다 성가셔."

마랑은 재빠르고 지구력이 있으며 코도 좋아서 멀리서 후각으로 감지한다. 마랑을 상대로 싸울 때는 포위되는 상황에 빠지는 걸 어떻게 막는가가 중요해진다. 포위되면 도망치는 게 어려워진다. 그렇다고는 해도 6층 구역은 탁 트인 장소가 거의 없어서 그리 쉽게 포위당할 일도 없다.

그리고 마랑은 마석과 함께 낮은 확률로 가죽을 떨구는데, 이 마랑의 가죽은 튼튼하고 내화 성능도 있어서 가게나 길드에 팔면 상당한 수입원이 되어준다. 모험가에게 있어서 마랑은 인기 있는 몬스터다. 이 정도 수준이 전업으로 먹고 살 수 있는 마지

노선이라고 한다.

하지만 우리는 6층은 넘기고 7층으로 향했다.

7층의 출현 몬스터는 똑같은 마랑이지만, 6층의 마랑보다 몬스터 레벨이 1 높은 7이다. 게다가 몬스터 레벨이 8인 마랑 리더가 레어하게 리젠된다. 이 녀석은 가까이에 있는 마랑을 불러들이는 스킬《하울링》을 가지고 있어서 전투가 벌어지면 최우선적으로 숨통을 끊는 편이 좋은 몬스터다.

그리고 마랑들을 복종시켜 타고 다니는 오크 테이머도 7층에 리젠된다. 마랑이 물어뜯는 것에 더해서, 오크가 마랑을 타고 검을 휘두르며 공격하기 때문에 마랑 단일 개체보다 상대하기 힘들다. 오크 테이머가 있으면 마랑의 집단 전투력이 증가하기 때문에, 여러 마랑을 거느리고 있는 경우에는 마랑 리더보다 사냥 우선도가 더 높다.

게다가 7층은 대부분이 삼림 구역이라 조망이 좋지 않고 포위당하기 쉽다는 리스크가 있어서 마랑 가죽을 모으는 게 목적이라면 순순히 6층에서 사냥하는 편이 좋을 것이다.

하지만 7층에 갈 이유도 충분히 있다.

"일단 7층에 가서 시험 삼아 마랑이랑 싸워 볼까."

"마랑을 잡을 거면 가죽을 모아서 하반신 방어구도 만들고 싶은데~."

무리하게 가죽을 모으지 않아도 7층에서 사냥이 가능하면 마석과 드랍 아이템으로 벌 수 있는 수입으로 충분히 얻을 수 있을 것이다. 그리고.

"마랑은 시험 삼아서만 잡아보자. 7층은 조사하고 싶은 곳이 있어. 숨겨진 구역이지."

"그런 곳이 있어?"

"그래. 어쩌면 아무도 간 적이 없는 구역일지도 몰라."

눈을 반짝이며 '보물이 있을까?!'라고 말하고 언젠가 불렀던 벼락부자 송을 흥얼거렸다. 그 노래는 창피하니까 그만해.

그런 싱거운 이야기를 하면서 아이템을 주워 모아 몇 개의 흔들다리를 건너 5층의 메인 스트리트에 합류했다. 우선은 6층을 향해 이동하자.

여전히 다음 층으로 이어지는 메인 스트리트는 사람이 많다. 6층 이상을 목표로 하는 모험가 대부분은 마랑 사냥이 목적이라 검은색 계통의 방어구가 눈에 띄었다.

"다들 마랑 방어구를 입고 있네~. 뭔가 같은 실력자가 된 느낌이 들어. 아직 던전은 두 번째지만……."

"몹몰이로 한 번에 올렸으니까."

오크 로드를 독점할 수 있어서 상당히 좋았다. 그러지 않았으면 5층에서 더 많은 시간을 보냈을 것이다.

다른 플레이어들이 있다면 다리 끊기를 이용하지 않을까. 이미 더 깊은 층으로 갔는지, 아니면 도달하지 못했을 뿐인지는 모르겠지만, 결국 한 번도 플레이어처럼 보이는 인물과는 만나지 못했다.

30분 정도 걸어서 6층 입구의 광장에 도착. 5층과 마찬가지로 포장마차와 매점, 마석과 드랍 아이템 매입소가 있었고 모험가로 북적였다. 다른 건 베테랑 파티의 비율 정도인가. 5층까지는 전원이 전위인 파티도 흔했지만, 이 정도 층부터는 활이나 마법 등 원거리 공격이 가능한 후위나 회복 요원이 들어간 파티 구성이 자주 보였다. 어떻게 봐도 초보자라는 느낌이 드는 모험가는 더는 없었다.

"아아! 타코야키 팔고 있어! 저기엔 카페테리아가 있어!"

"6층은 통과하자. 그래도 뭐…… 그 전에 가볍게 먹어 둘까. 뭐 먹고 싶어?"

그러고 보니 동생은 지난 번에 이어서 이번에도 게이트를 써서 계층 입구 광장은 여기가 처음인가. 던전 입구를 통해 들어온 적이 없는 사람도 드물지도 모르겠다. 타코야키를 먹고 싶은 모양이니 포장마차에서 타코야키를 집어먹고 볼일을 보고 7층으로 향했다.

"화장실은…… 퍼 올린 걸 어떻게 하고 있을까…….."

"던전은 한나절 놔두면 흡수하니까, 퍼 올릴 필요는 없어. 너도 급할 때는 근처에서 처리해도 괜찮아."

"숙녀가 그런 짓을 할 수 있을 리가 없잖아!"

자기 입으로 그렇게 말하면서 볼을 부풀리고 화내며 항의 태세를 취했다. 원래라면 통신기기나 휴게시설 등도 던전에 흡수되지만, 저급 골렘의 핵을 쓴 마도구 발명으로 인해 흡수에 저항할 수 있게 되었다. 이게 발견되기 전까지 던전 안에는 간단한 시설밖에 못 만들었다고 한다.

모험가 길드 도서실에 있는 던전 도감에 그런 게 적혀있었다며, 지식을 늘어놓으면서 7층을 목표로 했다.

마랑의 가죽을 노리는 파티 대부분이 6층을 사냥터로 삼기 때문에 이 층의 메인 스트리트부터는 걷고 있는 모험자 수가 적어진다. 슬슬 달려도 괜찮겠지.

"시간이 아까우니까 슬슬 뛰어서 가자."

"뭐어? 방금 뭘 먹었는데~."

마지못한 승낙을 받고 적당적당히 잔달음질 치기 시작했다. 다른 파티 몇 팀도 달리고 있어서 딱히 눈에 띄진 않는다. 육체가 강화되어 가볍게 뛰는 정도라도 상당한 속도로 달릴 수 있어서 상쾌하다.

"후우, 7층 도착~! ……어라? 6층에 비하면 가게가 적네."

적어졌다고는 해도 몇 개의 포장마차와 휴게소는 있다. 하지만 가격은 어디든 통상적인 가격의 2배 정도였다. 캔주스 같은 게 하나에 300엔 전후인데, 쓰레기통에 있는 빈 캔을 보니 그럭저럭 팔리고 있는 것 같아 놀랍다.

아무리 그래도 비싸잖아…… 아니, 이거 써먹을 수 있으려나? 그런 생각을 하면서 앞으로 가려고 하니.

"잠깐 쉬자~. 아! 저기 있는 가게 구경하고 싶어!"

"숨겨진 구역에는 보물이 있을지도 모른다고."

"어?! ……그, 그럼 어쩔 수 없다냥~."

타산적인 동생은 돈으로 낚아라. 마음속의 동생 매뉴얼에 그렇게 추가로 쓰면서 숨겨진 구역이 있는 곳으로 향했다.

이 일대에는 거대한 침엽수가 무수히 자라나 있어서 전망이 좋지 않았다. 이 나무는 베어도 남지 않으니 목재로는 쓸 수 없다. 천장은 엄청나게 높고 어렴풋이 파르스름하게 빛나고 있었다. 저런 빛으로 광합성 할 수 있을까…… 아니, 이건 식물이 아니라 오브젝트 취급이니까 상관없다.

8층으로 가는 메인 스트리트에서 벗어난 지 몇 분도 되지 않아서 마랑을 발견했다. 몸의 길이는 꼬리를 포함해서 2m 정도일까, 짙은 회색의 긴 털로 뒤덮여 있고 골격도 탄탄했다. 이쪽을 노려보는 눈에서는 지성이 느껴졌다.

"이 녀석 뒤를 잡는 건 힘들 거 같네, 발소리랑 냄새로 먼저 들켜 버려."

"온다!"

상대는 마랑 한 마리뿐. 경계해서 덤벼들지 않나 싶었는데 몇 초 정도 으르렁거린 후에 갑자기 이쪽으로 달려왔다. 첫 공격 대상을 동생으로 정했는지, 목에 송곳니를 박으려고 몇 m 앞에서 뛰어들었다. 여동생은 그걸 어렵지 않게 피하고, 스쳐지나갈 때 마랑의 옆구리를 작은 칼로 찌르고 그대로 갈랐다. 마랑은 '깨갱!' 울더니 도망치려고 했지만, 제대로 서지도 못하는 것 같아 내가 바로 다가가 마무리를 하니 마석이 되었다.

"마랑 한 마리만 있으면 어떻게든 될 것 같네. 움직임이 엄청 잘 보였어.”

“레벨이 한꺼번에 올랐는데 문제는 없을 것 같아?”

중학생 여자라고 하더라도 레벨 업에 따른 육체 강화는 평등해서 동생의 근력과 순발력, 동체시력은 이미 일반인 남성의 수준을 여유롭게 웃돌았다.

남은 건 전투 센스에 관한 문제인데, 그것도 아무래도 걱정할 필요는 없으려나. 급격한 육체 강화에 적응하지 못하는 것도 아니고, 쭈뼛거리거나 전투를 무서워하는 기색도 보이지 않았다. 지금도 두 자루의 나이프를 양손에 들고 섀도우 복싱을 하고 있었다.

어쩌면 전투광일지도 모르겠다. 그리고 그 그림자, 오빠는 아니지? 그런 생각을 하고 당황하면서 마랑의 마석을 줍고 맵의 남동쪽으로 계속 이동했다.

향하는 곳은 ‘던전 익스플로러 크로니클 골렘의 고동’이라는 최신 DLC로 추가된 구역이다. 그곳이 존재한다면 던전 공략에 있어서 새로운 지침을 세울 수 있다.

적과 조우하지 않는 시간에는 동생의 게임 지식과 던전 정보를 늘리기 위해 조금씩 설명하기로 했다.

“골렘?”

“그래. [기갑사]로 전직하면 골렘을 만들어서 운용하거나 할 수 있어.”

“에에에?!”

DLC ‘골렘의 고동’ 업데이트 전에도 정보가 조금씩 풀려 화제를 모았던 [기갑사]. 화려한 골렘에 탈 수 있어서 많은 플레이어가 업데이트되는 날을 고대했지만……, 막상 업데이트가 되니 약해서 써먹을 수 없다며 혹평을 받은 불운의 상급 직업이다.

그 이유는 골렘의 전투력이 너무 미묘하다는 것.

던익에서는 물리 공격을 반감하거나 무효화하는 몬스터도 많아서 기본적으로 물리 공격밖에 못하는 골렘은 사용 용도가 제한된다.

그리고 움직임이 느리다. 탑승하면 탈 것으로 쓸 수 있지만, 이동 속도는 그렇게 빠르지 않으며 오히려 직접 달리는 게 더 빠르다. 애초에 게임일 때는 달려도 지치지 않으니 탈 것 따위는 필요 없다.

마지막으로 [기갑사]는 《골렘 캐슬》이라는 스킬을 사용하면 위험지대에 골렘 건축물을 만들 수 있다. 효과는 HP, MP 회복 속도 3배. 모든 상태 이상 회복. 성 안에서 1시간 이상 체재하면 일시적으로 STR과 INT에 5% 보너스가 붙는 부가 효과도 딸려 있다.

게임일 때는 솔직히 그런 스킬은 필요 없었다. 포션을 벌컥벌컥 마시니 거점을 만들면서까지 HP, MP를 회복하려고 하지 않았고, 굳이 위험지대에서 묵을 필요도 없었다. 전기, 수도, 냉장고, 목욕탕, 화장실, 푹신푹신한 침대가 완비되어 있다고 하지만 그런 건 게임 속에선 단순한 자기만족의 영역이고 장식 그 이상 그 이하도 아니었다…….

하지만! 하지만 말이다!!

이게 현실이 되면 가치가 역전되어 천공으로 승천할 정도로 가치가 치솟는다.

'까놓고 말해서 이게 있으면 집에 돌아가지 않고 던전 다이브를 계속할 수 있다'라는 말이다. 아니, 차라리 살아도 된다. 최소《골렘 캐슬》은 갖고 싶다…… 너무 갖고 싶다!

그래서 동생에게 [기갑사]에 대한 개요를 말하고 지금부터 그걸 조사하러 간다고 하니.

"아니…… 무조건 필요하잖아, 그 스킬!"

"그치? 그래서 그 직업으로 전직할 수 있는지 아닌지 지금부터 조사하러 가는 거야. 만약 숨겨진 구역이 있다면 거긴 훌륭한 레벨 업 포인트도 될 거고."

DLC '골렘의 고동'에서는 새 직업과 구역뿐만 아니라 수많은 골렘이 몬스터로 추가되었다.

골렘은 10cm 정도의 인형 형태를 가진 수정핵으로부터 에너지를 받아 움직인다. 심층에 있는 골렘의 핵은 마강으로 보호받고 있기도 하지만, 이곳 7층의 골렘은 핵이 드러나 있어서 그곳을 공격하면 간단히 쓰러뜨리는 것도 가능하다. 약점이 명확해서 레벨을 올리기에는 상당히 좋은 몬스터다. 쓰러뜨리면 핵을 떨어뜨리는데 그 핵은 [기갑사]가 골렘을 불러낼 때 촉매가 되고 던전 상점에서 팔 수도 있다.

DLC로 추가된 구역은 여럿 있지만 그중에서 가장 얕은 층에 있는 구역이 이곳 7층에 있다. 다시 말해서 DLC가 구현되었는지 아닌지는 여기까지 오지 않으면 조사할 방법이 없었던 것이다.

"이 앞에 구덩이가 있는데, 바닥에 옆으로 뚫린 굴이 있으면 그 너머가 숨겨진 구역일 거야."

"호오~."

숲속에 약간 높은 언덕이 있는 곳이 있다. 그 정상 부근을 조사하니…… 구덩이는 있었다. 바닥까지 5m 이상은 됐고, 옆으로 뚫린 굴이 있는지 어떤지는 내려가서 조사해 보지 않으면 알 수 없다.

"로프를 가져왔어. 저기 있는 나무에 묶을까."

클라이밍 로프를 배낭에서 꺼내 근처에 있는 나무에 묶었다. 제대로 고정되었는지 당겨서 확인했다. 괜찮은 것 같다.

"보러 가도 돼?"

"돼. 옆으로 뚫린 굴이 안쪽까지 이어져 있으면 가르쳐 줘."

"네~."

주저 없이 자위대가 할 법한 레펠 하강으로 스르륵 바닥까지 내려가 옆으로 뚫린 굴의 유무를 조사하는 카노. 뭐, 없으면 없는 대로 이 주변을 탐색하고 다닐까.

"응~? 찾았다! 오빠, 옆으로 뚫린 굴이 있어~!"

"좋아, 나도 내려갈게!"

이어서 나도 내려가려고 하자 멀리서 늑대가 우는 소리가 들렸다. 이 울음소리는 마랑 리더 같네. 보통 마랑은 이런 식으로 울지 않았을 것이다. 근처에서 누가 싸우고 있을지도 모른다. 뭐, 지금은 무시하자.

나도 똑같이 레펠 하강으로 구덩이로 내려갔는데, 체중이 무거워서인지 2m 정도 남았을 때 발이 미끄러져 엉덩이로 떨어지고 말았다. 동생은 옆으로 뚫린 굴에 열중해서 못 본 듯해서 오빠의 위엄이 지켜졌다며 안심한 것도 잠시.

"정말. 오빠는 덜렁이라니깐, 조심해."

제대로 보고 있었다.

구덩이 바닥의 옆으로 뚫린 굴 안쪽으로 갔다. 조금 나아가자 울퉁불퉁한 바위 벽에서 석벽 통로로 바뀌는 걸 보니 이곳이 단순한 굴이 아닌 것을 알 수 있었다.

캄캄해서 가져온 손전등을 켰다. 안쪽에서 쌀랑한 바람이 천천히 불어오니 어딘가와 이어져 있을 것이다.

거기서 몇 분도 안 간 사이에 통로는 높이 5m 정도의 회랑으로 변했다. 벽에는 여러 개의 관이 수납되어 있었다. 카타콤 같은 지하묘소라 하면 좋을까. 조금 나아갈 때마다 회랑이 몇 번이나 꺾여있는 형상을 하고 있어서 주의하지 않으면 방향을 알 수 없게 된다. 이럴 때는 팔에 찬 단말기의 오토맵 기능이 편리하다.

공기도 더 차가워지기 시작했다. 후드를 걸치고 발소리가 울리지 않도록 신중하게 걷고 있으니 수십m 전방에서 달그락달그락 하는 소리가 들려왔다. 동생이 숨을 죽이고 그늘에서 살짝 얼굴을 내밀어 무엇이 있는지 확인했다.

"(뼈가 움직이고 있어.)"

"(그래, 스켈레톤이네. 나한테 맡겨.)"

스켈레톤은 이름대로 뼈만 있는 인간형 언데드 몬스터다. 11층부터는 언데드가 많아져서 드물지도 않은 몬스터지만 DLC '골렘의 고동'이 나오면서 약해진 버전의 스켈레톤이 7층에도 나오게 되었다.

녀석은 뼈만 있어서 나이프의 찌르기 공격은 효과가 적으니 큰 검을 가지고 있는 내가 해치우는 편이 좋을 것이다. 아직 우리가 있다는 걸 알아차리지 못했다. 반격을 허용하지 않고 일격에 스켈레톤을 잡기 위해 기리를 좁혔다.

하지만 스켈레톤도 광역 감지 능력을 가지고 있는지 바로 뒤에 있음에도 불구하고 순식간에 내 존재를 알아차리고 예상 이상으로 빠르게 반응하고 빠른 속도로 이쪽으로 질주해 왔다.

서로의 거리가 급속히 좁혀져, 선공을 취하려던 걸 포기하고 스켈레톤의 사선베기를 검으로 한 번 받아 내고 반격하는 것으로 목표를 변경…… 했지만 생각보다 공격이 무거워서 손에 충격이 일었다.

"큭…… 이야압!"

토 킥으로 갈비뼈 몇 대를 차서 날렸다. 균형을 잃었을 때 두개골을 노리고 있는 힘껏 검을 내리치자 두개골이 산산조각 났다. 일부 뼈는 달그락달그락 소리를 내며 진동했지만 얼마 안 있어 움직이지 않게 되었고 마석으로 변했다.

안전화를 신고 전력으로 날리는 토 킥은 위력이 상당하네.

"후우…… 생각보다 속도도 파워도 있었어…… 몬스터 레벨이 아마 8이었나."

"스켈레톤은 저렇게 빠르구나. 뼈밖에 없는데."

뼈밖에 없어서 몸이 가벼워서인지 스켈레톤의 첫 움직임은 빠르고, 그런데도 파워도 있어서 무기를 막아냈을 때의 운동 에너지는 상상 이상이었다. 관절의 가동 범위를 넘어서 공격을 해오기 때문에 사람을 상대하는 것과는 달리 공격 패턴도 상당히 예측하기 힘들다. 마력을 이용한 감지 능력의 범위도 넓어서 마력 차단 스킬이 없는 초반에는 선수를 치는 게 어렵다.

던익에서도 스켈레톤은 단순한 잔챙이 몬스터로 취급 받지는 않았는데, 실제로 상대하니 몬스터 레벨이 8이라고는 생각할 수 없을 정도로 강하다고 느꼈다. 골렘 사냥을 하는 김에 스켈레톤도 사냥할까 하는 생각도 했지만, 이런 걸 여럿 상대하면 아주 힘들 것 같으니 골렘만 잡는 것으로 목표를 좁히는 편이 좋을 것 같다.

마력 감지 능력이 있는 언데드를 상대로 연전을 벌일 것이라면 마력 차단 스킬이나 언데드에게 특효가 있는 무기를 얻은 다음에 하자.

손전등의 불빛에 의지해서 천천히 확인하듯이 계속해서 나아갔다. 어둠 속에서 이동할 때는 지향성이 있는 손전등이 편리하지만 전투할 때는 넓은 구역을 비출 수 있는 램프형 조명도 들고 있는 편이 좋겠다.

스켈레톤 몇 마리와 교전하면서 카타콤의 회랑을 따라 지그재

그로 걸어서 겨우 위로 올라가는 계단을 발견했다. 몬스터가 없는지 소리를 내지 않고 주의하면서 올라가니 예배당 같은 곳으로 나왔다.

안의 상태는 상당히 나빴다. 천장 일부가 무너져 있고 버팀목 몇 개는 부러져 있고 잔해가 어지러이 흩어져 있었다. 벽 안쪽에도 담쟁이덩굴이 우거져 있었다. 신을 모시는 제단 같은 것 위에는 신을 모신 물건은 없고, 쇼케이스 같은 것만이 있었다. 성유물 신앙인 걸까.

그 외에는 작은 방이 두 개 정도 있었지만 몬스터는 없는 듯했다.

"그럼 휴식 시간을 가져 볼까. 돗자리 꺼내 줘."

"네~."

여기까지 오랫동안 걸어왔으니, 소리를 경계하면서 휴식하기로 했다. 카노가 돗자리를 까는 동안 나는 배낭에서 물통과 과자를 꺼냈다. 감자칩 봉지를 여니 반 정도 부서져 있었다. 스켈레톤과의 전투에서 충격을 받아서인가. 다음에 가져올 때는 부서지지 않을 과자를 가지고 오자.

이온음료를 한 입 꿀꺽 마시고 한숨 돌렸다.

이곳은 이미 DLC '골렘의 고동'으로 추가된 구역이다. 즉, 이 세계는 적어도 전이 전의 상태와 마찬가지로 최신 DLC까지 포함된 세계라는 것이 확정됐다.

최대 레벨은 90. 육성 방침은 물리나 마법 중 특화해서 기르는 것이 아니라 만능형으로 강해지는 편이 좋다는 건가.

(출시된 퀘스트 아이템, 유니크 아이템도 일찍 회수해 두는 편이 좋은가.)

아카기가 손에 넣은 [스태틱 소드]도 그렇지만 퀘스트 아이템은 강력한 효과가 있는 것이 많다. 시험 삼아 나도 [스태틱 소드]를 입수할 수 있는지 보려고 퀘스트를 발생시키려고 했지만 실패로 끝났다. 이런 유니크 아이템은 먼저 가져가는 사람이 임자이기 때문에 다른 플레이어와 쟁탈전이 벌어진다는 것도 판명됐다.

(정보가 들어오면 들어오는 대로 생각해야 할 게 많네…….)

동생은 예배당이 흥미로운지 막대과자를 베어 먹으면서 제단과 벽을 어슬렁거리며 둘러봤다. 그 모습을 멍하니 보고 있었는데 담쟁이덩굴이 우거진 쪽의 벽에서 뭔가를 발견했는지 이쪽으로 오라며 손을 흔들었다.

"저기 저기. 이 구불구불한 이상한 문양은 게이트지?"

"……그렇네, 이건 게이트네."

담쟁이덩굴을 베어내고 전체를 봤다. 틀림없이 게이트 마법진이다.

보통 게이트 방은 5배수 층에 설치돼있지만, 퀘스트나 이벤트가 있는 층에 설치돼 있는 경우도 있다. 여기도 그런 장소 중 하나일 것이다.

DLC '골렘의 고동'이 업데이트 됐을 때의 나는 이미 상급자라

TIPS **유니크 아이템** : 게임 월드에서 하나밖에 없는 아이템. 퀘스트로 입수하는 경우, 그 퀘스트는 한 번밖에 발생하지 않기 때문에 선착순이 된다.

서 추가 지역은 60층 이상의 심층 부분만 탐색했다. 그래서 7층의 추가 지역은 그렇게 자세히 알지 못한다. 여기에 오기까지 2시간 가까이 걸리니 찾아서 운이 좋다고 할 수 있겠다.

"그럼, 일단 마력 등록을 해둘까. 카노까지 등록하면 5층에 갈 수 없게 되니까 나만 하는 게 좋을지도."

"응, 엄마도 버스 태워주고 싶기도 하니까~."

짐을 배낭에 담고 게이트 등록을 마친 뒤에 밖으로 나오니, 적지 않은 수의 무너진 석조 건물이 있는 쇠락한 장소가 나왔다. 전부 녹색 담쟁이덩굴과 수목에 뒤덮여 있어서 시간이 조금만 지나면 무너져 내릴 것 같았다.

하늘은 어둑어둑했지만 걷기에는 전혀 문제없는 정도의 광량이었다.

"여기에 골렘이 나와?"

"골렘은 좀 더 가서 나오는 건물 안에서 나올 거야. 그보다 근처의 몬스터에는 주의해."

여긴 폐허 맵으로 리젠되는 몬스터는 스켈레톤뿐이라 생각하는데, 아무튼 기억이 애매했다. 물리 공격이 통하지 않는 고스트나 레이스는 나오지 않을 테지만…… 눈에 띄면 마법 공격 수단이 없으니 바로 도망칠 결단을 내려야만 한다.

"나도 마법을 쓸 수 있을까."

"전직하면. 그 외에는 마법이 부여된 무기를 얻으면 대미지가 들어갈 거야……. 바로 스켈레톤이 납셨네. 같이 잡을까."

"협공하자."

이번 스켈레톤은 검과 방패를 들었다. 우리를 발견하자 한눈 팔지 않고 맹렬하게 대시해서 다가왔다. 내가 첫 일격을 막아 내는 것과 동시에 동생은 배후로 돌아서 방패를 든 쪽의 팔꿈치 관절을 꺾으며 공격했다.

"관절이 간단히 빠지네."

"잘했어."

빠진 관절의 앞부분이 방패와 함께 땅에 떨어졌다. 균형을 잃 은 스켈레톤은 위협으로 느낀 동생 쪽으로 빙글 뒤돌아보고 검 을 내리치려고— 했지만 빈틈투성이가 된 배후에 횡베기를 가 해 상반신을 날려 버렸다.

"아직 달각달각 움직이네."

"얍."

거리를 좁힌 동생이 축구공처럼 두개골을 걷어차자 움직이지 않게 되고 마석이 되었다.

"카노……? 뭔가 전투에 엄청 익숙한데…… 어떻게 된 거야."

"그래? 사극을 꽤 많이 봐서 그런가~."

사극의 전투신을 보면 전투 기술이 향상…… 될 리가 없다. 아 니, 향상될지도 모르지만, 그건 평소부터 단련하고 연구하는 무 술연구가에게만 해당될 것이다. 설마 안 보이는 곳에서 몰래 연 구한 걸까. 그러고 보니 최근 무술 학교에 다녔다고 말했던가.

쫄랑쫄랑 움직이는 걸 좋아하는 녀석이라고는 생각했지만, 오 빠는 깜짝 놀랐다고. 그보다 운동신경이 이렇게 좋고 외모도 귀 여운 여자애가 운동도 못하고 외모도 좀 그런 뚱땡이와 친남매라는 게 놀랍다.

스켈레톤과 교전하면서 쇠락한 황야를 남쪽으로 계속해서 이동하니 완만한 언덕 위에 눈에 띄가 큰 벽이 보이기 시작했다. 높이가 10m 이상이나 되는 벽이 옆으로도 100m 이상 이어졌다. 언덕 아래에선 벽 안에 있는 건물이 일부밖에 안 보였다. 저게 목적지인 성채다.

설정으로는 골렘을 연구하던 성주에게 무슨 일이 생겨서 이 일대가 쇠퇴해 버리고 그대로 남겨졌다는 배경이 있었던 것 같기도 하고 없었던 것 같기도 하고. [기갑사]가 될 것이라면 이 성채와 관련된 퀘스트 아이템을 모아야만 하지만, 공교롭게도 게임을 할 때는 [기갑사]에 관심이 없어서 한 번도 한 적이 없다.

그럼, 안은 어떻게 되어있을까.

"크다~. 요새? 성인가."

"성채야. 저 안에 골렘이 리젠되는데, 작전을 말할게."

이 성채에 리젠되는 골렘은 우드 골렘. 레벨이 9인 몬스터 중에서는 보스 같은 존재다. 잡아도 5분만에 리젠되니 독점할 수 있으면 레벨 업하기에 안성맞춤인 몬스터다.

평범하게 계속 공격을 하면 언젠가 움직이지 않게 되지만, 부드러운 나무로 만들어져 있다고는 해도 경이로운 내구력을 자랑한다. 그런 짓을 하면 잡는 데 시간이 걸리고 체력도 버티지 못한다. 화속성 공격이 있으면 정면으로 맞붙어도 잡을 수 있지만 마법 공격 수단이 없는 현 시점에는 제외한다.

"골렘의 핵?"

"그곳을 공격해 파괴하면 간단히 잡을 수 있는 좋은 몬스터야."

골렘의 등에는 수정으로 된 핵이 묻혀있다. 핵을 부수지 않고 뽑아내면 [기갑사]가 되기 위한 퀘스트 아이템 [우드 골렘의 핵]을 얻을 수 있는데, 난이도는 당연히 높다. 지금은 무리할 필요도 없으니 부수는 방향으로 간다고 전했다.

골렘의 이동 속도 자체는 느리지만 방향 전환은 빠르다. 솔로로 하면 골렘의 뒤를 잡는 게 어려워서 비길 데 없는 강적이 되지만, 둘이라면 누군가가 주의를 끌면 다른 한 명은 백어택을 할 수 있으니 호구라고 부를 수 있는 몬스터로 전락한다.

"핵을 뽑아 내면 팔 수 있다고 했지?"

"10층에 있는 가게에서. 하지만 무리는 하지 마. 레벨이 오른 뒤에도 뽑으러 올 수 있어."

어째 돈이 되는 것에 정신이 팔리는 나쁜 버릇이 있네…… 하지만 지금은 나도 돈이 부족하다. 보물찾기부터 시작할까.

"골렘은 나중에 잡고, 먼저 보물 상자를 찾으러 갈까. 아무도 안 왔으면 성관(城館) 안 어딘가에 하나 있을 거야."

"오오~! 어, 어떤 게 들어있어?"

"그건 미리 알면 재미없지."

언젠가 불렀던 보물 송을 흥얼거리면서 언덕길을 올라 성관 앞에 도착했다. 정면에는 거대한 문에 달린 현관이 있었지만, 이미 열려 있어서 문제없이 들어갈 수 있었다. 안뜰 같은 탁 트인 곳의 중앙 부근에 골렘이 있어서 그곳에는 다가가지 않고 우선 성관 안으로 향했다.

평평한 돌을 쌓아 올려 만들어진 성관 내부는 벽 일부가 무너져 있기도 하고 목제 바닥 곳곳이 썩어서 구멍이 뚫려 있었지만, 상태가 그렇게 나쁘지는 않았다. 통풍이 잘 돼서인지 공기도 침체되어 있지 않았다. 아무것도 끼워져 있지 않은 창이 작아서 어둑어둑했고, 발밑을 조심하면서 복도 안쪽으로 나아갔다.

"구덩이 같은 건 없어?"

"함정은 없어. 함정이 딸린 보물 상자는 11층 이후부터 나오니까 안심하고 열어도 돼. 하지만 큰 소리는 내지 않도록 주의해."

"네~."

성관 안에도 스켈레톤이 있었던 것 같으니 가능하면 기습으로 잡아 나가고 싶다. 작은 방을 탐색하면서 통로를 나아가니.

"(아, 있다 있다. 스켈레톤…… 두 마리.)"

"(한 마리는 기습으로 잡고, 두 마리째는 평범하게 잡자.)"

일정한 순회 루트를 배회하는 타입인 듯했다. 스켈레톤은 벽 너머까지는 마력 탐지를 못 하기 때문에 첫 번째 스켈레톤은 모퉁이에 숨어있다가 기습하는 작전으로 간다.

순회 루트를 파악하고 모퉁이에서 기다리고 있으니 달그락달그락 하는 발소리가 다가왔다.

"이야압!"

"다른 한 마리도 왔어!"

검과 방패를 든 스켈레톤의 정수리부터 일격에 때려 부쉈다. 그 소리를 들은 또 한 마리의 스켈레톤이 손도끼를 치켜들고 맹렬하게 달려왔다.

둘이 모퉁이에서 동시에 튀어나왔고, 스켈레톤은 동생에게 공격을 가했기에 나는 그 배후로 돌아서 틈을 노렸…… 지만 도끼로 막아냈다. 예측하고 있었나?

공격 대상을 나로 바꾼 것을 본 동생이 바로 공격했다.

"V자 슬래시!"

특촬물의 주인공이 쓰는 스킬의 이름을 외치면서 양손에 든 나이프를 V자로 내리쳤다. 또도독 하는 기분 좋은 소리를 내며 갈비뼈 몇 대가 날아가는 스켈레톤. 균형을 잃었을 때 둘이서 마구 두들겨 패서 마석으로 만들었다.

통로 가장 안쪽에는 성주의 방으로 보이는 호사스러운 ―썩어가고 있지만― 문이 있었다.

"이 앞은 성주의 방이네…… 뭔가 있을지도 몰라."

"하지만 보물이 있을 것 같지 않아?"

흠. 일단 가볼까.

소리를 내지 않고 문을 아주 살짝만 열어 안을 들여다봤다. 지금까지 봐왔던 쇠락한 방과는 달리 비싸 보이는 빨간 융단과 가구가 보였다. 그 안쪽에 호사스러운 팔걸이 의자에 앉은 스켈레톤이 있었다.

"(저건…… 레어 몬스터네…… 인간종 스켈레톤이 아닌가?)"

지금까지 봐온 스켈레톤은 일반적인 인간종 스켈레톤이며 방어구는 장비하지 않고 다 드러난 뼈만 있었다. 몬스터 레벨도 8이었다. 하지만 이 녀석은 금속제 갑옷을 입고 있었고 이마에 쭉 뻗은 뿔이 하나 나있었다. 던익에서 익숙한 마인이나 악마 계통이 아니다. 무슨 종족일까.

아마 몬스터 레벨도 8보다 더 높을 것이다. 안 싸우는 게 낫다.

"(오빠! 저 스켈레톤 발 아래!)"

발 아래에는 부조로 무늬가 새겨진 금속제 보물 상자가 있었다.

던익의 던전에는 보물 상자가 나오는 경우가 있다.

보물 상자의 내용물 중에는 장비품과 재료, 매직 아이템, 던전 통화, 확률은 낮지만 보물 상자에서만 얻을 수 있는 레어 아이템이 들어있는 경우도 있어서 플레이어들은 경쟁적으로 보물 상자를 찾아다녔다.

그 보물 상자에는 몇 가지 규칙성이 있다.

· 한번 열면 일정 시간이 지난 후에 소멸하며 다른 장소에 다시 나타난다.

· 보물 상자에는 레어리티가 있으며 층이 깊을수록 레어리티가 높아진다.

· 잠겨있거나 함정이 설치되어 있는 경우가 있다.

이 층에 있는 [나무 보물 상자]라면 잠겨있지 않기 때문에 대응하는 열쇠나 스킬은 필요 없다. 하지만 중층 이후의 보물 상자에는 폭발 함정이 설치되어 있거나 어중간한 플로어 보스보

TIPS / 보물 상자의 레어리티 : 보물 상자의 재질에 따라 레어리티가 있으며 나무→동→은→금→미스릴→오리할콘→아다만타이트 순으로 높아진다. 통상적으로 20층 전후까지의 보물 상자는 목제.

다 강력한 미믹이 위장하고 있기 때문에 여는 것만으로도 상당한 스릴이 느껴진다.

심층에 가면 함정이 즉사급인 경우도 흔하다. 심한 건 거대한 폭발이 일어나 일대가 날아가 버리는 함정도 있다. 해제도 어렵고 보물 상자에 대응하는 열쇠나 스킬이 요구되기 때문에 열 수 있는 플레이어는 일부밖에 없었다.

──그리고 이야기는 통로 앞으로 돌아온다.

원래 보물 상자가 7층에서 나오지는 않았지만, DLC 업데이트로 추가 구역 내에 배치되게 되었다는 건 알고 있었다. 그리고 눈앞에는 보물 상자에 걸터앉아 고개를 숙이고 있는 스켈레톤. 하지만──.

(이상해…….)

이 구역에 나오는 보물 상자는 [나무 보물 상자]일 텐데 저기에 있는 건 어떻게 봐도 광택이 있는 금속제 상자다. 게다가 부조로 무늬까지 새겨져 있다. 그리고 저 스켈레톤도 이상하다.

지금까지 싸운 스켈레톤은 방어구 없이 무기와 방패밖에 없었는데 이 녀석은 세세한 장식이 된 체인메일과 투구를 갖춰 입고 뼈의 색깔도 왠지 거무스름한데다가 뿔까지 돋아 있다. 한눈에 봐도 주변에 있는 스켈레톤과는 다르다는 걸 알 수 있었다. 아마 네임드 몬스터일 것이다. 외모는 뿔을 제외하면 요전의 던전

TIPS 네임드 몬스터 : 게임 월드에서 한 마리밖에 안 나오는 특수한 몬스터. 이런 몬스터는 보스급으로 강한 경우가 많으며 고유한 이름이 있다.

공략 중계에서 본 카오스 솔저와 가까웠다.

휴식 상태인지 꼼짝도 하지 않아 얼마나 강한지까지는 단정할 수 없다. 이름만이라도 보고 싶었지만 《간이감정》을 쓰면 들킬 테고, 분명 전투가 벌어질 것이다. 무기 스킬을 쓸 가능성도 있어서 게임 지식이 없는 동생에게 쓰면 위험하다.

"(저 녀석, 레벨이 9 이상이 될 것 같아. 이번에는 물러나서 골렘으로 레벨을 올린 다음에 오는 편이 좋을 거야.)"

"어…… 어쩌면 보물 상자가 사라져 버릴지도 모르잖아!"

코앞에 당근을 매달아 놓은 말처럼 된 동생에게 보물 상자는 열지 않는 한 사라지는 일은 없다고 어떻게든 설득했다. 문제는 여기에 누가 왔을 경우인데, 굳이 구덩이에 내려와 옆으로 뚫린 굴을 조사하는 모험가가 있을까. 아니, 여기까지 왔다고 하더라도 보물 상자는 다시 생겨난다. 목숨이 달린 상황에 무리할 필요는 없다.

내 게임 지식에 없는 미지의 몬스터와 싸우는 경우에는 가능한 한 신중하게 가야만 한다. 특히 네임드 몬스터 등은 최악의 경우 '플로어 보스급'일 가능성도 있기 때문이다.

"(으으…… 그럼 다시 저거 가지러 와줄래?)"

"(레벨이 오르면. 그러니까 지금은 참아.)"

마지못해 승낙하긴 했지만 철수해서 안뜰에 있는 골렘을 잡으러 가기로 했다. 동생은 아쉬운 듯이 몇 번이나 뒤돌아봤지만, 목숨이 제일이니 지금은 포기해 줬으면 한다.

도중에 통로 옆에 있는 작은 창으로 안뜰을 들여다보니…… 있다. 우드 골렘이다. 안뜰은 곳곳에 풀이 자라나 있지만 깨끗했다. 누군가가 예초하고 있는 게 아니라 그런 지형일 것이다. 그런 안뜰에 골렘이 다리를 질질 끌며 서성이고 있었다. 크기는 2.5m 정도일까. 팔다리도 두꺼워서 무게는 1톤 가까이 될 것이다.

동생이 가져온 쌍안경으로 골렘을 관찰했다.

"등에 돌이 박혀있는데…… 저게 핵이지?"

굉장히 천천히 움직여서 힘을 과소평가 할 것만 같지만, 저 녀석의 무서운 부분은 파워다.

"그래. 저 녀석의 공격은 묵직하니까 막지 마. 전부 피해."

"괜찮아, 오빠는 걱정이 많다니깐~. 후딱 레벨 올리자~."

골렘은 전방위 생명 감지 타입이라 일정 거리에 다가가면 설령 뒤를 잡는다고 해도 바로 감지당하고 만다. 기습 공격은 불가능하다.

"처음엔 내가 유인할 테니까 핵을 부탁할게."

"등에 있는 핵을 뽑으면 되는 거지."

"뽑는 건 강해진 뒤에 언제든지 할 수 있어. 골렘의 움직임을 보면서 부수는 걸 우선해."

딱히 이해한 것 같지는 않지만…… 그럼, 해볼까.

무기를 들고 골렘에게 30m 정도까지 다가가자 이쪽으로 휙

TIPS 생명 감지 타입 : 생명력을 감지하는 타입. 시각에 좌우되지 않지만 언데드 같은 생명력이 없는 것은 감지할 수 없다. 일반적인 몬스터는 눈으로 보이는 범위를 감지하는 시각 감지 타입이다.

돌았고 뭔가 큰 모터가 움직이는 듯한 낮은 소리가 울리기 시작했다. 바퀴라도 튀어나올 것 같은 소리다.

"덤벼라 덩치!"

우드 골렘의 레벨은 9지만 움직임이 느려서 이동 속도는 스켈레톤이 훨씬 더 빠르게 느껴졌다. 하지만 그것도 접근하려 할 때까지의 이야기다. 펀치는 생각보다 리치가 길고, 빠르다.

"우오오, 펀치 빨라!"

"이건 이겼다아아! 흐읍~!"

우드 골렘의 펀치를 피하는데 한 방마다 박력이 엄청난 바람을 가르는 소리가 나서 간담이 서늘해졌다. 그런 펀치를 연속으로 날리는 경우도 있어서 한순간도 긴장을 풀 수 없다.

한편 동생은 뿌리를 뽑듯이 골렘의 등에 양발을 붙이고 핵을 당기고 있지만, 단단히 고정되어 뽑아내지 못하고 오히려 휘둘렸다.

"무기를 내려쳐서…… 뿌리부터 부러뜨려! 그보다 부수라고!"

"그치마안~ 아깝잖아~."

우드 골렘의 굉음 펀치를 피할 때마다 고간이 섬뜩해지는 기분 나쁜 느낌을 맛봤다. 땀도 솟아나는데 이건 식은땀이다. 오빠로서는 빨리 처리해줬으면 한다.

그 후로 1분 정도 땀투성이가 되면서 펀치를 피하는 시간이 이어졌다. 골렘의 핵에 나이프의 칼등을 몇 번이고 깡깡 내려쳐서 겨우 부러뜨리는 데 성공했다. 골렘은 그 자리에서 무너지듯이 땅에 쓰러져 그대로 마석이 되었다.

이곳의 골렘은 리젠 간격이 짧아서 금방 나타난다. 휴식하려면 일단 벗어나는 편이 좋을 것이다.

"하아하아…… 야, 무리하게 뽑으려고 시간을 들이면…… 오빠가 죽잖아!"

"그치만 이거 봐~ ♪ 얼마에 팔릴까~ ♪"

동생은 손에 든 골렘의 핵을 기울이며 기분 좋다는 듯 바라봤다. 아무리 부수라고 해도 보물을 포기할 수 없는 모양이다. 어쩔 수 없이 시간 유예를 30초를 주고 그래도 안 되면 부수기로 이야기를 정리했다.

"우~우~."

"우~우~ 가 아니야. 너도 레벨 8 되면 유인 역할 시킬 거야."

"에~ 어쩔 수 없네."

태평한 머리에 괜히 촙을 날리고 싶어졌지만, 지금 동생이 삐지면 효율이 나빠질 뿐이다. 그런 이야기를 하고 있으니 땅에서 검은 안개가 쑥 솟아나듯이 나타났다. 골렘은 퀘스트 몬스터라서 그런지 다른 몬스터와는 안개가 나타나는 방식이 다른 듯했다.

첫 전투에서 고속 펀치를 피하느라 피폐해져서 바로 싸우지는 않고 10분 정도 휴식. 두 마리째의 골렘부터는 골렘의 핵을 부러뜨리는 요령을 터득했는지 30초 이내에 핵을 뽑아 쓰러뜨릴 수 있었다. 그래도 전력질주 수준으로 움직여야 하지만.

"나대나 손도끼도 들고 올 걸 그랬어~. 나이프는 베는 데는 좋지만 꺾는 방향으로는 힘을 잘 실을 수가 없단 말이지."

스켈레톤과 싸울 때를 생각해도 나이프는 별로였나. 지금은 동생도 나름대로 힘이 있으니 좀 더 중량이 있는 무기로 이도류를 시험해 봐도 좋을지도 모르겠다.

그 후에도 넉넉하게 휴식하면서 우드 골렘을 다섯 마리 정도 잡았을 때 카노의 레벨이 8이 되었다. 원래 퀘스트 몬스터라서 경험치량이 많은 데다가 상대의 수준이 더 높아서 경험치 보너스도 들어오기 때문에 레벨이 오르는 게 빨랐다.

"아자~! 그럼 다음부터는 교대로 할래?"

"하아…… 하아…… 오빠는 이제 지쳤어…… 오늘은 이만 가자."

"에에~. 그럼 내일 또 할까."

골렘은 둘이서 싸우면 확실하게 급소를 노릴 수 있어서 정말 편한 적이었다. 게임을 할 때도 골렘은 얕은 층에서 레벨을 올릴 때 적절한 적이라는 정보가 나돌았는데, 그런 게임 지식은 여기서도 써먹을 수 있을 것 같다.

근데 동생의 던전 적응력도 생각보다 높았다. 이 상태로 가면 앞으로 2개월 정도면 레벨 15 정도까지 갈 수 있으려나. 평범하게 식사 제한을 하면서 레벨을 올리면 다이어트도 되니 정신 바짝 차리고 힘내자.

◢/////////////////////////

오늘의 수업이 끝나고 홈룸 시간에 연락 사항을 담담하게 설명하는 무라이 선생님. 어떻게 생각해도 E반에는 문제가 있다고 생각하는데, 그 문제에 대해서는 전혀 언급하지 않고 알아차리지 못한 듯한 태도로 교실을 뒤로했다.

홈룸이 끝나는 것과 동시에 D반 사람 몇 명이 교실에 들어와 부활동 심부름꾼으로 반 친구 몇 명을 데려가려고 했다. 어째 나는 조무래기 인정을 받은 듯한데, 잡일 목적으로도 써먹을 수 없다고 판단했는지 데려가려고 하지 않았다. 운이 좋은 걸까 슬퍼해야 하는 걸까.

뭐, 오늘도 동생이랑 골렘을 퇴치할 예정이니 이상하게 찍혀서 끌려다니는 것보다는 낫나.

"야, 아카기, 멍하니 있지 말고 오늘도 도우라고."

"……어, 어어……."

목덜미를 잡혀 교실 밖으로 끌려가는 아카기. 어떻게 봐도 괴롭히는 건데 선생님은 보고도 못 본 척. 반 친구들도 D반에 반항할 기운이 꺾여서인지 눈을 마주치려고 하는 사람조차 적은 처참한 상황이다.

E반 제일의 실력자 —로 여겨지는— 아카기를 일방적인 유린이라 할 수 있는 폭력으로 입 다물게 만든 카리야. 3년 먼저 던전에 갔다는 어드밴티지는 상상을 뛰어넘을 정도라는 걸 이해하게 되어 E반 전체가 어쩔 도리가 없는 암울한 분위기에 빠져 있었다.

현시점에는 내가 무슨 말을 해도 상황을 바꿀 수 없을 것이다. 만약 뭔가를 한다고 해도 카리야의 배후에 있는 놈들을 밝혀내서 혼내 주는 수밖에 없다. 카리야는 어디까지나 꼭두각시니까.
직접적으로 지시하고 있는 건 B반을 지배하고 있는 '그 녀석'일
테지만.

하지만 아카기가 끌려갈 때 그의 눈은 죽지 않았었다. 던전에
서 열심히 실력을 키워 복수할 생각일 것이다. 산죠와 카오루,
타치기도 도와주니 그렇게까지 걱정할 필요는 없을지도 모른다.

D반 학생 몇 명은 아카기를 데려간 후에도 자기 세상인 양 E
반에 버티고 앉았다.

"그리고 보니 내 형이 컬러즈의 하부 조직 파티에 불렸는데
말이야."

"컬러즈?! 대단하네!"

"마나카의 형은 '소렐'의 멤버였지."

"굉장하다~!"

저 녀석은...... 분명 교문에서 키쿠구치 씨를 날려 버린 녀석
이다. 나중에 조사할 생각이었는데 마나카라는 이름인가. 기억
해두자.

마나카가 큰 소리로 잡담을 시작해서 귀를 기울여 보니, 컬러
즈 산하의 클랜 파티에 참가할 수 있고 거물 모험가가 몇 명이
나 온다고 말했다.

컬러즈라고 하면 얼마 전에 리치를 공략하고 방송을 탄 효과
도 있어서 인기 상승중인 던전 공략 클랜인데, '소렐'이라는 클
랜은 컬러즈의 2차 단체보다 더 하부인, 소위 3차 단체 조직인
모양이다.

설령 3차 단체라고 해도 유명 클랜의 하부 조직이라면 모험가 학교 선배나 나름대로 성공한 모험가가 재적해 있다고 하며, 클랜의 수준은 어지간한 일반 클랜보다 훨씬 높다며 마나카가 손짓발짓을 하며 이야기했다.

컬러즈 같은 최전선 공략 클랜에는 갑자기 들어갈 수 있는 게 아니며, 하부 조직에서 강해지고 활약하여 이름을 알리면 더 상위에 있는 클랜으로 이적할 수 있는 시스템을 채용하고 있다. 최상위 클랜에 들어가고 싶으면 우선 그 하부 조직에 들어갈 필요가 있다. 예외적으로 최상위 클랜에서 다른 최상위 클랜으로 이적하는 일도 있다고 하지만, 던전 공략 정보 유출이 우려되기 때문에 공략 클랜끼리 이적하는 경우는 좀처럼 없다고 한다.

"타사토 씨도 컬러즈의 멤버도 진짜 대단했지~."

"나도 녹화를 몇 번이나 다시 보고 있어. 역시 최강 직업 [사무라이]야."

"나라에서 훈장을 받을 정도로 대단한 클랜을 만들어서 활약하지 않으면 [사무라이]가 될 수 없대."

확실히 컬러즈가 그 싸움에서 보여준 기백은 대단했다. 자신의 모든 것을 걸고 도전하는 모습은 화면 너머로 봤는데도 아직도 강렬한 인상이 남아있다. 일류 모험가를 동경하는 것도 이해가 된다.

모험가 학교에 다니는 학생 대부분의 제1지망이 모험가 대학에 가서 관료가 되는 것이다. 모험가 대학에 가지 못하면 다음으로 보통 대학에 진학하는 것이 일반적이지만, 유명 클랜에 갈 수 있다면 그쪽을 지망하는 학생도 많다. 하부 조직이지만 클랜 관련 이야기는 주목을 끄는 화제다. D반뿐만 아니라 E반 학생도 귀를 기울이고 있는 것을 보니 얼마나 관심이 많은지를 알수 있었다.

나는…… 대학은 전에 있던 세계에서 가서 모험가 대학 진행은 고려 안 한다. 진학하지 않고 모험가 지망이려나. 그리고 강해지면 믿을 수 있는 동료와 클랜을 만들어 보는 것도 좋을지도 모르겠다. 게임이랑은 달라서 이쪽 세계에서는 얼마나 공략해 나갈 수 있을지 모르겠지만, 설령 플로어 보스가 상대라고 하더라도 나라면 방법이 있을 것이다.

클랜을 어떻게 만들지 청사진을 생각하면서 D반의 교실로 가서 간단히 청소하고 쓰레기를 버리는 잡일을 허겁지겁 끝내고 교실을 뒤로했다. 향하는 곳은 공방이다. 골렘 대책을 위해 몇 가지 무기를 빌려두고 싶다.

빌릴 수 있는 무기는 대부분 강철제다. 더 단단한 스테인리스나 가벼운 티타늄제도 일단 빌릴 수 있지만, 학교의 공방에서는 가공이 어려워서인지 그런 금속 무기는 수량도 종류도 적다. 공방도 그런 가공하기 어려운 물건을 만들 바에는 예리함이나 내구성을 높인 던전 소재로 만든 무기를 만드는 편이 더 나을 것이다.

그렇다고는 해도 강한 몬스터의 발톱이나 송곳니, 마법 금속 등 던전 소재로 만든 무기는 인터넷 쇼핑과 경매, 모험가 길드의 매매소를 봐도 100만 엔 이상이라 너무 비싸서 빌려주는 건 불가능하다. 결국 공방에는 강철제 무기만 진열되게 되는 것이다.

10층 전후의 몬스터라면 강철제 렌탈 무기로도 충분하지만, 10층 도달이 벌써 코앞이다. 그 이상의 무기를 원한다면 스스로 사거나 재료를 모으는 수밖에 없다. 목숨이 달려 있는 이상 무기나 방어구에 돈을 아끼지 않는 게 좋다는 건 알고 있지만······ 고등학생에게 돈 같은 게 있을 리가 없고, 돈을 마련하느라 쫓기고 있는 게 현재 상황이다.

그래도 돈을 마련할 수단은 몇 가지 생각해 뒀다. 그때가 될 때까지 차분하게 준비를 갖춰 두자.

집에 돌아오니 동생은 이미 만반의 준비를 한 채, 한참 기다렸는데 늦다며 발을 쿵쿵 굴렀다. 밤에도 금방 잠들 수 없을 정도로 던전에 가는 게 기대되고 흥분돼서, 내가 집에 오는 걸 기다릴 수 없었던 모양이다.

바로 방어구로 갈아입으라는 재촉을 당하고 다시 학교로. 뒤쪽 통로에 아무도 없는 것을 확인하고 지하 1층의 빈 교실에 있는 게이트를 통해 등록해 놓은 던전 7층의 예배당으로 워프했다.

"……어라~? 누가 있었나?"

카노가 허름한 예배당 한쪽 구석을 가리켰다. 가리킨 곳을 보니 장작이 타고 남은 흔적이 있었다. 어제까지는 이런 흔적이 없었으니 누군가가 온 것은 확실하다. 여기서 불을 피우고 하룻밤을 보낸 걸까.

이 추가 구역에 오기 위해서는 아무도 올 것 같지 않은 7층 끝에 있는 구덩이에 들어가 그 바닥에 있는 옆으로 뚫린 굴을 통해 카타콤을 지나올 필요가 있다. 보통 모험가는 구덩이에 옆으로 뚫린 굴이 있다는 걸 알아차릴 리가 없는데.

그럼 게이트로 왔나?

게이트를 쓸 수 있다면 이런 곳에서 하룻밤을 지낼 필요가 없다. 올 때 게이트를 썼다면 똑같이 게이트를 써서 돌아가면 된다.

나와 같은 플레이어라는 생각도 했지만, 그래도 마찬가지다.

우리가 처음 여기에 왔을 때는 게이트가 담쟁이덩굴에 가려져 보이지 않는 상태였지만, 지금은 제거돼서 눈에 띄는 위치에 있다. 놀랄 정도로 담쟁이덩굴이 자라는 속도가 빠른 듯하지만, 플레이어라면 조금이라도 게이트의 마법진이 보이면 놓칠 일은 없을 것이다.

소거법으로 보면 탐색하기를 좋아하는 사람이 우연히 발견했거나 구덩이에 도망쳐야 하는 문제가 있었다거나 하는 이유가 있지 않았을까. 그러고 보니 7층의 구덩이에 들어올 때 몇몇 마랑이 멀리서 우는 소리가 들렸는데 여기에 온 모험가가 원인인 걸까.

그리고…… 가능성은 낮지만, 이 장소가 원래 일부 모험가에게만 알려져 있는 장소였을지도 모른다.

어쨌든 우리가 신경 쓸 일은 없을 것이다. 골렘은 안뜰 곳곳에서 리젠되니 소수의 모험가와 잡는다면 쟁탈전은 벌어지지 않을 것이다. 마음을 다잡고 골렘을 잡으러 가볼까.

쇠락한 황야를 열심히 걸어 요새까지 오니 길가에서 남자 셋으로 이루어진 파티가 모여서 앉아 있었다. 아마 예배당 안에서 모닥불을 피운 모험가일 것이다. 그중 한 명이 우리를 발견하자 '어~이' 하고 소리를 지르며 이쪽으로 다가왔다. 동생도 같이 있으니 남자들이 알아차리지 못하게 조심했다.

"오오, 너희들. 뭔가 먹을 건 없나? 배가 고파서 진짜 곤란해."

달려온 모험가는 흉갑 위로 밀리터리 재킷을 걸쳐 가볍게 장비하고 있었다. [시프]일까. 다른 두 명은 내의 위로 어깨보호대, 흉갑, 장갑, 정강이받이 등 온몸에 검은 마랑의 가죽으로 만든 방어구를 입고 한손검을 허리에 차고 있었다. 이쪽은 [파이터]인가. 세 사람이 가슴에 태양 같은 마크의 배지를 달고 있어서 같은 클랜이라는 걸 추측할 수 있었다.

그 세 사람의 이야기를 들어보니…… 7층에서 갑자기 대량의 마랑 난입이 발생해서 가까이에 있던 구덩이에 도망쳐서 재정비를 하려는데, 옆으로 뚫린 굴을 발견해서 이런 곳에 와버렸다고 한다. 역시 어제 들은 멀리서 마랑이 우는 소리는 이 사람들이 원인이었나.

여기서 게이트를 쓰지 않고 돌아간다고 해도 한나절 가까이 걸릴 것이다. 그동안 공복인 그대로면 괴로울 것이라 생각해서 가져온 간식의 절반을 나눠 줬지만 '쩨쩨하게 굴지 마. 그것도 내놔'라며 나머지 절반도 거리낌 없이 가져갔다. 뻔뻔하기 짝이 없다.

세 사람은 경쟁하듯이 과자를 우적우적 먹어 치웠고, 더는 없다고 하자 깔끔하게 놓아 줬다. 여긴 어디인지, 우리는 누구인지 등 이런저런 질문을 받을 줄 알았는데 기우인 듯했다. 뭐, 물어봐도 그런 건 모르고 우리도 길을 헤매서 여기까지 왔다고 말할 생각이었지만.

여우에게 홀린 듯한 느낌이 드는 사건이었지만, 이런 일도 있다며 체념하고 요새 안의 안뜰로 향했다. 슬슬 전직이 보이기 시작했으니 다시 힘내자.

"정말~. 모처럼 기대하던 간식이었는데! 그리고…… 뭐랄까,

그 사람들 냄새났어⋯⋯."

"며칠이나 던전에 있었겠지."

아까 전에 본 세 사람은 수염이 상당히 자라나 있었고 옷을 며칠이나 갈아입지 않은 것 같았다. 게이트의 존재를 모르는 일반 모험가의 던전 다이브는 일주일 동안 머무르는 경우도 흔하다. 공략팀은 몇 달 동안 계속 머무르는 경우도 있다고 한다. 당연히 그 동안에는 목욕 같은 건 못하고 기껏해야 몸을 닦는 정도다. 이쪽 세계에서의 모험가는 그야말로 모험을 하는 자를 의미한다. 가혹한 노숙 생활에도 적응할 필요가 있다.

우리도 게이트를 쓸 수 있다고는 해도 심층까지 가면 강적이나 복잡한 지형을 공략하는 데 시간을 빼앗겨 당일에 돌아가는 게 어려워지는 경우가 있을 것이다. 빨리 [기갑사]가 되어서《골렘 캐슬》스킬만큼은 배워 두고 싶다.

그리하여 안뜰에 도착. 골렘의 감지 영역 밖에 돗자리를 깔아 짐을 두고 느긋하게 준비에 착수했다.

동생은 골렘을 상대하기 위해 빌려온 두 자루의 대거를 휘둘러 벌써부터 무기의 감을 잡았다. 이 단검은 약간 크고 나대처럼 쳐서 자르는 것도 가능해서 범용성은 있지만 나이프와는 달리 어느 정도 무게가 있다. 잘 다룰 수 있을지 걱정했는데 전혀 문제없는 것 같다.《이도류》라는 스킬은 양손에 무기를 들었을 때 위력을 강화시키는 스킬인데, 처음 쓰는 무기조차 이런 단시간에 잘 다루게 되는 건 너무 사기다. 혹시 전투센스까지 상승시키는 걸까.

오빠로서의 위엄을 어떻게 지킬까 하는 생각을 하면서 나도 빌려온 손도끼를 들고 골렘 사냥을 시작하려 했을 때——.

"어~이. 여기 성 안쪽에 이상한 스켈레톤이 있다는 거 알고 있어~?"

과자를 빼앗아 간 세 사람이 다시 찾아왔다. 이제 막 시작하려는데 귀찮은 일이 생겼다.

"그래 그래, 그 스켈레톤은 흔한 스켈레톤과는 달리 강해 보였으니 말이야. 우리는 셋이고 너희는 둘이잖아. 파티를 맺어서 잡자고."

"레오야, 그 전에 우리 소개부터 하는 게 낫지 않겠냐?"

이 사람들이 말하는 '스켈레톤'은 성주의 방에 있는 보물 상자를 지키는 스켈레톤일 것이다. 《간이감정》은 안 해서 얼마나 센지는 모르겠지만, 분명 휴식 상태인데도 강적임을 알 수 있는 아우라가 감돌았다.

세 사람의 장비를 보아하니 레벨10 전후인가. 지금 나보다 레벨은 높을지도 모르지만, 목숨을 걸어야 하는 싸움에 임하는데 만난 지 얼마 안 된 —게다가 과자를 빼앗아간— 모험가와 파티를 맺는다는 건 있을 수 없는 일이다. 애초에 저 몬스터에 관한 정보는 내 게임 지식에는 없고 어느 정도로 강한지도 분명하지 않다. 좀 더 레벨을 올리고 장비를 갖춘 다음에 싸우고 싶은 상대인데.

옆을 보니 카노도 싫은 듯이 미간을 찌푸리고 있었다.

우리가 떨떠름해하는 모습을 보자 '우리는 컬러즈 산하의 소렐이라는 클랜 소속이야'라며 수염과 구레나룻이 이어진 남자가 자신만만하게 자기소개를 하기 시작했다. 아아…… '소렐' 말이지. 오늘 막 들었다고.

시프의 옷차림을 한 남자는 마나카 마사루라고 한다. 마나카라면, D반의 마나카가 소렐이 어떻다면서 자랑했는데, 그 형인가 보네……. 파티를 맺을 생각이 완전히 사라졌는데.

"저기~ 죄송한데, 저희는 사양할게요."

"아앙~?"

단번에 거친 태도로 우리를 위압하는 마나카. 뒤에 있는 두 사람도 노골적으로 우리를 째려봤다. 성가신 놈들이다.

일단 여기서 싸울지 말지는 제쳐두고《간이감정》을 해둘까.

〈이름〉마나카 마사루
〈직업〉시프
〈강한 정도〉약간 강함
〈소지 스킬 수〉3

〈이름〉아키히사 레오
〈직업〉파이터
〈강한 정도〉동일함
〈소지 스킬 수〉2

〈이름〉이치와타리 카즈야
〈직업〉파이터
〈강한 정도〉동일함
〈소지 스킬 수〉2

처음으로 사람에게《간이감정》을 써 봤는데…… 뇌 속에 문자열이 떠오르는 듯한 느낌으로 알게 되는 건가. 의식하지 않으면 이미지가 희미해져가니 능숙하게 쓰려면 익숙해질 필요가 있을지도 모르겠다.

모두 초기 직업 [뉴비]에서 기본 직업으로 전직을 끝내뒀다. 《간이감정》으로는 주관적으로 얼마나 강한지밖에 알 수 없기 때문에 '동일함'이나 '약간 강함'과 같이 스킬 사용자 입장에서 본 강한 정도가 표기된다.

내가 레벨8이니 아마 마나카의 형이 레벨10, 아키히사와 이치와타리가 레벨 8~9인가. 스킬도 소지 스킬 수를 보면《간이감정》혹은 기본 직업으로 배운 스킬을 가지고 있을 것이다.《스킬 칸+3》은 배우지 않은 채로 바로 전직한 것 같다.

그럼 어떻게 할까. '비장의 수단'을 쓰면 이 녀석들 정도는 처리 못할 것도 없지만…… 나중에 귀찮아진다.

TIPS《간이감정》의 주관적인 전투력 표시	
-5레벨 이하 상대가 안 될 정도로 약함	+0~1레벨 동일함
-4레벨　　아주 아주 약함	+2레벨 약간 강함
-3레벨　　아주 약함	+3레벨 강함
-2레벨　　약함	+4레벨 아주 강함
-1레벨　　약간 약함	+5레벨 아주 아주 강함
	+6레벨 이상 헤아릴 수 없을 정도로 강함

"이 자식, 지금 《간이감정》을 썼지. 우리 컬러즈랑 싸울 생각이냐? 죽고 싶냐?"

3차 단체의 말단 따위가 톱 클랜의 이름을 대지 말라고……라며 짜증을 내면서도 '우리는 아직 레벨8이라서 방해밖에 안될 거예요'라고 말하며 정중하게 거절했다. 하지만 전혀 들으려 하지 않는 마나카 일행. 잠깐 입씨름이 벌어져 머릿속으로 세 사람을 날려 버리는 시뮬레이션을 하면서 마음을 진정시키고 있으니——.

"오빠. 시간이 아까우니까 어울려 줄 만큼 어울려 보는 건 어떨까."

"오, 말이 잘 통하네, 아가씨."

하아…… 왠지 끈질긴데. 안 되면 도망치는 방향으로 깔끔하게 끝내는 게 좋을지도 모른다. 근데 식량도 없는데 태평하게 보물 상자를 뒤지는 건가. 여기서 돌아가는 것도 시간이 걸릴 텐데, 그쪽의 던전 계획은 괜찮은 게 맞는가.

우리가 짜증이 나 있는 한편, 세 사람은 기분이 좋아졌는지 자랑을 줄줄 늘어놓기 시작했다.

"그래서 말이야, 컬러즈의 2차 단체인 '금란회'에 불려서 말이지."

"그래그래. 소렐에는 신세를 졌지만, 본가인 컬러즈에 들어가는 걸 목표로 삼고 있는 사람으로서 넘어가 줬으면 좋겠는데."

"우리도 드디어 금란회에 들어가는 건가, 헤헷."

이적 요청에 불린 게 아니라 단순히 파티에 불렸을 뿐이잖아.

그보다 너희 같은 놈들을 컬러즈에 들이면 품격이 떨어진다.

"(오빠, 얼굴이 움찔거리고 있어. 참아.)"

"(그래. 조심할게.)"

미간에 진 주름을 문지르면서 줄줄이 성관 안으로 들어갔다. 통로 도중에 있는 스켈레톤은 이미 쓰러져 있어서 성주의 방 바로 앞에서 작전회의를 하게 되었다.

"그럼 작전은…… 다구리 놓으면 되지 않겠냐."

"그거지."

(대체 뭐가.)

뭐, 후위도 탱커도 없고, 토벌 대상인 성주에 대한 정보도 없어서 쓸 수 있는 작전은 한정된다. 공격 대상을 좁히지 못하도록 둘러싸고 때리는 것도 나쁘지 않을지도 모른다.

"일단 《간이감정》으로 볼게."

이치와타리가 문 틈새로 《간이감정》을 써서 레어 스켈레톤을 조사해 보고 문제가 없을 것 같으면 작전 '다구리'로 가기로 했다. 문제가 있으면 어떻게 하나 싶었지만, 다섯 명이나 있으면 성주의 레벨이 9나 10이라도 무난하게 잡을 수 있을 것이다. 걱정할 필요는 없을 것 같다.

플로어 보스처럼 레벨이 크게 높은 몬스터일 가능성도 없진 않지만 플로어 보스가 추가 지역에서 나왔다는 기억은 없고 나온다고 해도 여긴 7층이니 몬스터 레벨은 기껏해야 12일 것이다. 도망치는 것만이라면 충분히 가능할 것이다.

감정 결과가 궁금해서 당장이라도 물어보고 싶었지만, 틈새로 안을 엿보고 있는 이치와타리는 굳은 채로 움직이지 않았다.

《간이감정》은 몬스터를 상대로 쓰면 미량의 어그로를 끌기 때문에 도발과 유사하게 쓸 수 있는 스킬이다. 몬스터에 따라서는 사용한 순간에 바로 교전 상태에 들어가기 때문에 꾸물거릴 시간은 없을 텐데.

"야, 카즈야…… 왜 그래?"

반응이 없는 걸 이상하게 생각한 마나카가 질문하자 이치와타리는 격하게 과호흡을 하며 허둥대기 시작했다.

"위, 위험해 도망──."

"쿠오오오오오오오오오오오!!!"

성주의 방의 문이 튕겨져 나와 이치와타리와 함께 날아가 버렸고, 안에서 심상치 않은 기척을 내는 스켈레톤이 나왔다.

제21장 ✦ 헤아릴 수 없을 정도로 강함

"쿠오오오오오오오오오오오!!!"

성주의 방의 문이 튕겨져 나와 이치와타리와 함께 날아가 버렸고, 안에서 심상치 않은 기척을 내는 스켈레톤이 나왔다.

무슨 일인가 싶어 바로 순간적으로 《간이감정》을 썼다.

〈이름〉 볼게무트 (유니크 보스)
〈종족〉 스켈레톤 노블 [섀도 워커]
〈강한 정도〉 헤아릴 수 없을 정도로 강함
〈소지 스킬 수〉 4

볼게무트. 유니크 보스인가…… 아니, 아니아니아니아니! 헤아릴 수 없을 정도로 강하다는 건 최소 내 레벨의 6 이상, 다시 말해서 레벨14 이상이라는 뜻이잖아!

……그보다 종족 뒤에 있는 직업이 [섀도 워커]인 건 굉장히 좋지 않다. 일부 강력한 몬스터는 모험가와 마찬가지로 직업을 가지고 있는 경우가 있다. 그 점은 무시한다고 해도, 문제는 그 직업이 상급 직업이라는 점이다. 상급 직업은 최소 레벨 20부터 될 수 있으며 그건 몬스터라도 마찬가지다.

즉, 이 녀석의 레벨이 20 이상이라는 사실을 알 수 있다──.

"[섀도 워커]가 뭐냐?!"

제21장 헤아릴 수 없을 정도로 강함 297

"왜 이런 놈이 7층에 있는 거냐! 위험하다고!"

볼게무트가 낮게 으르렁거리는 듯이 포효하자 검고 무겁고, 그리고 썩어 문드러진 듯한 《오라》가 솟아올랐다. 현기증이 날 정도로 엄청난 압력이다.

최악의 경우라도 플로어 보스 정도로 강할 것이라 예상했는데, 그런 건 비교도 안 될 정도로 위험한 녀석이다. 이건 당장이라도 철수해야만 한다.

날아간 이치와타리의 상황을 언뜻 봤다. 낫 형태의 도검—펄션일까—에 꿰뚫려 입에서 검붉은 피를 흘리며 꼼짝도 하지 않았다. 즉사했다.

"카노! 도망치자!"

"으…… 응…… 꺄악!"

도망치려고 한 그때. 놀랍게도 마나카가 카노의 다리를 베었다.

"미안하네, 저 녀석이 상대면 도망칠 수 없을지도 모르니 말이야."

"여기서 모두가 죽는 건 좀 아니지. 필요한 희생이라 생각해. 잘 있어라."

마나카와 아키히사는 쏜살같이 통로로 달아나고, 눈 안쪽을 검붉은 빛으로 번뜩이면서 이쪽을 돌아보는 금속제 중장비를 한 스켈레톤.

"오빠…… 도망쳐!"

다리를 베어 천천히 피를 흘리는 동생이 간청하듯이 나에게 말했다.

카노…… 그런 표정 짓지 마. 오랫동안 쭉 혼자였던 나에게 가족이라는 존재의 따뜻함을 가르쳐 준 너에겐 고마워하고 있어. 죽어도 두고 갈 생각은 없다.

그리고 뚱땡이도 안심해라. 네 소중한 동생은 반드시 지켜 주겠다. 넌 나고, 난 너니까. 조금은 날 믿어라.

볼게무트는 내가 도망치지 않는다는 걸 알았는지 천천히 걸어온다…… 아니, 저 걸음은 절대로 놓치지 않는다는 자신감의 표출일 것이다. 이미 [섀도 워커]의 이동 스킬 《섀도 스텝》이 발동해서 발치에 잔상이 일렁이고 있었다.

나도 동생을 감싸듯이 앞으로 나왔다. 카노의 다리를 벤 그 자식들은 나중에 꼭 쳐죽이기로 하고…….

"……야, 뼈다귀. 그 여유로운 태도를 바로 꺾어 줄게."

▰////////////////////

던익에서는 몬스터를 잡으면 경험치가 들어오고, 그 경험치가 일정량에 도달하면 레벨이 오른다. '레벨제 시스템'을 채용하고 있다.

레벨이 오르면 스탯이 상승한다. 레벨을 1 올려도 스탯 상승폭은 1이나 2 정도밖에 안 돼서 수치상으로는 그다지 강해진 것처럼 느껴지지는 않는다. 하지만 HP, MP, STR, INT, 반응속도, 동체시력 등, 온갖 방면에서 스탯이 상승하기 때문에 상승치가 적다고 해도 전투능력적인 면에서 큰 어드밴티지를 얻을 수 있다.

플레이어의 실력을 키우면 강해지는 건 틀림없지만, 그보다 레벨을 올리는 게 더 강해진다고 하는 건 이런 이유 때문이다.

그렇다면 자기보다 레벨이 높은 상대와 싸우려면 어떻게 하면 좋은가.

보통 레벨이 1~3 정도 높은 상대라면 장비나 스킬 조건이 같아도 운과 전투 지식, 플레이어의 실력이 있으면 충분히 이길 수 있다. 직업 특성과 스킬의 초기 움직임을 알고 있는가. 공격 모션의 틈을 찌를 수 있는가. 스킬체인과 페이크 스킬을 능숙하게 사용하는가. 이게 가능하다면 승률은 크게 높아질 것이다.

레벨 차이가 5나 나면 스탯 차이도 커져서 공격을 제대로 주고받는 건 어려워진다. 카리야 이벤트에서 카리야와 아카기의 레벨 차이도 딱 이 정도였으니 차이가 상당히 심하다는 걸 알 수 있을 것이다. 그래도 좋은 장비를 갖추고 있거나 플레이어의 실력에 따라서는 이길 수 있는 가능성이 있다.

하지만 레벨 차이가 10이나 나면 절망적이라고도 할 수 있는 전투 능력 차이가 생긴다.

게임을 하던 시절에 장비와 스킬을 통일하고 레벨 차이에 따른 전투 능력 차이가 얼마나 나는지 실험을 해본 클랜이 있었다. 그때 자기보다 레벨이 10 높은 상대와 호각으로 싸우려면 자신과 똑같은 수준인 사람을 10명 모아야 한다는 것이 밝혀졌다. 거꾸로 말하자면, 레벨 10 차이는 10명이 모이지 않으면 이길 수 없을 정도로 능력 차이가 난다는 뜻이다.

실제로는 레벨이 10이나 높으면 취급할 수 있는 장비와 스킬에도 차이가 생겨서 전투 능력 차이는 더욱 커질 수밖에 없다. 그런 상대와 1대1로 싸워서 이기는 건 지극히 어려운 일이지만, 할 수 있는 준비를 다 하고 온갖 수단을 이용해서 대책을 세우면 이길 가능성이 없는 건 아니다. 기적적으로 확률이 낮지만.

20레벨 차이라면 어떨까.

위에서 말한 실험 결과를 보면 100명을 모으면 호각으로 싸울 수 있을 것 같지만, 실제로는 몇 명을 모아도 이길 수 없었다. 100명이 있어도 1000명이 있어도 레벨이 20 높은 상대에게는 공격이 전혀 통하지 않았고, 반대로 공격을 당하면 일격에 여러 명이 증발하는 일방적인 싸움이 돼버린다. 요약하자면, 혼자서 레벨이 20 높은 상대에게 이길 가능성은 '0'이라는 것이다.

──이상의 내용을 고려해서 눈앞에 있는 적을 쓰러뜨리려면 어떻게 하면 좋은가.

내 레벨은 8. 아직 [뉴비]라서 직업 특성은 없고 소지 스킬도 《대식가》와 《간이감정》뿐이다. 둘 다 전투력을 올리는 스킬은 아니다. 전투력을 올리기는커녕 《대식가》는 STR −30%, AGI 반감이라는 디버프 효과까지 있다.

이에 비해 볼게무트. 몬스터 레벨은 적게 잡아도 20 이상. [섀도 워커]의 직업 특성으로 이동 속도와 반응속도도 상승해 있다. 저 펄션과 갑옷도 어떤 버프가 걸려 있는지 괴이한 빛을 뿜

TIPS **직업 특성** : 가지고 있는 직업에 따라 스탯 등에 혜택을 받을 수 있는 경우가 있다. 단, [뉴비]에겐 없다.

고 있었다.

게다가 볼게무트는 [섀도 워커]의 스킬 《섀도 스텝》을 발동시키고 있다. 스킬 효과는 5분 동안 가속력과 AGI에 +50% 보너스, 잔상 효과로 눈으로 보기 어려워지고 회피율도 30% 상승하는 갓스킬이다. 이 녀석이 쓰면 100m를 가볍게 5초에 주파할 정도의 속도는 나올 것이다.

내 장비는 학교에서 빌려온 아무런 효과도 부여되지 않은 강철 손도끼. 과연 이걸로 대미지가 들어갈까. 애초에 내 공격이 제대로 맞을까.

반대로 제대로 공격을 맞으면 마랑의 방어구를 입고 있다고 하더라도 일격에 몸통이 두 동강이 날 수도 있다. 상대의 공격력과 내 방어력 차이가 너무 많이 난다.

뒤에는 동생이 다리를 베여 움직이지 못하고 있다. 바로 지혈 조치를 하고 《소회복》을 써서 괜찮기야 하겠지만, 동생을 안고 게이트까지 도망치는 건 어려울 것이다.

그렇다면 각오를 다지고 싸우는 것 외에는 길이 없다.

나에게도 비장의 수단은 있다. 그걸 쓰면 내 몸도 멀쩡하지 않게 될지도 모르지만, 아무것도 하지 않으면 나도 동생도 죽을 뿐이다.

무슨 일이 있을 때를 위해 배낭에 챙겼던 [MP 회복 포션(소)]를 세 개 꺼내 허리의 파우치에 세팅했다.

"쿠오오오……."

근데 뭔가 묘한 녀석이다.

내가 알고 있는 대부분의 스켈레톤은 사냥감을 찾으면 아무 생각도 안 하고 공격해 오는 녀석들뿐이었다. 하지만 이 녀석은 바로 공격해 오지 않고 천천히 이쪽으로 걸어와 10m 정도 앞에서 걸음을 멈추고 나를 지켜봤다. 아니, **품평**하고 있는 건가.

뼈 위에 얄팍하고 메마른 가죽이 들러붙어 있을 뿐인데 웃고 있다는 걸 잘 알 수 있었다. 그런 행동도 유니크 보스이기 때문에 하는 건가. 지성과— 잔학성이 엿보인다.

사방에 흩뿌리는 추악한 《오라》도 여기에 올 때까지 본 몬스터와는 격이 달랐다. 짜릿짜릿하게 내장을 꽉 붙잡는 듯한 압박감을 줬다. 이 녀석과 비교하면 오크 로드도 아기 같다.

"도망쳐. 무리야…… 오빠……."

기특한 녀석이다. 자기가 다쳐서 날 말려들게 했다고 느껴 마음이 괴로울 것이다. 하지만 걱정하지 마라.

"준비할 시간을 주겠다면 순순히 받지."

'전 플레이어에게만 부여된 치트'라는 걸 보여주지.

나는 이 세계에서 **치트**라 할 수 있는 것을 몇 가지 알고 있다.

우선 게임 지식이다.

던익을 얼추 플레이했다면 던전 정보와 아이템, 무기, 스킬, 학교와 학생들에 대한 정보도 어느 정도 알 수 있다. 뿐만 아니라 앞으로 일어날 수 있는 이벤트라는 이름의 '미래'마저 알고 있다. 게임 지식은 이 세계에서 최대급 치트라고도 할 수 있을 것이다.

그뿐만이 아니다. 여기에 오기 직전의 게임 캐릭터의 스킬을 쓸 수 있는 치트도 있다는 걸 알고 있다. 언젠가 했던 실험으로 [웨펀 마스터]의 스킬《진공열충격》을 사용할 수 있었다는 것이 가장 확실한 증거다.

사실 난 그 이후로 스킬 실험을 몇 번이나 했다. 처음에는 [웨펀 마스터]의 스킬만 쓸 수 있는 줄 알았지만, 그게 아니라 '게임할 때 쓰던 캐릭터의 스킬'을 쓸 수 있다는 걸 실험 결과로 알아냈다.

쓰던 캐릭터의 직업은 최상급 직업인 [웨펀 마스터]였지만, 스킬 칸에는 [웨펀 마스터] 스킬 이외에 배울 수 있는 우수한 스킬을 여럿 배워서 그 스킬들도 사용할 수 있었던 것이다.

현재는 [뉴비]라서 스킬 칸에 스킬이 두 개밖에 없음에도 불구하고 게임을 할 때 쓰던 강력한 스킬을 많이 쓸 수 있는 것인데…… 당연히 제약도 있다.

예를 들면 STR이 너무 낮아 가장 약한 슬라임조차 죽이지 못했던 《진공열충격》 같은 경우다. 지금의 나처럼 저렙의 낮은 스탯, 또는 약한 무기로는 써먹을 수 없는 스킬이 있으며, 특히 공격 스킬이 이런 경우가 많다.

그 외에는 배우면 상시 발동하는 패시브 스킬이라 불리는 스킬이 있는데 이것도 제약투성이라 쓸 수 없는 것뿐이다.

배운 패시브 스킬 중에는 동체 시력을 항상 극한까지 올리는 《마음의 눈》이라는 스킬과 물체의 본질, 상대의 힘, 일부 소지 스킬을 알 수 있는 《재판자의 눈》이라는 스킬이 있었다. 이 스킬들은 현재 스킬 칸에 없기 때문에 상시 발동하지 않으며 매뉴얼 발동법도 없기 때문에 ―적어도 게임을 하던 시절에 들은 적이 없다― 쓸 수 없다.

하지만 지금의 스탯으로도 유효한 스킬도 있다.

"그럼, 간다……."

양손을 써서 복잡한 마법진을 재빠르게 그려 스킬의 매뉴얼 발동을 시도했다. 처음에는 새하얀 색이었던 마법진은 금방 검붉게 변색되었고 두근, 두근 하고 심장이 뛰는 것처럼 고동치기 시작했다.

"명부의 악한 왕이여…… 나에게 힘을 빌려다오! 《사타나키아의 줄기세포》!!"

최상급 직업 [마왕]이 배우는 스킬 《사타나키아의 줄기세포》를 발동. 최대 MP의 99%와 교환해서 일정 시간 동안 강력한

HP 리제네 효과를 주는 소위 '재생' 스킬이다.

리제네라고는 해도 최상급 직업 스킬인 만큼 팔을 잘린 정도라면 1분도 지나지 않아 돋아날 정도로 엄청난 회복량을 자랑하지만, 즉사하는 경우에는 회복되지 않는다. MP 소비와 피해의 균형 때문에 탱커에겐 필수 스킬로 여겨지고 있다.

스킬이 발동하면 맨 처음 온몸의 피부에 타는 듯한 통증이 일고, 다음으로 뇌 속의 무언가가 다시 만들어지는 듯한 감각에 빠진다.

바로 가지고 있던 [MP 회복 포션(소)] 하나를 들이켜고 새 마법진을 그릴 준비를 했다.

"계속 간다…… 어둠을 달리는 질풍이 되어라! 《섀도 스텝》!!"

어두운 색의 기하학적인 문양으로 구성된 마법진이 발동과 동시에 주변의 빛을 흡수해서 주위도 다소 어두컴컴해져 갔다. 내 발치에도 잔상이 일렁이기 시작했다.

《섀도 스텝》은 볼게무트가 쓰고 있는 스킬과 똑같은 것이다. 상급 직업의 스킬이라고는 해도 AGI과 이동력 상승에 더해 회피율도 크게 올라가기 때문에 페인 플레이어도 즐겨 썼다. 물론 나도 대인전용으로 배워뒀다. AGI는 % 상승이라 원래 스탯이 낮은 나에겐 상승 보너스도 낮아지지만, 그 점은 무시하는 수밖에 없다.

그리고 또 하나. 이건 리스크가 너무 클 것 같아서 실험도 한

TIPS 리제네 : 일정 타이밍에 지속적으로 소량 회복하는 회복 마법. 리제네레이트라고도 부른다.

적이 없지만…… 쓰는 걸 꺼리지 않을 것이다. [MP 회복 포션 (소)]를 하나 더 들이켰다.

복잡한 기하학적 문양이 몇 겹이나 겹쳐 여러 무기가 뒤섞인 듯한 마법진을 고속으로 그렸다.

"패왕의…… 명왕인지 뭔지 모르겠지만, 나한테 힘을 빌려줘! 《오버 드라이브》!!!"

최상급 직업 [웨펀 마스터]가 배우는 엑스트라 스킬. 스킬 효과는 5분 동안 온갖 근접 무기와 체술의 공격력, 명중률이 상승하고 숙련도, 반응속도, 동체시력이 큰 폭으로 상승하는 갓스킬. [웨펀 마스터]의 핵심이라고도 할 수 있는 버프 스킬이다. 이 스킬은 스탯 % 상승 보너스뿐만 아니라 합연산으로도 보너스를 받을 수 있어서 원래 스탯이 낮은 내가 써도 혜택이 크다.

발동한 순간에 여러 곳의 뼈와 살이 삐걱이고 찢어짐과 동시에 《사타나키아의 줄기세포》의 효과로 인해 수복되어 갔다. 잘리고 뒤틀리는 듯한 아픔에 미쳐버릴 것 같았지만 눈앞에 있는 적을 노려보며 버텼다. 이마 곳곳에서 피가 스며 나와 눈앞의 시야가 빨간 안개가 낀 것처럼 됐다.

(크악…… 하아아…… 생각했던 것보다 위험한데…….)

몸 전체에서 에너지가 급속하게 쥐어짜여 갔다. 《사타나키아의 줄기세포》와 《섀도 스텝》은 따로 시험한 적은 있지만, 그 스킬들과 비교해 봐도 《오버 드라이브》의 부하는 상상 이상으로 컸다. 리제네가 걸려있지 않았다면 이 레벨의 몸으로는 발동한 순간에 피를 뿜으며 죽었을 수도 있다.

(아직 싸우지도 않았는데 이미 죽을 것 같은 상태라니, 웃기는군…….)

내 모습을 본 동생은 벌어진 입이 다물어지지 않는 듯이, 그리고 슬픈 듯이 얼굴을 일그러뜨리고 있었다.

"오, 오빠. 그 스킬은, 괜찮은 거야……?"

"……하아…… 걱정하지 마. 오빠의 늠름한 모습을 잘 봐 두라고."

미세한 혈관에서 다소의 출혈은 있었던 것 같지만, 최강급 버프를 겹쳐서 걸어 원래의 몇 배나 되는 '폭력'을 손에 넣었다. 후유증이 남을지도 모르지만 그게 어쨌다는 거냐. 눈앞에 있는 이 녀석을 쓰러뜨리지 않고는 그다음이 없다면, 전혀 망설일 필요가 없다.

무기를 휘둘러 상태를 확인하니, 너무 세게 쥔 손도끼의 손잡이가 약간 변형되어 있었다. 쥐는 힘을 조절하지 않으면 부숴버릴 것만 같다.

그리고 한 걸음 내딛었다. 포석이 금이 가고 일부는 산산조각 나서 튀어 올랐다.

볼게무트는 언데드인 주제에 놀란 것처럼 거리를 벌리려고 했다. 내 스킬을 경계하고 있는 모양이다. 이 녀석 진짜 언데드인가?

"어이어이, 내가 이렇게까지 준비했잖아. 즐겨 보자고?"

"쿠오…… 오…… 오오오오오오오오오오!!"

시간을 두고 서로 노려보길 몇 초.

서로 한 걸음 내딛었고, 그때부터 《섀도 스텝》으로 인해 서로 간의 간격이 찰나에 무너졌다.

우렁차게 소리치면서 볼게무트의 펄션과 내 손도끼가 부딪쳤고, 흘러넘치는 운동 에너지가 소리로 변환되었다. 보통 운동 에너지는 부딪친 질량과 속도의 제곱에 비례하지만, 매직 필드 안에서는 마력과 《오라》의 힘도 더해져 있기 때문에 눈에 보이는 것 이상의 힘이 담겨있다.

(무기를 맞대 보고 알았어. 힘은 밀리지 않아. 하지만……)

단 한 번, 무기를 맞댔을 뿐인데 사지가 받은 충격은 전에 없을 정도였는데, 비유하자면 시속 100키로m 이상의 속도를 내는 무거운 쇠구슬을 전력으로 받아친 것처럼 울렸다. 《사타나키아의 줄기세포》로 인해 대미지를 받은 뼈와 근섬유가 고속 재생된다고는 해도 정신력이 깎여 나간다. 게다가 이 버프 스킬은 오래 가지 못해서, 그렇게 되면 내 몸도 스스로 붕괴될 것이다.

한번에 결판을 내는 수밖에 없다.

"으으으으으아아아아아아!!!"

"쿠으으으으으으으!!"

초지근거리 난타전이다.

서로의 무기가 서로를 물어뜯으려고 폭풍을 일으키며 휘둘러지고 맞부딪쳐, 귀를 막고 싶어지는 금속음이 울려 퍼졌다. 모든 공격이 무자비한 죽음으로 직결되는 치명적인 일격. 너무나도 과하기까지 한 힘겨루기는 인간이 가진 한계를 아득히 넘어

섰다.

스치기만 해도 피부가 도려내지고, 막아 낼 때마다 내 HP가 깎여나가고, 고속 재생을 반복하고, 주위가 무너지고…… 들고 있는 강철 손도끼도 서서히 변형되어 갔다.

무기의 수명이 생각보다 빨리 다했다. 이만한 힘을 계속 받으면 단순한 강철 같은 것으로는 버틸 수 없나.

"카노! 대거를 던져줘!"

"오빠! 받아!"

무기가 부서지는 걸 예측하고 있었는지, 동생은 바로 두 자루의 대거를 미끄러뜨려 줬다. 하지만 받으려고 하는 틈을 놓치지 않고 볼게무트가 스킬을 발동했다.

"《슬라이스 에지》."

단검, 한손검으로만 발동할 수 있는 검술《슬라이스 에지》. 내려친 참격이 갑자기 L자로 꺾이는 궤도를 그렸다. 하지만 그 궤도는 반드시 오른쪽으로 꺾이기 때문에 게임을 하던 시절에 몇 번이나 봐온 내가 피하는 건 쉬웠다.

몸의 절반을 비틀어 검의 궤도에서 벗어나 피하고, 던져진 대거를 주우면서 거리를 벌렸다.

마지막 [MP 회복 포션 (소)]를 들이켰다. 이로써 MP 회복 수단은 없어졌다.

싸움이 시작된 지 아직 십여 초 정도밖에 안 지났지만 발을 디딘 통로의 바닥은 이미《섀도 스텝》에 의한 고속 이동으로 너덜너덜하게 파괴되었고, 벽에 깊은 참격의 흔적이 수없이 남아있었다.

눈앞이 더욱 빨갛게 물들었다.

아무래도 강화로 인해 버티지 못하게 된 모세혈관이 파열돼서 떨어진 피가 방대한 《오라》에 의해 솟아올라 공중분해된 것 같다.

동시에 온몸에서 에너지가 억지로 끌려 나오는 걸 느낄 수 있었다. 이대로 계속하면 말라비틀어져서 죽을 수도 있다. 목숨을 깎아 힘을 얻는다는 건 바로 이런 상황이다.

그에 비해. 죽음을 구현한 듯한 거무튀튀한 《오라》를 흩뿌리며 나와 동생의 목숨을 찬탈하러 온 눈앞의 '괴물'을 관찰했다.

──그러고 보니. 매일 이런 싸움을 하고 싶다고 바랐던가.

딱히 원래 있던 세계가 안 좋았던 건 아니다. 아직 서툴렀지만 일에 보람을 느끼고 있었다. 처음으로 부하도 생겨서 의욕도 있었다.

그래도 언젠가 이런 살벌한 세상에서 흉악한 괴물들과 목숨을 건 싸움을 하고 싶다는 꿈을 꿔왔다.

(그 꿈이 지금, 이뤄졌잖아.)

이런 절망적인 상황 속에서 나도 모르게 입꼬리를 올리고 말았다. 난 이미 던전 익스플로러 크로니클이라는 열병에 걸려 있었던 모양이다──.

하지만 이런 시간도 오래 이어지지는 않을 것이다. 죽느냐 사느냐, 이후의 몇 분이 갈림길이 될 것이다.

내 피로 이루어진 검붉은《오라》가 솟아올랐다. 볼게무트도 호응하듯이 칠흑의《오라》를 뿜으면서 서로 천천히 거리를 좁혔다.

자. 결판을 내보자.

제23장 ✦ 무시무시한 용사

뼈만 있을 터인 팔로 펼쳐지는 특이한 힘이 실린 참격을 종이 한 장 차이로 피하고, 엇갈릴 때 회전하면서 가속하여 혼신의 힘을 담은 칼을 때려 박았다. 이에 대항하여 볼게무트는 관절의 가동범위를 명백하게 무시한 움직임으로 상체를 이동시켜 회피하더니 사각에서 카운터를 가했다.

눈앞에서 굉음을 내는, 거암도 부숴 버릴 공격을 몇 번이고 피한다. 가지고 있는 모든 것을 쥐어짜 치명상을 노린다. 팔을 휘두를 때마다 피가 흘러 증발하고 뼈와 오장육부가 삐걱이는 소리를 냈다. 온몸의 근섬유는 이미 파열과 재생을 반복해서 뒤틀린 형태로 재결합되었다.

레벨8밖에 안 되는 이 몸에 버프를 써 억지로 신체 능력을 올려서, 발을 내딛기만 해도 석재 바닥이 금이 갈 정도의 스피드와 휘두른 도끼가 벽에 닿으면 산산이 부서질 정도의 파워를 내면 무리가 가는 것도 당연한 일이다. 육체의 강도가 강화 스킬을 전혀 못 따라가고 있다.

그건 전부 이 녀석과 싸워서 살아남기 위한 대가다. 하지만 이대로 가면 서서히 불리해지는 건 확실하다.

지금은 막상막하인 것처럼 보여도 상대는 언데드이기 때문에 피로가 없고, 반대로 나는 숨이 차고 무리한 강화를 해서 이미 너덜너덜한 상태다. 게다가 버프 스킬의 제한 시간도 다가오고 있다.

더구나…… 볼게무트는 상상 이상으로 싸움에 익숙한 것 같았다.

버프 덕분에 스피드와 파워는 호각 수준까지 끌어올렸지만 내페인트를 섞은 참격의 궤도를 거의 전부 간파했고, 게다가 《새도 스텝》의 고속 이동을 활용해 사각에서 카운터 공격을 노렸다. 단시간에 쓰러뜨리는 건 지극히 어려웠다.

──그렇다면. 몸에 가는 부담은 커지겠지만, 카드를 한 장 더 쓰자.

현재의 간격에서 반걸음 물러나 난타전으로 이행. 이 간격에서는 대거보다 리치가 긴 펄션이 더 유리해지지만, 철저하게 회피를 중시하여 행동한다.

양손으로밖에 막아낼 수 없는 강한 공격에 주의하면서 왼손으로 마법진을 선행 입력하고 사각으로 도망치면서 다시 난타전으로. 게임을 할 때는 마법진 입력 판정이 끊겨져도 1초 이내라면 계속 입력할 수 있는데, 이 세계에서도 똑같다는 건 이미 확인했다.

마력의 흐름이 조금씩 마법진의 형태를 띠기 시작하자 아무래도 눈치챘는지, 볼게무트가 내 스킬 입력이 완성되는 걸 저지하려고 한손검 스킬《새비지 스트라이프》를 발동했다.

발동 직전에 중심을 낮추고 갑자기 무기를 수평으로 쥐고 옆으로 후려치는 모션을 취했다. 무기의 유효 범위만 알고 있으면《새비지 스트라이프》의 궤도와 공격 범위를 예측하는 건 가능하다. 애초에 직업이 [섀도 워커]에 스킬 소지 수가 네 개라면 이 스킬을 가지고 있을 것이라는 것도 이미 예측하고 있었다.

(난 그 스킬을 몇천 번이나 봐왔다고!)

펄션의 칼끝이 스킬 보정으로 음속을 뛰어넘어 눈으로 보는 건 불가능했지만, 궤도는 알고 있다. 거리를 다시 좁혀 스킬 발동 직후에 양손으로 막아 냈다. 불꽃이 튀었지만 파훼하는 데 성공했다. 《새비지 스트라이프》를 피하려면 '뛰어오르기'나 '앞기'가 정석이지만 현재의 능력으로는 둘 다 불리해질지도 모르기 때문에 막아 내기로 했다.

계속해서 이어지는 참격의 폭풍 속에서 어지럽게 위치를 바꾸면서도 마법진을 조금씩 그려내서 완성과 동시에 옅은 녹색으로 빛났다.

"간다! ……미쳐 날뛰는 폭풍이 되어라 《에어리얼》!!"

상급 직업 [소드 댄서]의 스킬 《에어리얼》. 공중에서 생각하는 곳에 발판을 만들 뿐인 마법이지만, 이 마법이 있으면 온갖 장소에서 입체적으로 싸울 수 있게 되어 전술 자체를 크게 바꿀 수 있다. 다만 단위 시간당 MP 사용량이 커서 지금 내 MP로는 오래 버텨도 30초가 한계일 것이다.

평면적인 난타전에서 상하좌우전후로 위치를 바꾸는 입체 전술. 던익의 대인전에서 《에어리얼》을 이용한 근접 전투는 내 특기다. 페인트를 섞으면서 전방위에서 대거로 난폭하게 치고 베었다.

시점이 어지럽게 변해서 어디가 위인지 아래인지 알 수 없게 되어 보통은 혼란에 빠지겠지만, 발판을 자유자재로 만들 수 있기 때문에 그 점은 문제가 안 된다. 중요한 것은 항상 목표를 설정하고 계속 사각으로 들어가 어떻게 농락하는가다.

하지만 공중에서 벡터를 전환하는 이 전투 방식은 다리에 비정상적인 부하가 걸려버린다. MP가 고갈되기 전에 다리가 부러질 것 같다.

(으윽…… 힘들어…… 하지만 드디어 공격이 맞았어!)

등 뒤에서 한 방 먹은 걸 시작으로 차례차례 공격을 당해 비틀거리는 볼게무트. 금속이 긁히고 서로 부딪치는 불협화음이 울려 퍼지고 불꽃이 여기저기에 흩날렸다. 방어구의 보호를 받는 뼈 부분조차 쇠에 가까운 강도를 자랑하기 때문에 강철로 만들어진 대거도 서서히 변형되어 갔다.

(단숨에 끝내 주지!!)

힘을 쥐어짜 난타하면서도 참격은 일정한 선을 그렸고, 매뉴얼로 모션을 하나하나 취해 나갔다. 이미 원형이 대거인지 뭔지 알 수 없는 찌그러진 쇳덩어리가 됐지만 상관없다.

"오빠…… 이겨라아아!!"

"이걸로 끝이다아아아아아아! 《아가레스 블레이드》!!!"

내 외침에 응하듯이 녀석도 온몸의 《오라》를 폭발시키면서 한 가지 스킬명을 말했다――.

"……《에어 브레이크》."

극대량의 에너지를 실은 기술과 기술이 공기를 진동시키며 부딪쳤다.

── 나루미 카노 시점 ──

난 어릴 때부터 오빠의 보호만 받아왔다.

학교에서 갑자기 쓰러졌을 때도, 이웃집 남자애한테 괴롭힘 당할 때도, 산에서 조난당했을 때도.

보호받기만 하는 존재로 있으면 앞으로 나아가는 오빠와 같이 있을 수 없게 된다. 지금 이대로 있으면 아무것도 할 수 없게 된다.

그래서 강해지려고 노력했다. 언젠가 강해져서 오빠와 함께 걸을 수 있는 강한 존재가 되고 싶었다.

편식하는 버릇을 고치고 우유를 잔뜩 마시고 공부도 열심히 하기로 했다.

그런 가운데. 오빠는 모험가 학교에 응시하겠다는 말을 꺼냈다. 아마 '그 여자'의 영향일 것이다.

잘은 모르겠지만 모험가 학교라는 곳은 편차치가 엄청나게 높고 경쟁률도 100대1을 넘고 유명 모험가를 여럿 배출하고 있는 들어가기 아주 어려운 학교라던데. 그런데 훌륭하게 합격했…… 해버렸다. 자랑스럽게 축하해 주고 싶은 기분과 어딘가 멀리 가버렸다는 초조함이 뒤섞였다.

그럼. 나도 모험가 학교에 응시할 것이다. 반드시 합격해서 쫓아갈 것이다.

그날부터 스스로를 몰아넣어 맹렬한 공부와 맹렬한 특훈을 시작했다. 던전과 컬러즈라는 톱 클랜에 대해서도 많이 조사하고 공부했다. 무술 학교에도 다니기로 했다.

조사할수록, 공부할수록, 아빠에게 들었던 모험가라는 개념이 끝없이 넓어졌다. 내가 지금까지 가지고 있던 세계관이 얼마나 작았는지를 알게 되었다.

난 더더욱 모험가를 동경했고, 공부와 트레이닝에 몰두했다.

오빠는 모험가 학교에 입학하자마자 던전에 간다고 한다. 밑져야 본전이라는 심정으로 데려가 달라고 말했더니 예상치 못했던 OK.

기대된다! 많이 먹고 러닝도 늘리고 몸도 아주 강해졌다……고 생각한다. 걸림돌이 되지는 않을 것이다.

그리고 처음 가는 던전.

무섭고 위험한 곳이라 들었는데 김빠질 정도로 편했다. 버스라는 걸 받고 순식간에 레벨이 7이 되었다. 레벨이 오르니 유명한 모험가처럼 놀라울 정도의 힘이 솟아났다. 이러면 오빠보다 강해질 수 있을지도…… 농담이지만.

집에 있을 때도 학교에 가있을 때도 던전 생각만 났다. 오빠가 새 방어구도 사줬고, 던전에 가는 게 너무 기대된다! 다음은 골렘 사냥이다!

하지만 갑자기 절망을 뿌리는 마왕이 나타났다.

보기만 해도 심장을 움켜잡혀 으스러지는 것 같은 압박감을 내뿜는, 공포가 형태를 갖춘 '적'. 솟아오르는 《오라》가 꼭 마왕

같았다. 절대로 이길 수 없다는 걸 감각적으로 이해했다.

처음으로 죽음을 각오했다.

하지만 죽는 것보다 무서운 것은 나 때문에 오빠까지 죽어 버리는 것.

다리를 베이지 않았다면. 그 전에 그 세 사람과 파티를 맺자고 말하지 않았다면. 후회가 해일처럼 밀려왔다.

무서웠지만, 목소리가 떨렸지만, '도망쳐'라고 제대로 말했다.

하지만 이제 나는 죽는구나 싶었다. ……사는 걸 포기하는 게 너무, 너무 슬펐다. 그렇게, 생각했는데——.

지금 보고 있는 건 무엇인가.

오빠가 이상한 마법의 주문을 외우자 갑자기 '무시무시한 용사'가 되었다.

몸 전체가 수축하면서도 근육과 혈관이 팽창하고 솟아났다. 그리고 피를 흘리며 검붉은 《오라》가 감도는 모습을 보고 명백하게 몸에 무리가 가는 힘을 지니고 있다는 걸 알고 말았다. 저런 마법은 어떤 영상이나 책에서도 본 적이 없다.

걱정하지 말라고 했지만, 어떻게 봐도 괜찮은 것처럼 보이지 않았다.

몇 초 정도 서로 노려본 후, 바로 전투는 시작되었다.

피와 어둠의 폭풍이 종횡무진 뒤섞이고 성의 통로 일대가 파괴되어 잔해가 되어 갔다.

저 적은 지금까지 봐온 몬스터와는 차원이 다르게 강하다는 건 틀림없다. 텔레비전에서 본 '궁극의 괴물' 리치와 비교하면 어느 쪽이 더 강한가, 하는 생각이 들 정도로 이질적인 존재.

그 존재에 맞서서 싸우는 오빠도 차원이 달랐다.

빠르게 위치를 바꾸는 고도의 초근접 전투. 움직임이 너무 빨라서 전부 눈이 따라가기도 어려웠다. 그래도 단순히 서로 칼부림을 하며 싸우는 것이 아니라 시선과 몸의 기울기, 거리를 좁히고 벌리는 움직임, 무기의 움직임에 무수한 허실을 섞어 싸우고 있다는 걸 왠지 모르게 알 수 있었다.

나도 강해지기 위해 무술 학교에 다녀서 기초를 배웠다. 그리고 텔레비전과 책을 많이 보고 최전선의 모험가가 쓰고 있는 마법과 전투 기술을 수집하고 연구하며 공부했지만……. 눈앞에서 벌어지는 서로가 죽을 것을 각오하고 벌어지는 격전, 상대를 잡아먹으려는 사나움과, 합리적이며 이지적인 근접 전투 기술이 뒤섞인 수준 높은 싸움에 놀라움을 숨길 수 없었다.

이런 건 톱 클랜의 영상으로도 본 적이 없다. 지금까지 내가 상상하던 최고의 전투를 여러 의미로 몇 단계나 능가한 싸움이 벌어지고 있었다.

전투가 시작되고 아직 1분이 지날까 말까 하는데, 이미 통로와 천장에는 수많은 커다란 구멍이 뚫려 있었다. 분진이 흩날려서 시야가 가려졌고, 발 디딜 곳이 불안정함에도 곳곳을 누비며 땅울림을 내면서 전투를 계속했다.

한창 연격을 날리는 중에 공간을 찢을 듯이 엄청난 위력을 가진 무기 스킬이 난무했다. 조금씩 오빠가 거의 압도당했다고 생각한 순간, 새로운 마법으로 가속해서 폭발적인 소리를 내며 고무공처럼 상하좌우로 날아다녔다.

첫 일격이 무거운 금속음과 함께 겨우 들어가자, 차례차례 클린 히트에 성공했다. 게다가 추가타로 어떤 스킬을 발동할 생각인지, 오빠는 공중을 한 번 차서 상승한 후에 몸을 돌려 독특한 자세로 피의《오라》를 폭발시키며 적을 향해 하강했다.

적은 불꽃을 튀기며 맞으면서도 칠흑의《오라》를 증폭시키고 상공을 노려봤다. 오빠의 공격에 무기 스킬을 맞춰서 쓰려고 하고 있어?!

"오빠! 이겨라아아!!"

이로써 결판이 난다. 나도 모르게 목소리가 나와버렸다.

"이걸로 끝이다아아아아아아!《아가레스 블레이드》!!!"

"《에어 브레이크》."

두 개의 스킬이 부딪쳐 섬광과 굉음이 퍼졌다. 증발 현상과 폭풍 때문에 피어오른 흙먼지 때문에 어떻게 됐는지 잘 보이지 않았다…….

서서히 빛이 잦아들자…… 원래는 돌로 된 바닥이었던 지면에 세로로 파여 깊은 홈이 생겨나 있었다. 저건 오빠가 날린 무기 스킬의 참격 궤도다.

파인 지면 속을 보니, 산산이 부서진 적이 마침 마석이 된 참이었다. 본 적 없는 크기의 예쁜 마석이었다.

오빠는 어디에 있는지 찾으려고 하자 갑자기 심한 현기증이 엄습하고 가슴이 괴로워졌다.

"큭…… 으아…… 나, 아무것도 안 했는데 레벨 업 하는구나."

느낌을 보면 레벨 상승폭은 1이나 2정도가 아니다. 5층에서 버스를 타서 한 번에 레벨이 올랐을 때보다 훨씬 강한 레벨 업의 어지러움과 전능감을 느꼈다. 게다가 《스킬 칸+3》도 얻었다.

오빠는 어떻게 됐나 보니 볼록한 떡 같은 몸매가 아니라 '완전히 변한 모습'으로 주저앉아 있었다. 왜 그렇게 돼버린 걸까.

오른팔은 팔꿈치 아래로 사라져 있었지만 회복 스킬이 발동하고 있는지 스슥 소리를 내며 천천히 뼈가 자라나고 그 주변에 근조직이 엮여 나갔다.

이 스킬은 대체 뭘까. 내가 알고 있는 스킬은 이런 식으로 이상하게 회복되지 않을 텐데.

오빠도 크게 레벨 업을 했는지 재생 스킬의 효과도 한층 더 커졌다.

"……오빠, 괜찮아?"

"하아하아…… 괜찮아. ……하아…… 다리가 살짝 위험하긴 하지만…… 여기서 한번 돌아가는 것보다는 10층에 가는 편이 좋을지도……. 하아…… MP가 다 떨어졌으니까 잠깐……."

그렇게 말하면서 천천히 하늘을 보며 누워서 눈을 감고 호흡을 가다듬었다. 물어보고 싶은 게 잔뜩 있지만, 지금은 가만히 두는 편이 좋을 것 같다.

"……고마워…… 오빠."

난 그렇게 중얼거리고 오빠의 옆얼굴을 한 번 더 바라봤다.

지금은 분명 나만 아는, 꺼림칙하면서도 늠름한 그림자 영웅의 모습을.

후기

처음 뵙겠습니다, 나루사와 아키토입니다. 이 책을 사주셔서 감사합니다.

본작에서는 게임 세계의 악역 캐릭터, 나루미 소타로 전생해 버린 남자의 이야기를 쓰고 있습니다. 무대는 학교와 던전. 악역 캐릭터라서 게임의 메인 스토리와 세계에 휘둘리기 십상. 그래도 자유롭게 살아가기 위해 가끔은 목숨을 걸고 분투하는 나루미 소타의 갈등과 모험을 즐겨주셨으면 좋겠습니다.

네, 제가 인터넷에 본작을 투고한 지 1년 하고 조금 지났습니다. 처음에는 아무튼 집필을 즐기고 싶고, 잘 되면 독자 분들이 재밌게 읽어 주시고 그 목소리를 들어 보고 싶다고 생각하며 투고를 시작했는데, 당시에는 서적화가 될 줄은 꿈에도 몰랐습니다.

그리고 예상 이상으로 많은 분들의 북마크를 받아 놀랐고, HJ 노벨에서 서적화 제안을 받아서 또 한 번 놀랐습니다. 그리하여 이 이야기가 한 권의 책이 되었습니다.

감사함과 기쁨과 신기한 마음으로 가득합니다.

그러니 이 자리를 빌어 감사 인사를 하게 해주세요.

무명이었던 제게 많은 평가와 응원의 목소리를 전해주신 독자 여러분께. 큰 폭의 글자수 초과와 모순점과 문제점을 훌륭하게 해결하고 서적화 경험이 없는 저를 간행까지 이끌어 주신 담당 편집자 T님께. 많은 어려운 부탁을 흔쾌히 받아서 치밀하고 멋진 일러스트로 부탁을 들어주신 KeG선생님께. 알기 쉽고 주의 깊은 교정, 그리고 세련되고 멋진 커버 디자인을 완성해주신 교열자님·디자이너님, 그리고 인쇄소 분들. 정말 많은 분들의 힘으로 책이 되어 여러분의 손에 전해줄 수 있었습니다. 진심으로 감사드립니다.

　그리고 마지막으로 또 한 가지 보고가…… 현재 본작의 만화화 기획이 진행중입니다! 자세한 사항은 다시 보고드릴 테니 기대해주세요!

　참고로 빠르면 올해 겨울에는 전해드릴 수 있는 제2권에서는 본작의 세계관을 더욱 파고들어가는 이야기를 할 예정입니다. 나루미 소타의 모험은 아직 끝나지 않는다! 다시 여러분과 만나기를 기대하고 있습니다.

2022년 8월 나루사와 아키토

SAIAKU NO AVALON 1

ⒸAkito Narusawa
Originally published in Japan 2022 by HOBBY JAPAN Co., Ltd

재악의 아발론 1

2024년 4월 1일 1판 1쇄 발행

저　　　자	나루사와 아키토
일 러 스 트	KeG
옮 긴 이	박정철
발 행 인	유재옥
이　　　사	조병권
담 당 편 집	정지원

출판본부장	박광운
편 집 1 팀	최서영
편 집 2 팀	정영길 조찬희 박치우 정지원
편 집 3 팀	오준영 이소의 권진영
디자인랩팀	김보라 박민솔
디지털사업팀	박상섭 김지연 윤희진
라이츠사업팀	김정미 맹미영 이윤서
영업마케팅팀	최원석 박수진 이다은
물 류 팀	허석용 백철기
경영지원팀	최정연
인쇄제작처	㈜코리아피앤피
발 행 처	㈜소미미디어
등　　　록	제2015-000008호
주　　　소	서울시 마포구 토정로222, 403호 (신수동, 한국출판콘텐츠센터)
판매 및 마케팅	(070) 8822-2301

ISBN 979-11-384-8206-6 04830
ISBN 979-11-384-8205-9 (세트)